回転木馬

柴田よしき

祥伝社文庫

目次

第一章　添うひと　7
第二章　戯《たわむ》れるひと　70
第三章　謳《うた》うひと　132
第四章　夢幻の行方《ゆくえ》　191
第五章　折れた羽　249

第六章　回転木馬　301
終　章　389
再度《ふたたび》　420
あとがき　429
解　説　井坂聡《いさかさとし》　431

第一章　添うひと

1

笙子《しょうこ》は灰色の空から舞い降りて来る白い雪片に向かって、掌《てのひら》を突き出した。掌の上で、重さがまるっきりないようなその雪片は、みるみる溶ける。小さな魔法のように、あとに残るのはただの水。冷たさすら、感じなかった。感じる間《ま》もなく、消えてしまった。

「雪かね」

同室の佐野明子《さのあきこ》が、ぐい、と病室の窓からあたまを出した。

「あひゃあ、気持ちいい」

半分以上白髪になった明子の髪の上に、雪はふわふわと降り積もる。笙子の掌の上ではあっけなく消えた雪なのに、明子の髪の上にはうっすらと積もって、明子は冷たい、冷たいと笑いながら首を振って雪を払い落とした。

「あたし、雪が好きなんよ。子供ん頃から、雪が好きやった。絵本で、雪国のかまくらの絵を見てから、雪国の子が羨《うらや》ましくてねえ。たくさん雪が降ったら、かまくら作って、中に火鉢置いてお餅《もち》焼いて、楽しそうやなあ、って。あんたは新潟？」

不意に訊《き》かれて笙子は一瞬、どう答えようか迷ったが、新潟出身ではない、ということだけ言えばいいのだ、と思い直して首を横に振った。

「あたしも違う。子供ん頃はずーっと三重よ。三重県。地味なとこよ。誰かに三重県生まれです、って言って、それはどこや、どこにあるねんて訊かれたら、愛知の隣りです、とか、滋賀の向こうです、なんて答えるしかないもんねぇ。お伊勢《いせ》さんもあるし、鳥羽《とば》の海かてあるし、鈴鹿《すずか》の山もあるし、けっこう、いいとこなんやけどね。でも都会がない。大きな町がない。中学の二年の時に、父親の転勤で大阪に移った時は嬉《うれ》しかったわあ。これで都会で暮らせる、大きな町で暮らせる、て。けど」

明子はぼさぼさの髪を撫《な》でつけるしぐさをして笑った。

「都会なんか、ちぃっともええとこやなかった。まじめな勤め人やった父親は、ミナミの飲み屋に通うようになって女ができて、すったもんだして離婚。あたしは母親に連れられて、たった二年で大阪を離れてさぁ、母親の実家のあった四国の松山《まつやま》にわたって、そこで高校を出たんやけどね、母親の実家には伯父《おじ》夫婦も同居してて、従兄弟《いとこ》が二人いてね。二つ三つ年上の色気づいた男の子よ、あたしのことほっといてくれっこなかった。毎日毎日、今ふうに言うたらセクハラされどおしで、犯されそうになったことも何度もあった。そやけど、それを知ってて母親はなんにも言えない。文句言うたらその家を出なあかんもんね。高校の卒業式のあと、すぐに大阪に戻った。それから……大阪、神戸、京都、金沢と流れて、なぜか気がついたら新潟にいた。子供の頃に憧《あこが》れた、雪国に」

明子が、大きく溜《た》め息をつく。明子の肺の空気がすべて外に出てしまうような、特大の溜め息。

「いざ住んでみると、雪国ってのはいいとこやない。冬が辛《つら》いわ、やっぱり。金沢にいた時に知りあった男と結婚して、その男が商売たちあげたんやけどうまいこと行かんようになってねぇ、最後は夜逃げ同然に男の故郷に戻ったのよ。冬になると二メートルも雪が積もる、新井《あらい》、ってとこ。長野に近い方。あんた、行ったことある？」

「いいえ。新潟は市内しか知らないんです」

「なんもない田舎《いなか》よ。夏はそれなりにいいとこなんやけどね、まあまあ涼《すず》しいし、空気は綺麗《きれい》やし。山菜もたくさん採《と》れてね、亭主の実家は米農家、田植えん時とか刈り入れの時は、そりゃもう家族総出で大忙しよ。そやけど、冬になったらもうあかん。にっちもさっちも行かんようになるの。何しろ二階の窓から出入りせなあかんくらい雪が積もるんやもん。一日中、なーんもでけんと家の中にいて、二日に一度は屋根の雪おろし。一年目の冬でもう音《ね》をあげたわ、退屈で。ほんで、スキー場でパートに雇ってもらってさ。まあなんやかんや、居候《いそうろう》みたいな身ぃで肩身は狭かったけど、亭主の実家にいた五年ちょっとは、それなりに幸せやったんかも知れない。それもさぁ……亭主が呆気《あっけ》なく死んで、おしまい。子供ができなかったんよ、あたしら。農家の嫁んなって亭主に先立たれて、それで子なしやったらもう、どうにもしゃあない。世話する寝たきりの舅《しゅうと》や姑《しゅうとめ》がおればまた、話は違ったんやろけどねぇ、どっちも元気やったし、亭主の兄が跡取りとして何もかもがっちり握っとって、その女房が女主人ヅラして台所もし切ってたからね、出るしかない。出て行くしかなかったん。位牌《いはい》も貰《もら》えんかった。墓参りくらいは寄せてもらいたい言うた。口先では、そらいつでも来てな、とか言われたけど、目を見たらわかるやろ。もう縁は切れた、できれば顔は出してくれるな、ゆうのが伝わった。そやから……七回忌《き》まで、一度も新井には行かなかったんよ。七回忌の時、電話もらって、あんたも来てやって、言われた時は、嬉しかったわぁ」

「新井を出てから新潟市内に？」

「ううん、佐渡《さど》の旅館に八年。病気になって、佐渡で通ってた病院の先生にここを紹介して貰《もろ》うて、診察に来たら入院しなさい言われて、そのままここでもう二年よ。死んだ亭主が生命保険に入っとってね、事故死やったから特約なんとかゆうのが付いて、一千万おりたの。病死やったらたった二百万やったんよ。保険て、なんやようわからんわ。なんで病死の方が安いんやろ。まあとにかく、そのお金をできるだけ減らさんように八年、けちけち生きてたからさ、こんな病気になって働けないようになっても、なんとかなってるんよ。亭主は用心深い人でねぇ、万が一の時に、て、あたしにも保険かけててくれて、そっから入院費も一日三千円出るん。それがなかったら、二年もだらだらこんなとこに入ってられんかったよね。あーあ、そやけどもういい加減、飽《あ》きた。ねえあんた、どう思う？　あたし、元気そうやろ？　そろそろ退院して働きたいて言うてるんやけど、高田《たかだ》先生てば、肝硬変ゆうのはそんな簡単に治らない、あんたはもう爆弾抱《かか》えてるんだから、病状が落ち着くまでは退院させられない、ってすんごい頑固《がんこ》！　ええやんか、なあ。爆弾抱えてようとなにしようと、その爆弾破裂して死ぬんはあたしなんやから。本物の爆弾やったらみんなを殺して迷惑かけるけど、食道動脈瘤《どうみゃくりゅう》なんて、どうせ切り取ることもできないんだし」

明子は一日中、喋《しゃべ》り続けている。この四人部屋の病室には、今、笙子と明子しかいなかった。先週まではもうひとり入院していたが、昨日、元気になって退院して行った。もうひとつの空《あ》いたベッドには、一ヶ月前まで、付添の介護なしではトイレにも行かれない老婆が寝ていたそうだ。夜中に痰《たん》が喉《のど》に詰まり、静かに息をひきとった。それ以来、まだ空いたままだ。

「明日、新しい人が来るって」

明子は思い出したように言った。

「さっき、洋子《ようこ》ちゃんが教えてくれた。今日、検査受けて、入院が必要やてわかった人が明日から入るんやて。賑《にぎ》やかになってええわ。香住《かすみ》さん、あんたいい人やけど、無口やからなあ」

明子は笑った。笙子を責《せ》めている口調ではないが、確かに、話し相手としての笙子は明子にとって、物足りない存在に違いない。

「あ、そうや。今日な、夜の面会時間に弁護士さんが来ることになってるんや」

「弁護士さん？」

「そう。遺言つくるんよ」

明子は、あっけらかんとした口調で言った。

「何しろ爆弾抱えた身やもん、いつどうなるかわからへん。さっき言うたけど、あたし、いくらか貯金持ってるやろ。まあ世の中の金持ちからしたらたいした額やないけど、それでもうん百万ゆうお金やし、あたしが死んでから、相続人がいなくて国が丸儲《もう》けになるのなんて、悔《くや》しいやんか」

「相続人、いらっしゃらないんですか。ご両親とか、ごきょうだいとか」

「二親《ふたおや》ともとっくに死んだ。ひとりっ子やったからきょうだいはなし。子供も産まんかったし、亭主も先に逝《い》ったし。ま、五年間世話になったから、亭主の実家に少し遺《のこ》して、墓の建て替えでもしてもらうつもりやけど、残りはちょっと、ね」

明子は、含み笑いをして見せた。

「ちょっと、ひみつ、なんや」

笙子はただ頷《うなず》いた。それ以上、明子のプライバシーに立ち入るつもりはなかった。が、明子が自分の死期が近いことを悟っているという事実がはっきりして、それが笙子の心を重くした。もちろん、肝硬変が進行して動脈瘤ができてしまったという状態が何を意味するのか、知らないわけではない。そのことを平然と口に出して冗談のネタにする明子が、無理をしているのだということはわかっていた。けれど、遺言、という具体的なものが登場して、明子の死は、それまでよりずっと笙子の近くにすり寄ってしまったという気がする。明子に悪気などないのはわかっていたが、今の笙子には、遺言、の二文字が辛かった。

笙子自身、明子ほどではないにしても、自分の人生の終わりが近づいているかも知れない、という恐怖を抱《いだ》いてこの病室にいる。

大腸癌《がん》だと宣告された時は、さほど驚かなかった。何の前触れもなくいきなり本人に告知したことから考えて、初期なのだろう、完治の見込みがあるのだろう、と、妙に冷静に考えていた。ただ気掛かりなのは、人工肛門をつけなくてはいけないのだろうか、という点だけだった。何度か検査した結果、幸いにも、人工肛門はつけなくて大丈夫だと言われ、そのことに強く安堵《あんど》した。他のことはその時点では考えていなかった。入院して、手術の日を待っていた四日ほどの間に、急に、死ぬことについて考えるようになった。この癌は初期でうまく取り除くことができたとしても、転移はあるかも知れない。また新しい癌ができるかも知れない。四十七歳、俗に言われる癌年齢に入っているのだ。今度のことは、これから始まる長い戦いのほんの序章に過ぎないのかも。死ぬ、ということに対する戦いの。

女は長生きする、と言われていても、四十七歳はもう折り返し地点を過ぎたと考えるしかないだろう。笙子の祖母は八十二歳で死んだ。母は、祖母が亡くなるより四年も早く、五十三歳でくも膜下出血で逝ってしまった。笙子が三十の時だった。自分の人生も、もう残り半分を切ったのだ。そして癌になった。これを乗り越えたとしても、次の山がすぐに来る。そうしたいくつかの山をなんとか乗り越えていく内に、老《お》いさらばえ皺《しわ》くちゃになっていく。

明子の髪の白さがとても気になる。入院中は髪など染められないのだから当たり前なのだが、自分の髪も似たように白くなっているのだと思うと、鏡を見るのを避けるようになってしまった。実際には入院前に髪を染めたので、まだ三週間しか経《た》っていない。白くなっているとしても前髪の生《は》え際《ぎわ》あたりだけのはず。そうわかっていても、鏡が見られない。

二十歳の時、銀座《ぎんざ》に出た。まだ短大に通っている最中だった。海外旅行がしたくて割のいいアルバイトを探していて、サークルの先輩から話を持ちかけられた。当時、まだバブル経済は始まっておらず、世間は不景気だった。が、短大卒の女子学生の就職は順調だった。笙子が通っていた短大は特に就職先のランクが高いので知られていて、付属の高校からも、四年生大学がちゃんと別にあるのに、わざわざ短大を選んで進学して来る子がたくさんいたほどだった。笙子も、二年生の夏で、就職はすでに決まっていた。丸《まる》の内《うち》にオフィスのある一流商社。人生は順風満帆《じゅんぷうまんぱん》で、未来は薔薇《ばら》色。ただ、お金だけがなかった。

笙子の家は母子家庭で、父親は中学の頃に心不全で死んでいた。祖母の年金と母親の給料とを合わせても、私立の短大に娘を通わせるのはかなり厳しい状況だったのだ。就職が決まったクラスメイトたちは、卒業旅行に海外に出る相談ばかりしていた。笙子と仲の良かったグループは、フランスとイタリアに行くことに決まった。パリ、ミラノ。半分は買い物が目的。利用するツアー自体は学生向きのフリープランでさほど高くはなかったけれど、パリやミラノでどんな店に入ろうかとはしゃいで話しあっている中にいれば、自分だけ乏《とぼ》しい小遣いで何も買い物をできずにいるのは絶対に嫌だ、と思うのは自然だ。

水商売に抵抗はあったが、話を持ちかけて来たサークルの先輩が、浪人生の頃から銀座でバイトをしていて、かなりの貯金ができたと聞いて、決心した。

日給月給のヘルプで、一日八千円。当時の銀座では高いほうではなかったが、マクドナルドの時給が四百円台だった時代に八千円は魅力だった。たまには客からチップも貰えたし、ティファニーのペンダントくらいは、お目当てのホステスに高価なプレゼントをするついでにプレゼントしてくれる客もいた。もちろん、銀製の安いものだったけれど。

そのままなんとなく半年。貯金もできて、パリとミラノではバッグや靴を買いまくり、無事に帰国し、めでたく卒業して、ちゃんと就職した。けれど、銀座を離れる気にはなれず、週に四日、ヘルプのバイトを続けていた。そのうちに、昼、夜と働くのが辛くなり、残業のたびにバイト代からペナルティをひかれるのもばかばかしくなって、一年経たずに会社を辞め、ホステス専業になってしまった。瞬《また》く間に二十年。ヘルプから売り掛けになり、チーママに、それから雇われママに。自分の店を持ったのは三十五歳の時だった。母と祖母が亡くなり、二人が遺したわずかな貯金と生命保険料が、いくらかは店の頭金の足しになったことは事実だが、必死の思いで金を貯《た》めた成果なことには間違いはない。一流商社をたった一年で辞めてホステス専業になった時、母親はがっかりしたと言い、祖母は、恥さらしだと言った。それで家を出て、以来、ずっとひとりで暮らしていた。だが母も、祖母までも、自分のことを最後まで案じていたのだと知ったのは、二人が亡くなってからのことだ。自分は親不孝、家族不孝をしてしまった。そのことが、笙子の心の中には今でも澱《おり》となって沈んでいる。

そのせいなのか、それとも生来《せいらい》の性格のためか、結婚、ということには最初から興味がなかった。銀座でも夫を持ち、子供を産んで、それでちゃんとママを務めている女はいる。が、笙子はひとりで生きることを選び、特定のパトロンも持たず、たまにふらふらと恋愛のようなものに漂《ただよ》って男と胸を合わせながらも、そうした男と死ぬまで一緒にいたいとは思わなかった。

店を持った時期が悪かったことは確かだ。十二年前、バブル経済崩壊以後、景気は加速度を増して沈下していた。数年すればまた景気も上向くさと気軽に考えていた人々も、そうはいかないのだ、時代がはっきりと変わったのだと、その頃から気づき始めた。夜の銀座は、そうした人々の気持ちをそのまま具体的な形で見せつけた。信じられないほどの不景気。

それでも歯を食いしばって、五年、耐えた。経営は常に苦しく、華やかな店での顔とは裏腹に、私生活は切り詰められるだけ切り詰める日々だった。二十年余の銀座暮らしでいつのまにか買いためた宝石や高価な時計なども、あらかた売り払わなくてはならなかった。店の女の子や客に馬鹿にされないよう、服や着物だけはいいものを選んだが、それらを買うにも、こっそりと格安セールや訳ありセールを利用していた。

そうしてぎりぎり無理をして生きていたその時に、恋をした。

定年まであと数年になったテレビ局勤務の男。埼玉に、ローンを払い終えたばかりの一戸建てを持ち、妻がいて、息子は結婚したばかりでニューヨーク勤務。離婚して出戻った娘がひとり。

冴《さ》えない男だった。銀座で豪遊のできる生活ではない。接待でちょくちょく顔を見せてくれたが、支払いは会社持ち、自分の金では、カウンターでビールを空けるのが関の山。だが、笙子はその男に惚《ほ》れてしまった。そして、くじけそうになる毎日を、その男に愚痴《ぐち》を言うことでなんとかしのいでいた。

笙子が四十一歳の誕生日を迎えた翌月、男は転勤で新潟に単身赴任した。年齢からいって、定年まで新潟暮らしになるだろう、だからもう店には来られないと思う、そう言い残して。

たまたま、雇われママをしていた頃に同じビルで店を開いていた女と仲良くなり、その女が数年前に故郷の新潟に戻ってスナックを出した、と聞いていた。後先も考えず、その女に電話をした。新潟で仕事がしたいと言うと、からだを壊してしまったので店を売りたいと考えていた、と言われた。とんとん拍子《びょうし》で話をまとめ、三ヶ月後、笙子は新潟で、小さなスナックを開いていた。

あの時の、あの気持ちはいったい、なんだったのだろう、と、今でも笙子は不思議に思っている。経営が苦しかったとは言え、銀座のクラブだ。あんなに売り急がなければ、もっといい取引ができたかも知れない。それなのに、笙子はただひたすらに、冴えない定年間際のサラリーマンだった男のあとを追いかけることだけ考えていた。どうせ定年になれば、男は埼玉にある自分の家へ、妻のもとへと戻ってしまうのに。

離れたくなかったのだ。離れて暮らし、逢えなくなることが怖《こわ》かった。

自分は、愛人、になってしまったのだと、笙子は思った。四十を過ぎてから、何もかも、男のために捨ててしまった。見返りも期待できず、それどころか、終わりが見えている関係のために。

男は動じなかった。逃げ腰になったり、女房と別れるつもりはないからなどと、くだくだ言わなかった。ただ苦笑して、困ったな、と言った。君はほんとに大胆なひとだね、と。それから、今度の職場では僕の裁量で接待なんてできないから、自腹で飲みに行くよ、安くしてね、と、笑った。それだけで、すべてが報《むく》われた気がした。男は自分を邪魔だと思っていない。すべてをなげうって足下にすり寄ったことを、かわいい、と感じてくれている。

それからの五年は幸せだったと思う。とても短かったけれど、これまでの人生でいちばん幸せだった、と。ちょうど一年前、男は定年を迎え、埼玉に戻った。今度は後を追わなかった。最初から、男が定年を迎えた時に関係も終わりにすると心に誓っていた。定年になり、妻のもとに戻った男は、妻のものだ。妻に返すのだ。そう決めていた。

半年前、知人からの情報で、男が心筋梗塞で急死したと知った。葬儀には出なかった。出る義理も権利も何もない。ただ新潟で、灰色の海を見ながら泣いた。

ひとりになった。とうとう、ひとりぼっち。

身寄りもなく、心を開ける友人も、昔からの知人もいないこの雪国で、ひとりきり。しかも癌にかかり、手術をした。他に収入のあてがないので、退院したらまた店に立たなくてはならない。カウンターと、ボックス席が三つの小さなスナックで、アルバイトの女の子をひとりと、バーテンをひとり雇っている。笙子の入院中は、店の元のオーナーだった女が切り盛りしてくれている。銀座から故郷に戻り、年下の男と結婚して、肝臓を悪くして店を手放してからは、似合わない主婦をしている女。年下の男には連れ子の娘がいる。その娘が生意気で憎たらしい、と、愚痴ばかり言っている。けれど、顔には、あたしは今、けっこう幸せです、と大きく書いてある。

いろんな女がいて、いろんな人生がある。だが明子のように、最期が近づいた時に冷静に死後の算段ができる女は、そんなに多くないだろう。見習わなくてはならない。自分も、今から、自分の最期をどう生きたいのか、決めておかなくては。

2

うつらうつらしていた時、ノックの音が聞こえて目がさめた。笙子のベッドはいちばんドアに近いところにあるので、病室に入って来た見舞客は、まず笙子の顔を見る。カーテンを閉めるとなんとなく息苦しいので、いつも開けてある。

入って来たのは、笙子よりは若いけれど、二十代には見えない女性だった。短めにカットした髪の色がとても濃くて、ブラウンに染めていない髪は珍しいな、と、思わず見入ってしまった。ジーンズに黒いジャケット、インナーにくすんだワインカラーの薄いニット。都会的なセンスだった。肩から提《さ》げたショルダーは大きめで、仕事にでも使っているのだろうか。してみると、見舞客ではなくて、保険屋さんか誰か？

「あの」

女はベッドの足下に下げてある札をさっと読んだ。

「佐野さんは……佐野明子さんの病室はこちらでよろしいんでしょうか」

微《かす》かに、関西訛《なま》りのアクセントが感じられる。

「あ、はい。でも」

明子のベッドはまだ空っぽだ。

「今、喫茶室にいると思います。弁護士さんが来ていらして……」

「そうですか。ありがとうございます」

女は頭を下げて出て行こうとした、が、ふと、足を止め、ポケットから名刺を取りだした。

下澤《しもざわ》調査事務所　下澤　唯《ゆい》
「……調査事務所……探偵社ですか?」

「はい。あの、お伺《うかが》いしてもよろしいかしら」

「わたしに、ですか」

「ええ。おからだ、しんどくないですか」

「それは大丈夫ですけど……わたし佐野さんとは、ここでご一緒するまで何も……」

「この方が佐野さんのお見舞いにいらしたことがないか、見て確認していただきたいんです」

　女探偵は、一枚の写真を笙子の手に渡した。

　見たことのない男だった。なかなか端整で美男子だ。意志の強そうないい目をしている。四十前くらいか、もっと若いか。

「さあ……わたしはまだ、入院して二週間ちょっとですから。その間にはいらしたことがないと思いますけれど。この人、佐野さんのお知りあいなんですか」

「佐野さんが以前に入院されていた病院で同室だった女性の知りあいなんです。そこの病院で、この男性が佐野さんの退院を手伝ったと聞いたものですから、もしかして、この男性の消息を佐野さんがご存知ではないかと」

「それじゃこの人、行方不明なんですか」

「ええ。……奥様が捜《さが》していらっしゃいます」

奥様が捜していらっしゃいます。

笙子は、その一言に、心臓の奥をぎゅっと摑《つか》まれた気がした。写真の男をあらためて見る。

この男は、妻を捨てたのだ。妻を捨てて、他の女のところに走った。それを妻はゆるさず、探偵を使って捜させている。笙子は、恐怖を感じた。妻という座にいる女の執念《しゅうねん》が、こうして具体的に動いている様を目にして、今さらのように、愛人として過ごした時間の危《あや》うさを知った。

「見たことないです。わたしが入院してからは、いらしていないと思います」

笙子は腕を突き出し、写真を女探偵に返した。女探偵の目を見るのが嫌だった。そこに、非難や軽蔑を見出すことではなく、獲物を見つけた肉食動物の喜びを見出してしまうのが怖かった。

＊

夕飯の時刻に少し遅れて明子が戻って来た。自分の分の夕食を載《の》せた盆を持ち、鼻歌を口ずさみながらベッドに座る明子は、なんとなくさっぱりとした顔をしている。

「遺言状、うまくできました？」

笙子が訊ねると、明子は上機嫌で頷いた。

「できたわよ。もっと面倒なのかと思っていたんだけど、意外に簡単。弁護士に頼まなくても公証人役場に行けばいいらしいんだけどね、わたし、面倒なことはだめだから。ああ、これでホッとした。もういつ死んでも大丈夫だわぁ」

笙子は反射的に、そんなこと言わないで、とか、まだまだですよ、とか言いそうになって言葉を呑み込んだ。明子は自分の死期をさとっている。その勇気に対して、とってつけたようなお愛想は失礼だ。

笙子の夕飯は、もうすっかり普通食になっている。週が明けたら退院できる、と主治医にも言われている。この病室とも明子とも、あと数日でお別れになる。

「そう言えば、二時くらいに、女の探偵が来ましたね。佐野さんを訪ねて来たようなんで、喫茶室にいると教えたんですけど、会いました？」

「会ったわよ」

明子は露骨《ろこつ》に顔をしかめた。

「なんやろね、女のくせに私立探偵だなんて。ひとさまの秘密をほじくり返して金を貰うなんて、ああいやだ、えげつない」

「男の人を捜してましたね。わたしにまで写真を見せて、ここに佐野さんのお見舞いに来なかったか、って」

「あら、あなたにまで見せたの、あの写真」

「あの男性のこと、ご存知なんですか？」

明子は、箸《はし》を宙にとめたまま、くすっと笑った。

「知らない、って言ってやった。ろくに知らない、って。佐渡の病院にいた時、たまたま同室だった人の見舞いに来てて、ちょっと世間話したら、新潟市まで車で戻るって言うんで、退院の時、一緒にフェリーに乗せて貰っただけだ、って」

「佐渡の病院？　ここを紹介して貰ったとかいう」

「そうそう。旅館で働いてて肝臓壊してさ、両津《りょうつ》の病院に通ってたでしょ、ここを紹介してもらう前に、一度入院したことがあったんよ、ほんとはね。その頃からもう、あたしの肝臓はぼろぼろ。たまたま同じ病室になった人が、同じ病気でね。しかもやっぱり仲居をしていたって言うんで、親しくなって。その人が働いてたのは、佐和田《さわた》温泉だけど。十日ほど入院して、その時は少しましになったんで退院できたんだけど、今度具合が悪くなったら新潟市内の病院で精密検査して貰えってここを紹介されて」

「じゃあ、あの男性が今、どこにいるのかは、佐野さん、知らないんですね」

「知ってたって教えない」

明子は顎《あご》を突き出すようにして言った。

「誰が教えるもんか、探偵なんかに。だいたいね、亭主がいなくなったからって、探偵なんか雇って捜すってのが根性の悪い女房だと思わない？　あたしなら嫌だね。出て行くほどあたしが嫌いになった男なんか追いかけたって、仕方ないもん」

「……夫が浮気してるってわかった時、何もかも知りたいと思う気持ちは、わからなくもないですけど……」

笙子は、自分の手を、指先を見つめていた。入院してから手入れするのを怠《おこた》っていたので、マニキュアはほとんどはげ落ち、指先もかさついて、全体に黒ずんで見える。銀座にはじめて出た時、とにかく手だけはいつも美しく保つように、店のママに言われ、それをずっと実行して来た。

銀座で遊ぶ男は、荒れた手の女を見ると奥さん思い出して、シラケちゃうのよ。夜の女は、どんなことがあっても、手を汚くしてちゃだめ。

水仕事をする時はゴムの手袋をし、風呂では指のマッサージ、風呂あがりに肌の手入れをしたついでに、コットンに残った化粧水や余ったクリームはすべて手にすりこむ。爪もネイルサロンでプロに塗ってもらう。美白パックも顔にするついでに手にもする。そうやって、四十を過ぎても白くなめらかに保って来た手だった。

自分が、逆の立場だったらどうだろう？

自分が、妻の位置に立つ女だったら。

毎日、家事をして子供を育てて、細々《こまごま》とした雑用をこなして、それで誰からも褒《ほ》められることも評価されることもなく、手は荒れて、高価な化粧品やブランドものの服など無縁の暮らしを続けて、そのあげく、白くなめらかな手をした女と手に手をとって、夫が消えてしまったとしたら。

捜さないでいられるだろうか。明子が言うように、嫌いで逃げたものは仕方ない、と諦《あきら》められるのだろうか。私立探偵を雇ってでも捜したい、と考えた妻を、さもしいと責められるのだろうか。

笙子は、心の中で安堵の溜め息をついていた。

少なくとも、あのひとは家に戻った。妻のもとへと帰ったのだ。あのひとの妻が雇った私立探偵が自分を訪れる、そんな事態にはならずに、終わったのだ。

恋をしていた時は、あのひとの妻のことなど、考えるのも鬱陶《うっとう》しい、と、意識から追い出してしまっていた。そんな人間はこの世に存在しない、無理にでもそう思うしかなかった。ひとたび思い出せば、焦《あせ》りと嫉妬《しっと》と憎悪と罪の意識とで、胸が焼け焦《こ》げてしまいそうになる。けれど、そうやって自分が存在を無視していた間にも、あのひとの妻は確かに実在していたのだ。埼玉の家に、あのひとがいずれ帰っていくところに、根をおろしていた。

彼女は疑わなかったのだろうか。夫が浮気していること、そしてその愛人が、夫を追いかけて新潟にまで行ったこと、夫のそばで五年も女房づらしていたことを、一度も、疑わなかったのだろうか。

疑っていたとしたら。

もしかすると、何もかも、知っていたとしたら。

私立探偵を雇ってすべてを調べ上げ、知りつくしていたとしたら。それなのに何も言わず、何もせずに五年間、夫の帰りを待ち続けていたとしたら。いや。夫がちゃんと自分のもとに戻って来ることを、みじんも疑っていなかったのだとしたら。

とっくに終わったはずの関係に、笙子は、背中を震わせていた。罪の重さというよりも、罪の存在そのものに、今さらのようにおびえたのだ。恋をしている最中には、なぜそのことが罪には思えなかったのか。おそろしい、と感じなかったのか。


「いやぁねぇ、なんて顔してるの」

明子が少しだけ意地の悪い笑顔で笙子を見ている。

「あんた、スナックやってるって言ってたけど、やっぱりあれ、昔はホステスとかしてた？」

ぶしつけで不愉快な訊き方だったが、嘘をついても仕方ない気がして、笙子は頷いた。

「どこで？　あ、東京にいたんやったね、それなら、どこ、池袋とか？　あたし東京は住んだことないけど、新幹線ですぐだからさ、よく行くのよ。池袋のデパートに知りあいの娘さんが勤めててね、いろんな割引してくれるし」

「銀座にいました」

笙子の答えに、明子は、へええ、とのけぞった。

「銀座！　あんたそれじゃ、一流だったんやないの。それがなんで新潟なんかに……あ、いいよ、いい。その顔じゃ、話したくないこともあるんだろうから。いいのよ、根掘り葉掘り訊きたいとは思わない。ただね、あんたのさっきの顔見たら、あんたも私立探偵雇ったとか、雇われたとか、なんかそんなことがあったんかなあ、と思ったもんやから。そりゃ、亭主が浮気してるってわかったらおだやかでいられないってのは当たり前。あたしだって、亭主が生きてる時はそれで何度、煮え湯を飲まされた気分になったかわかりゃしない。どうして男ってのは、女房がいるのに他の女としたがるのかねぇ。まったくがっついてるったら、男ってのは女より動物に近い生き物だね、あんた、そう思わない？　ま、浮気されて悔しいって女房の気持ちはよくわかる。わかるんやけど、それで探偵雇うってのは、違う、と思うのよ。探偵なんか雇ったら、事実がどうであれ、結局、おしまいよ、夫婦なんて。それがわからない女は馬鹿さ。だってそうでしょ、探偵雇って浮気が事実やったとわかって、それで夫を責める。責められた夫は、しまった、と思う。思うだろうけど、同時にさ、探偵なんか雇う女房に愛想を尽かすに決まってる。謝って浮気が止ったとしても、そんなことする女に対しては、百年の恋だって冷めるよ。もう女房のことを女としては見なくなる。お義理で抱くことはあったとしても、無理しなくっちゃその気にはならないだろうから、次第にご無沙汰になるだろうしね。そうなったら女なんてみじめなものよ。ましてや、探偵まで雇って浮気のしっぽがつかめなかったら？　それで安心できるような性格なら、最初っから探偵なんて雇わない、一度疑い出したら、いくらシロだって言われたって、疑惑は残る。ほんとは浮気してるんやないか、もう一度探偵雇わないとだめやないか、そんなことばかり悶々《もんもん》と考えるはめになる。最悪の場合、浮気の証拠が出ないのに、探偵雇ったことが亭主にばれたら？　ね、どう転んだって、いい結果なんか出やしないのよ。なのに私立探偵なんか雇ってまで浮気の尻尾を摑もうとするなんてのは、馬鹿だよ、馬鹿」

明子は、枕元の引き出しを開け、手提げバッグを取り出した。黒い、抑えた艶《つや》の上品なケリー型バッグだ。財布だとかその他、明子にとっての貴重品が入っているバッグで、部屋を出る時は必ず持っている。その中から、白い封筒を取りだし、封筒の中に指を突っ込んだ。指先が引張り出したものは、手紙らしい畳まれた紙と、写真だった。

そのまま明子が手招きするので、食べかけの箸を置き、ベッドを離れて明子のそばに寄った。差し出された写真を手にとって、笙子は驚いた。あの男だ。さっき、女探偵が見せてくれた写真の男！

男は、少し困ったような顔で微笑《ほほえ》んでいる。その右横に明子がいる。明子の右には、濃い眉と黒目がちで大きな目とが印象的な、明子と同年配の女性が写っていた。目も鼻も口も大きく、派手で華やかな顔立ち。だが性格はかなりきつそうに見える。頰《ほお》がこけ、がりがりに痩せてはいるが、それでも昔はかなりの美人だったろうと思わせる。顔色はひどく悪い。どす黒く見えるのは、肝臓を壊しているせいだ。

「知ってんのよ、ほんとは」

明子は言って、その女の顔を指さした。

「この人が、渋川《しぶかわ》さん。えっとね、名前、なんやったっけ、あ、さわ子だ、さわ子。佐和田温泉に勤めてて、さわ子ってのがおかしくってからかったら、佐和田の出身だって言うじゃない。親もずいぶん手軽につけたもんだよね、名前、って笑ったんやった。この人ねぇ、あたしと同じで肝硬変だったんだけどね……もう死んじゃったよ。一年以上前にさ。この人もあんたと同じよ、東京で水商売してたんだって。それでお酒にやられたんだね。ちょっと口が悪くて、ずけずけものを言うんで病院の中では煙たがられてたけど、あたしは好きだったのよ。気が合ったのよ。働き者だってのは手を見たらわかるし、口は悪くたって、お腹ん中にいろいろため込んでないから、心は綺麗なんだよ、こういう人は。で、こっちのちょっといい男が、渋川さんの娘さんのカレシなのさ」

明子はまた、くくっと笑った。

「そんなことじゃないかとは思ってた。なんか、夫婦って感じとは違ってたからさ……この写真、あたしが退院する時に、記念に、って、渋川さんの娘さんがシャッター押したんだよ。このカレシは写真に写るのを照れて嫌がってたんやけど、あたしがどうしても、って、入れちゃったの。だけど、そうか、照れてたんじゃないのねぇ……このカレシ、女房持ちで家出人だったわけか。でも、仲のいいカップルだった。渋川さんの娘さんも気立てのいい子でね」

「今も、この人はその方の娘さんと一緒なんですか」

「さあねぇ……渋川さんのお葬式には来てなかった。これ、渋川さんがまだ入院してる時に、写真と一緒にくれた手紙なんだけどね、自分に万一のことがあっても、娘のことは誰にも訊かないで、って書いてあるのよ。訳があって、娘とはもう何年も連絡がとれないということになっているから、だって。この手紙読んだ時は、あらなんだろ、娘さんが佐和田で悪いことでもしたのかね、と思ったんだけど、問題はカレシの方にあったんだね。渋川さんは、娘の恋路を成就《じょうじゅ》させてやりたくて、娘と音信不通だってことにしてたんだねぇ……ま、よかった。お葬式の時も、娘さんのことは誰にも言わなかったからさ、あたし。あんな女探偵なんかに、教えてやるもんか。渋川さんは死ぬほんの少し前にこの手紙を書いたんだよ、それに、娘さんのことは誰にも訊かないで、って書いてあるってことは、誰にも言わないで、って書いてあるってことだものね、つまりそれが、渋川さんがあたしに残した遺言なのよ。だからあたしは教えないの。探偵になんか、教えない」

明子は楽しそうにそう言って、手紙と写真を封筒にしまい、手提げバッグの中に戻した。

笙子は、ソフィア・ローレンを連想させる美しい母親から生まれた娘のことを考えた。母親はかなり勝ち気で、強い性格の女性に思える。その娘もまた、濃い眉と大きな瞳を持った、強い女なのだろうか。妻のいる男を奪い取り、その男の手をひいて逃げている女。

写真には三人しか写っていなかった。その娘は、三人の目の前にいたのに、笙子には顔がわからない。

そこにいることは確かなのに、顔の見えない存在。

だがその娘は、あの男の隣りに添っている。姿が見えなくても、誇らしげに勝利をうたいながら、添っている。

自分もまた、そうして勝利に酔っていた。何もかも捨てて新潟に来て、いずれは妻の元に帰るとわかっている男の隣りに添って五年。この写真のシャッターを切った娘は、自分の勝利がいつまで続くと考えているのだろう。明子はしらばくれたけれど、明子以外では、探偵に事実を教える人間もいるだろう。そう、あの写真の男の妻は、もうあとわずかのところにまで、二人を追いつめているのだ。

あのひとが死に、自分の修羅《しゅら》は終わったと思っていた。けれど、それはもしかしたら今でもまだ、続いているのかも知れない。裏切られ続けたことを我慢していたあのひとの妻の心の中には、自分への憎悪が煮えたぎったままなのかも知れない。どうして、なぜ、こんな修羅が世界のあちらこちらで、絶え間なく、続いているのだろう。

猫や犬のように、人も、一年の内特定の季節だけ恋をし、子孫を残すためにだけ交わって、季節が過ぎれば、そうした一切の心の動きと縁を切り、淡々とひとりで生きることができるのであれば。

その方が幸せなのか、それとも、それはもはや、幸せとは呼べない別のものなのか。

3

退院してしばらくは、週に一度、通院しなくてはならなかった。抗癌剤も服用し、その副作用で食欲は湧かず、仕事をしたいと思う気力もなかなか戻って来なかった。それでも、退院して二週間、自宅で安静にしていたあとで、主治医の許可が出て店に立った。いっそ、店を売り、東京に戻ろうかとも考えた。戻ってどうするというあてもないが、少なくとも、東京には知りあいや友人がいる。長年の銀座勤めで得た、いくらかの人脈もある。ホステス時代の同僚の中には、頑張って銀座で店を守り続けている人もいて、手伝って欲しい、という電話や手紙も、数件、来ていた。銀座も今はすっかり様変わりし、本物のプロと呼べるホステスは減ってしまった。時給で働き、昼間は普通のOLや女子大生、専門学校の生徒などに戻り、将来も銀座で店を持つ気などさらさらない、そんな女の子が圧倒的に多くなったのだ。もちろん、不況のせいで、売り掛けのホステスを何人も抱えるほどの力が店の側になくなったこともある。売り掛けの女の子は、客の代金の回収まで責任を持つかわりに、取り分のパーセンテージも半端《はんぱ》ではない。プライドも高く、要求もシビアだ。店の経営が苦しくなったからと言って、ぽい、と辞めさせるというわけにもいかない。バイトの女の子ならば、しょせんは時給や日給を払うだけの雇い人だ。店の負担はずっと少なくて済む。

だがそんな、半分素人《しろうと》のような女の子ばかり置いていると、ママはその分、客の獲得やつけの回収で大変な思いをすることになる。

笙子のように、銀座の裏も表もひと通り知っていて、自分で店を持ったこともある人間ならば、ある程度は安心して任せておける。そう考えるのだろう。それに、と、笙子は自虐的に思う……新潟くんだりでスナックを出している程度ならば、それほど儲《もう》かってはいないだろうと思うのかも。つまり、格安の給料で働いて貰えると考えるわけだ、たぶん。

実際、店はまったく儲かっていない。家賃を払い、諸経費を差し引けば、慎ましく笙子ひとりが生活するのにやっと、というところ。銀座時代のように見栄をはる必要はなくなったので、着る物にもまったくお金をかけなくなった。数枚手元に残した着物をとっかえひっかえ、それに、気分を変える時だけドレスも着てみるが、ジバンシーだろうとプラダだろうと、客の反応は皆無なので、新しい物を買う必要もなくなった。指輪もひとつだけ、時計もしない。

たったひとつのこだわりは、日髪結いだった。

銀座時代、手を美しく保つことと同じくらい厳しく注意されたのが、毎日、きちんと髪をセットすることだった。いくら無造作な髪形が流行していても、銀座でホステスを張るなら髪にはお金をかけろと言われた。スナックのママになっても、笙子は、店に出る前に美容院に通うことだけは続けていた。プロに髪を洗ってもらい、きちんとセットして貰ってから客の前に出る。生活費を切り詰めても、シャンプー＋セット代の一日二千五百円は削らなかった。もちろん、少しでも白髪が鏡に映れば染める。

退院後、最初に美容院に出かけた日、大きな鏡の前に座った自分の、その髪に愕然《がくぜん》とした。生え際がほとんど白い。少し頭を傾けると、頭頂部にも白いものが覗《のぞ》いている。

老いたのだ、と思った。二十歳で銀座に出て、ミラノで靴やバッグを買うためにだけ無邪気に客の横に座ったあの頃は、もう遠い、遠い夢の彼方《かなた》に消えた。

もしかしたら、生涯で最後の恋かも知れない、と漠然と思っていた恋も終わり、あとに残されたのは、あと三年で五十になるひとりぼっちの女だけ。しかも、からだの中に小さな癌までできて、それを削ったあとも、抗癌剤を飲んでいる。

いったい自分は何のために、また日髪を結うのだろう。

スナックの客は、ママと寝たくて通って来るわけではない。ママが少しばかり髪を乱していても、安物の服を着ていても、そんなことは気にしていないのだ。彼らはただ、安い酒と気安い会話、一時の、ああ疲れた、今日もよく働いた、だからちょっとばかり気をゆるめよう、そんなささやかな快楽を求めて来るだけだ。中には誘いの視線をおくって来たり、少しはいやらしい冗談を言う客もいる。が、彼らはただ、そこにいちおう女の形をした人間がいるから、お愛想のつもりで戯《ざ》れ言《ごと》を口にしているだけ。わずかに、こちらにその気があるならそうなってもいいよ、という顔をする男がいたとしても、積極的に求められているのとは次元の違う話だった。

白魚のような手や、きっちりとセットされた髪、そんなものは、もう誰も自分に期待していない。なのに、なぜこうして、鏡の前に座っているのだろう。

それでも、美容師の手で白いものがやわらかな栗色へと染められ、適当な長さにカットされ、小粋《こいき》な和服の柄に似合うように結い上げられると、笙子は安堵した。鏡の中に、また、現役の女が現れたように感じた。

結局、自分は怖いのだ、と思った。

白髪を結うのをやめてしまったら、老いが自分を食い尽くしてしまう。その無残な姿を見たくない、ただそれだけ。二十七年もの歳月を水商売に費やして来て、最後に手の中に残るものが老いた孤独な女の姿だけだとしたら、それではあまり、あまりに……

その知らせが来たのは、再び店に立つようになってからわずか五日後のことだった。

住い兼用の二階建て、店の電話をそのまま私用にも使っている。まだ午前中で、ベルの音に起こされた。子機を手に取って通話ボタンを押した途端に、耳の奥で溜め息のような音がした。それで、なぜなのか、すべてがわかってしまった。

明子が死んだのだ。

「もしもし？　香住さん？」

声に聞き覚えがある。入院していた病院の看護師で、深山《みやま》という名の、気立てのいい女だ。

「わたし、新潟愛信会病院の深山です。憶《おぼ》えていらっしゃいます？」

「ええ……その節はいろいろとお世話になりました」

笙子は、深山が伝えようとしていることを悟っているのに、自分は随分と冷静に受け答えているな、と思いながら言った。

「週に一度は外来の方にお世話になっているんですけど、深山さんにはお会いしませんね」

「わたしは病棟専門なんです。でも、お声がお元気そうで嬉しいわ。あの、それでね、今日はその……佐野さん、香住さんと同じ病室にいらした佐野さんのことなんですけど」

「……はい」

「昨夜、十一時頃に、お亡くなりになったんです」

昨夜十一時。自分は何をしていただろう。そう、まだ店にいて、客のひとりとカラオケで何か歌っていた。何も感じなかった。漫画や映画の中にあるように、親しい人間の死の瞬間に何かを感じるなんてこと、嘘なんだ、やっぱり。

「実は、香住さんが退院されてから、佐野さんに頼まれていたんです。自分が死んだら、それを電話で香住さんに伝えて欲しい、って。たぶん……お葬式に出て貰いたい、そういうことだと思うんですけれど」

「……そうですか」

演技ではなく、不意に涙がこみあげて声が滲《にじ》んだ。たった三週間、人生でたったの二十一日、ひとつの部屋の中にベッドを並べて寝起きした。それだけの縁だった。なのに、自分の葬式に来て欲しいと、あの女性は思ってくれたのだ。一生の間にいったい何人、自分の葬式に来て欲しいと思える人間と知りあえるだろう。

「もちろん……もちろん、参ります。式場の場所と時間を教えていただけますか」

メモを書きつけ、香住さんの場合は手術の経過も良好だし、必ず完治しますからね、と励まされて子機を置く。

＊

葬儀は翌日に行われた。朝からみぞれ混じりの寒空だった。ここ数日中には、本格的な冬が到来する。雪国、と呼ばれてはいても、新潟市内の積雪量はさほど多くはない。新井などの豪雪地帯とは比較にならない。が、東京の冬と比べれば、これもまた別の意味で比較にならないほど厳しい。

新潟で迎える六度目の冬だった。そして、ひとりぼっちで迎える初めての冬。長年の友人というわけではなく、また、親戚《しんせき》でもない身の上だったので、大層な和服はやめにして、ワンピースに上着のついた簡易な喪服にした。その上から、紺色のレインコートを羽織《はお》り、葬儀社のメモリアル会館へと向かう。明子はすべてに準備万端整えていたのだろう。たぶん、生前に、葬儀社と契約を交わすか、弁護士にすべてを委託してあったに違いない。

体育館や公民館のような建物の中、区切られた部屋のひとつで葬儀が行われていた。やけに明るい照明の下、読経《どきょう》が流れ、焼香の列が続く。弔問客《ちょうもんきゃく》は多くはなかった。遺族席にも数人の老人が座っているだけ。看護師の深山の姿があった。毎日毎日、病院では誰かれとなく死者が出る。そのすべての葬儀にいちいち顔を出しているはずはないから、その場にいたのは、仕事を離れた深山の、真心からの行為なのだ。明子は、優等生と呼べる患者ではなかった。病院を抜け出して近所の蕎麦屋《そばや》に入ったり、こっそりと病室の窓からあたまを突きだして煙草《たばこ》を喫《す》ったり、食事がまずいと文句を言ったり。けれど、看護師たちには好かれていた。おしゃべりで一日中、誰かれ構わず身の上話をし、噂《うわさ》をし、冗談を言い。病院のような場所では、明るく陽気な患者は貴重なのだ。いよいよ手のほどこしようのなくなった肝臓を抱えて、明子はそれでも、陽気なまま生きていた。関西弁が混じる独特の喋り方で、自分の、浮き沈みの激しかった生涯について機関銃のように喋りまくり、けれど決して同情は求めず、話の最後には聞き手を笑わせてしめくくった。明子のような最期を過ごすことは、自分にはできそうにない。明子は強かったのだ。途方もなく、強い女だった。

　出棺まで見送るほどの立場ではない気がして、焼香だけで部屋を出た。親族の控室に続く廊下のところに、少し滑稽《こっけい》に見えるちょび髭《ひげ》を生やした中年の男が立っていて、笙子の顔を見るなり、小走りに近づいて来た。

「すみません、香住さん、香住笙子さんですね？」

見知らぬ男にいきなり名前を呼ばれ、笙子はどぎまぎして頷いた。男は胸のポケットから名刺入れを取り出し、一枚、もったいぶった手つきで笙子に手渡した。

「弁護士の磯田《いそだ》と申します。佐野明子さんのご依頼で、葬儀の関係と遺言の関係をとりおこなわせていただきました」

ああ、そうか。この人が、あの時病院に来た弁護士か。確か、病室にもちらっと顔を出した気がしたが、まるで記憶にない。横になってカーテンを閉めてしまうと、明子の見舞客の顔など見えなくなる。

「それでですね、先ほど、ご葬儀が始まる前に親族の皆様の前で佐野さんの遺言状を読み上げさせていただきまして、遺産の分配等につきましては、すべて了承いただいた次第なんですが、遺言状とは別にですね、お亡くなりになる前に、わたし宛の手紙をいただいておりまして。それがその、お亡くなりになったその日の午後に投函《とうかん》されたようでして、わたしの事務所に着きましたのが今朝だったのです。その手紙の中に、二、三、遺言状では指定されていなかった少額の遺産の分配について追加事項が書かれておりまして、あなたのお名前があったものですから、急いで病院の方に事情を話して、あなたのお電話番号を教えていただいて、先ほどから何度かお電話差し上げていたんですが」

笙子は、磯田が何の話をしているのかまるで呑み込めずにいたが、とにかく、誰も電話に出なかったのは自分がひとり暮らしで、ここに来る前に美容院に寄っていたせいだ、ということをしどろもどろ説明した。葬式の前にまで日髪を結うのは不謹慎なのかも知れなかったが、明子をおくるのに、きちんとするのは礼儀だという気がしたのだ。

「さようですか」

磯田は美容院のことなど気にするふうはなく、親族控室の隣りの、ご休憩室、と書かれたドアを手で示した。

「少しご説明させていただきたいことがございますので、お時間がよろしければ」

笙子は頷いて、磯田と共にその部屋に入った。葬儀はまだ続いているはずだったが、焼香だけ済ませて帰るつもりらしい弔問客が数人、自動販売機の飲み物を手に小声で喋っている。

磯田はその人たちからいちばん遠く離れたソファに座った。笙子も隣りに腰をおろした。

「追加事項の中には、お金や不動産ではなくて、主に、佐野さんの私物、つまりその、かたみの品について、誰と誰におくって欲しい、というような指示が書かれておりましてね」

磯田は、手にしていた紙袋から、何かを取り出した。それは、明子がいつも持ち歩いていた、小さな手提げバッグだった。

「こちらのバッグの遺贈先が、あなたのお名前になっていたんですよ」

笙子はそのバッグを見つめた。じっくりと近くで見るのは初めてだった。明子はそのバッグを、病室にいる時には引き出しの中に仕舞っていたし、病室から出る時は決して手放さなかったので、こうして近くで見る機会などなかったのだ。

エルメスのケリーだった。形から、そうではないかと思っていたものの、本物なのかどうかは遠目では判断できずにいた。近くで見れば、確かに本物に見える。

「これは……高価なバッグですね」

「ええ、わたしはブランド品には詳しくないのですが、佐野さんは偽物のブランド品などお持ちになるようなご性格ではなかったようですね。まあ、お望みでしたらしかるべきところに鑑定に出してもよろしいですが」

「いいえ、いいえ。鑑定だなんて……本物かどうかは関係ありませんから」

笙子はバッグを手に取った。

「とても大切にしていらしたんです……病院の中でも肌身離さずといった感じで。それをわたしなんかに……本当に、わたしがいただいてもよろしいんでしょうか」

「親族の皆さんには了解を得ておりますし、手紙の筆跡に間違いはないと思いますし、実印も押されています。ご丁寧に、印鑑証明まで添付されておりましたよ。佐野さんらしいなと思います。いずれにしても、これはあなたにお受け取りいただいて問題ないと思います。ただその……後にトラブルになるといけませんので、できればこの場で、中を確認していただきたいのですが。もしその……バッグの中にとても高価なものなどが入っていた場合ですね、親族の皆さんが」

「わかりました。そんな高価なものをいただく筋合いはありませんし」

「いえ、どれほど高価であろうと故人の遺志は尊重されます。ま、しかし、後になって揉《も》めるよりは、親族の皆さんがおそろいの今日、ここで確認していただく方がよろしいかと思いまして」

笙子は、その黒いつやつやとした革のバッグを手にとり、留め金を開けた。中には、封筒が二通だけ入っていた。

「手紙だけですか」

磯田が心持ち安堵したように言う。笙子は頷いた。二通のうち、一通の封筒にはどことなく見覚えがある。それは何度も取り出されて開けられた、くたびれかけた封筒だ。もう一通は、真新しい青白い封筒だった。笙子はそちらを取り出し、あかりの方に向けてみた。光を通して透けた中に、紙以外のものが入っているようには見えなかった。

「お金なども入ってはいないようですけれど……開けますか」

「あ、いいえいいえ、私信ですから、けっこうです。それにその……中身が現金だった場合にはですね、あなたがどなたにもおっしゃらないでくだされば、トラブルの元にはならないかと思いますので。ほら、貴金属などですとね、生前の佐野さんが持っていたことを親族の方がご存知だったりしまして、そうだあの指輪はどこに行った？　などと言い出されることもあるわけです。個人の遺産相続というのは、そうした細かい事柄で揉めることが多いものですから。いずれにしても、あとはおひとりで確認していただければそれでけっこうです。あ、仮に現金などの場合ですと、税金の問題は発生いたします」

「もしそんなものが入っていれば、すぐにお電話いたします」

「そうですね、そうしていただいた方が何かと確実かと」

磯田はそそくさと立ち上がり、一礼すると、ではわたくしはこれで、と、部屋を出て行った。

笙子は、大きくひとつ溜め息をついた。遺産相続なんて、予想もしなかった。ケリーバッグひとつでも、故人から何か譲《ゆず》られた、という事実は重たい。

それは、ミニケリーと呼ばれてる大きさのものだった。新品ならば三、四十万円くらいするのではないか。使い込んで、革がいい風合いになっている。丁寧に手入れされていたのだろう。目立つ傷はないが、指先で撫でると、細かな傷がいくつか指先に感じられる。明子はこのバッグを愛していた。笙子にはそれが感じられた。

古びている封筒の方は、開けなくてもわかっていた。あの時の、写真と手紙だ。佐渡の病院で、明子と同じ病気で入院していてすでに故人となってしまった女性が、明子に宛てた手紙。どうしてあの手紙をこのバッグに入れたままにして自分に渡そうとしたのか、その理由は皆目見当がつかない。出し忘れた、ということはあり得なかった。いつもこのバッグの中から明子が取り出していた財布や鍵束など、すべてが取り出され、バッグの底も綺麗に掃除されている。その日の夜に亡くなるという人生最後の日に、明子はわざわざこのバッグを空にし、二通の封筒を入れ、これを自分に譲るという文面の手紙を弁護士に出したのだ。

笙子は、真新しい封筒の方の封を切った。折り畳まれた手紙を広げる。

『しょう子さんへ

あなたの名前の字、難しくてあたしには書けないから、平仮名にしました。ごめんなさいね。

あなたが退院してから、つまらない毎日です。あなたのあとに入院して来たのは若い子で、悪い子じゃないけど話が合わないのよ。一日中、あたまにヘッドフォン付けて音楽を聴いてるよ。でもここでの退屈な日々も、そろそろ終わりだろうね。昨日、少し血を吐きました。お医者の顔を見ればわかります。あたしもいよいよ、年貢《ねんぐ》の納め時です。

それでね、あたしにとっては、あなたが人生最後の友達、ってことになったと思うの。せっかくだから、あたしのこと忘れないでいて貰えるように、あなたにも何か遺せないかと思ったんだけど、あたしは金持ちじゃないから。死んだ亭主の墓を作り直して貰うのに、亭主の実家に預金はすべて遺すことにしちゃったし、時計とか指輪とかは、病院で長いこと世話になった看護婦さんにあげることにしたのよ。だから、このバッグをあなたに差し上げます。これね、何年か前に東京に遊びに行った時にデパートで注文して、わざわざ作ったもんなのよ。エルメスってのはお高くとまってるよね、在庫は置いてないんだよ。注文で作るんだってさ。ケリーってのは、あのグレース・ケリーのことなんだってね。あたしはグレース・ケリーの出た映画が好きなの。それでね、分不相応なのはわかっていたんだけど、一生に一度くらい、こういうものにお金をつかってもいいだろうって思ってね。まあそんなわけだから、本物のエルメスです。中古だからそんな偉そうに言うようなもんじゃないけど、黒だからいろいろ使えると思うので、使ってください。そして、あたしのこともたまには思い出してくださいね。

それで、なんか物をあげてその代わりに、というのはいやらしいんだけど、お願いがひとつあるの。あの女の私立探偵が来た時のこと、おぼえてますか。実はあなたが退院してから、あの女探偵がまた来たんです。さすがにプロの探偵だけあって、前に来た時のあたしの顔つきから、写真の男について何か知ってることがあると思った、とか言って。あたしはまた、あの男のことはろくに知らないって突っぱねたんだけど。

あの女探偵から、とんでもないこと聞いてしまったのよ。信じられない話なんだけど、あの女探偵が、渋川さんの娘さんのカレシの、奥さんなんだそうです。つまり、あの女探偵は、自分で捜してたのね、いなくなった自分の夫を。証拠も見せてくれました。確かに、あの女探偵とカレシとがふたりで写ってる写真とか、結婚式の写真がありました。

それでね、あたし、迷っています。渋川さんがあたしに宛ててくれた手紙を渋川さんの遺言だとすれば、あたしは本当のことをあの探偵に教えるわけにはいかない。けれど、もう十年以上も、不意にいなくなってしまった夫を捜し続けてる女ってのもかわいそうで。なんだかずるいみたいなんだけど、あたしが死んでしまえば、渋川さんの遺言の効力ってのも、結局はなくなることになると思うの。だからあたしが死んでから、あなたに決めて貰おうかなって。あたしにはわからないのよ。あたしは誰かの愛人っていうのになったことがないし、夫が浮気してるとわかっても、夫に捨てられると考えたことがないの。じまんしているみたいでごめんなさいね。でも本当のことなのよ。あたしの夫は、家を捨てられるような男じゃなかった。

こんな書き方をすると失礼かとは思うけど、あなたは、妻のある男の恋人だったことがある、あたしはそう思いました。そんな気がしたんです。

結婚してる人間と恋人関係になるのは悪いことだと頭ではわかるけど、実際に誰かにほれてしまったら、人間なんて、弱いものだものね。何が正しくて何が間違っているのかなんて、あたしごときに判断なんかできない。だからお願い、この手紙を読んだら、もう一通の封筒を開けて、渋川さんの頼みも知って。それで、あなたが決めてください。あの女探偵にその手紙の内容を伝えるかどうかを。伝えないほうがいいと思ったら、手紙はこれも渋川さんからのものも、写真も、焼いちゃってください。

無理なお願いをして本当にごめんなさい。死にいく女の、わがままだとゆるしてください。

あなたは必ず治るから、元気になるから、がんばってね。

佐野明子』

どう考えていいのかわからず、笙子は混乱した頭を静かに振った。明子の手紙の最後の一文には涙が出る。誰に励まされるより、嬉しく、切なかった。けれど、明子の「お願い」は、自分には荷が重過ぎる。何が正しくて何が間違っているのか、そんなこと、明子に判断できないのならば自分にだって判断などできない。できるはずがない。

ただ、あの時の女探偵が、自分の夫を捜していたのだ、という事実には、強く心を惹《ひ》かれるものがあった。

そんな不思議なことが、この世界にはあるのだ。彼女はもともと女探偵で、それで夫に逃げられてしまったのだろうか。それとも、夫が消えてから自分でその夫を捜すために、探偵になったのだろうか。いずれにしても、笙子には女探偵の気持ちがはかりかねた。彼女はなぜ、自分で捜す道を選んだのだろう。もしかすると、決して認めたくない真実に、いきなり直面してしまう可能性だってあるのに。自分が彼女なら、そんなことは怖くてできそうにない。

笙子は明子からの手紙をひとまず封筒にしまい、もう一通の、くたびれた封筒を手にして、指先を中に入れた。

4

雨戸の隙間から差し込む光がやけに明るく白いので、雪だ、とわかった。

起きだすと部屋はとても冷えていた。もう綿入れが必要な季節になったのだ。笙子はタンスの引き出しをあけ、綿入れを探したが、五月の連休に虫よけと共に衣装箱にしまったままだと思い出し、舌打ちして、カーディガンを羽織った。雨戸を開けると、新潟の町は白い輝きで覆《おお》われていた。

この冬最初の、本格的な降雪。

吐く息はとても白く、胸に入りこんで来る空気は、ナイフのように鋭く冷えている。階下に降りて店のあかりを点《つ》ける。二階には炊事場がないので、ふだんの食事のしたくも、お茶一杯いれるのも、すべて店の設備を使っている。煎茶をすすると、からだに残っていた前の晩の酒が溶けて流れていく気がした。

何事もなかったかのような日常が、笙子を包んでいる。病気がわかって入院する前の、日常が。店は、繁盛とまではいかないが、かつかつ、赤字にならない程度の客が通ってくれ、そのおかげで笙子は、三度の食事と毎日の日髪結いを続け、さすがにくたびれて来た商売用のドレスを、冬に備えて買い換えてもいいかな、と考えていた。銀座時代の知人からの誘いには、迷ったあげく、断りの返事を出した。今さら生き馬の目を抜く銀座に戻って、毎日神経をすり減らして生きていくのは無理だと思った。昔からの知りあいも親友と呼べる人間も、頼りになる親戚も何も誰もいないこの新潟という町で、肩の力を抜いてなんとか毎日を過ごしていく方が、性《しよう》に合っている。明子のように、自分も潔《いさぎよ》くなればいいのだ。自分の最期に誰かに迷惑がかからないよう、生きている間にてきぱきと手配して、笑って残りの人生を暮らしていけばいい。

ただ。

たったひとつの怖《おそ》れ。美容院の鏡の中に映る、白い髪への怖れだけが、笙子の心に影を落とす。ひとりで生きていくのはいい。それは望むところなのだ。けれど、このまま刻一刻と時が刻まれ、自分が、女ではない何かへと変化していくことに対しては、ぬぐいがたい拒否感がある。この拒否感とどう向き合ったらいいのか、笙子は途方に暮れていた。たぶん、更年期障害が引き起こした軽い鬱《うつ》病の類《たぐ》いなのだろう、と、理由を探して自分を納得させようとはしてみるが、それで消え去るような怖れではないこともまた、笙子は知っている。

自分は、女、を消費して生きて来た。女、に頼り過ぎて来た。美しい手や髪を守ることに執念を抱き、お金をかけ、他の、普通の女とは違う特別な女として生きるのだ、と、常に気を張りつめ続けて来た。老いが容赦なくその、女、を壊していく今、生きていく上に必要だった武装が、否応《いやおう》無しにはぎ取られ、自分が裸になっていく感覚がある。どんどん弱く、どんどん無価値に、どんどん……

この先のひとりぼっちの日々、白い手や整えられた髪の他に、自分は何を信じて、何に頼って生きていけばいいのだろう。

それがわからない。それを、知りたい。

店のドアがノックされた。それから、遠慮がちな呼び鈴が鳴った。笙子は時計を見た。午前十一時。約束ぴったりの時刻だった。

寝巻きがわりのスウェットスーツにカーディガンを羽織っただけ、という自分の格好に少し気後《きおく》れはしたが、相手は女探偵なのだ。気取って見せたところで、人の生活の生身の部分を見慣れた相手には、あまり意味がないだろう。

鍵をはずし、ドアを開けると、冷気がどっと店の中に入りこんで来る。目の前に、あの時、ほんの少しだけ顔を見た女探偵が立っていた。

「お電話をありがとうございました。下澤でございます」

女探偵は頭を下げた。こうして真正面から見ると、そう若くはない女だ。でも自分よりは年下だろう。薄い化粧が似合う、すっきりとした目鼻立ちをしている。美人というのではないが、理知的で好ましい顔だと思った。黒いレザーのジャケットに細身のグレーのパンツ。肩から提げた鞄《かばん》は、コーチの大型のもの。短くカットされた髪は、今ふうに少し外側にはねている。

都会の女だった。名刺の住所は京都になっていた。京都はやはり、新潟よりも都会なのだな、と、思った。

「お店、開けてないんですけど、二階にはお客様をお通しするような場所がないんですよ。カウンターにでも座っていただいてよろしいかしら。コーヒーはいれられますわ」

「どうぞお構いなく。こんな時刻に押し掛けてすみませんでした」

「京都から直接?」

「はい。ゆうべのうちに来て、ビジネスホテルに泊まりました」

カウンターに座った女探偵の前に、まずは煎茶の茶碗を出した。それからドリッパーをセットしてコーヒーをいれる。コーヒーができあがるまで黙っていることもないだろう。この女探偵にしても、じらされたくはないに違いない。

「電話でお話ししたとおり、佐野明子さんから頼まれごとをしたんです。あなたが捜しておられた写真の男性について、ですけど」

　女探偵はゆっくり頷いた。

「佐野さんが何かご存知なのは感じていました。それで、お亡くなりになる前にもう一度病室を訪ねさせていただきました」

「驚いたわ……あなたの旦那さんでしたのね、あの写真の男性」

「はい」

「失踪されたんですか？　それとも……家出？」

「書き置きの類いは一切、ありませんでした。いつもどおりの生活をしていて、ある日、仕事から戻りませんでした。それから連絡も何もありません」

「失踪してどのくらい経つんですか」

「一九九二年に、行方がわからなくなりました」

「それじゃもう……十一年も！」

「手がかりがなかったんです。ずっと手は尽くして来たつもりだったんですが。ところが昨年の秋に、たまたま仕事で新潟に来て、佐渡に渡るフェリーの乗り場で夫の姿を見てしまったんです。はじめは他人の空似《そらに》だと思いました。けれど気になって、佐渡、をキーワードにもう一度、失踪した時のことから調べて貰ったんです。あ、わたしも仕事をしておりますので、夫のことばかりに時間が割《さ》けなかったものですから。それにこうしたことは、むしろ他人に任せた方がいいこともありますので。それで同業者で新潟に詳しいところに調査をお願いしました。その結果……渋川さわ子さんと夫とが、昔、夫が東京で勤めていた頃に接点があったことがわかりました。一年前、夫の過去において、佐渡とわずかでも関係があるのは渋川さんだけだったんです。一年前、渋川さんのご実家を訪ねて、渋川さんがご病気で亡くなられたことを知りました。ですが、その渋川さんの見舞いに来ていた客の中に、夫ではないかと思われる人物がいたことが判りました。確率から考えて、やはりわたしが一年前に目撃した男は夫であったと考えています」

「あの、ちょっとお訊きしてもいい？　あなた、旦那様の件は同業者に依頼したとおっしゃいましたわね、それはつまり、あなたが私立探偵をしているのは、旦那様を捜すためではない、ということなの？」

女探偵は、薄く微笑んだ。

「夫の事務所だったんです……下澤調査事務所は。わたしは弁護士事務所で事務をしていました。探偵なんてまったく未経験でした」

「それじゃ、旦那様がいなくなって、そのあとを」

「継ぐ、というようなはっきりした気持ちがあったわけではないんです。ただ……夫は戻って来ると思っていました。一ヶ月で、半年で、一年で、二年以内には、三年経てば……ずっと信じていたかったんですね。必ず戻って来ると。戻って来た時に事務所がなくなっていたら夫が困る、仕事がなくて困る、だから開けておく。そのために、探偵をすることになりました。いつの間にか十一年です。もう他に、わたしにも生きていく方法はありません。この仕事を続けていくしかないと思っています」

「あの」

笙子は、手にした封筒を胸のあたりでとどめたまま、訊いた。

「渋川さんって人には娘さんがいらして……その娘さんとあなたの旦那さんが一緒にいた、ってことはもう……？」

「この一年、佐渡を中心に新潟市内まで、綿密に調べて貰いました。……夫らしき男と、渋川雪《ゆき》さん……渋川さわ子さんの娘さんらしき女性とが一緒にいた形跡が、いくつか見つかったそうです」

「そう」

笙子は小さく溜め息をついた。

「知ってるのね」

それから、コーヒーをカップに注ぎ、女探偵の前に置いた。自分の分もマグカップに注ぐ。そして、封筒を女探偵に手渡した。

「読んで。これが、渋川さわ子さんが佐野明子さんに宛てた最後の手紙。佐野さんがあなたに何も教えなかったのは、これが渋川さんの遺言だと思ったからなの。でも、あなたが失踪した男の奥さんだと知って、佐野さんは悩んだのよ。悩んだあげく……わたしに判断してくれって言い残したの。あなたにこれを読ませるかどうか、わたしが決めてって」

女探偵の指先が震えている。笙子は、それを直視できない気がして、マグカップのコーヒーへと視線を落とした。コーヒーは黒に限りなく近い茶色で、底が知れず、それがそのまま、十一年もの間夫を待ち続けた女探偵の心の奥底を覗いているようで、息をのむ。

『佐野明子様

病室の窓から見えていた桜の枝に、つぼみがつきました。佐渡もようやく、春のようです。明子さんが新潟市内の病院の方に入院されたと聞いて、驚いています。そちらの方が設備もいいでしょうし、ゆっくり養生してくださいね。私の方は、どうやら、ひと足お先にいくことになりそうです。でも少し体調がよくなれば、二、三日外泊してもいいと言われましたので、今度外泊の許可が出たら、そちらの病院にお見舞いに行かせてください。もう一度だけでも、明子さんといろいろお喋りがしたいです。

本当はその時に直接逢ってお願いすべきことなのですが、いかんせん、明日にでも寿命がつきるやも知れず、ずっと考えていたのですが、思い切って手紙を書くことにいたしました。

お願いというのは、娘のことです。明子さんも何度か逢ったことのある、あの子です。娘とは言っても、十七の時に家出をして、何年も姿を見せなかった親不孝な子でした。それが私が佐渡に戻る少し前に、急に現れたのです。しかも、男連れでした。それがあの、ケイゴさん、と呼んでいた男です。詳しいことは、ごめんなさい、話すことができないのですが、娘とあの男とは、のっぴきならない事情で、行くあてもなく困っていました。それで私は、一時的に二人を佐渡にかくまうことにして、自分も佐渡に戻りました。それからしばらく、二人は知りあいのペンションで働かせてもらい、なんとか生活していましたが、佐渡はとても狭いところです。娘の顔を知っている人に出逢ってしまうかも知れないので、二人は新潟市内に移り、やはり知人がやっている居酒屋を手伝っています。けれど、私はもうすぐ、先立たなくてはなりません。私がいなくなってから誰が二人をかばうのかと思うと、とても心配です。二人は決して、私の親戚やケイゴさんの知人に居所を知られるわけにはいかないのです。

万が一、私の葬儀があって、それに佐野さんがおいでになることがあっても、雪のことは一切、誰にも尋ねないでください。それがお願いです。私の親戚の者は家出娘のことなど、恥なので、他人に訊いたりはしないと思います。ですから、佐野さんの方から雪の話題を出さずにいてくだされば、何も問題はないと思います。

私が死んだら、二人は新潟を離れると言っています。どこに行くつもりなのかはあえて訊いておりません。いずれにしても、あの世にいってしまえばもう、娘のことをかばってやることもできない、それが口惜しい毎日です。

二人が働いていたペンションは、赤泊《あかどまり》の、ホワイトウェイヴ、というところです。そこに大谷《おおたに》さんという人がいて、二人のことはその人がよく知っているので、あとのことをどうするのかも、たぶん、大谷さんに相談しているのだと思います。こんなお願いをしてしまって、万が一、めんどうなことにでもなった場合には、大谷さんに連絡して、後のことは任せてしまえば大丈夫です。

とりとめのない手紙になってしまいました。いきなりこんなことを書いて、本当にごめんなさいね。外泊許可が出たら、必ず、お見舞いに参ります。その時には、もう少し詳しく事情を説明できると思います。

渋川さわ子』

女探偵は、声を出さずに手紙を読んでいる。その表情は痛いほど真剣で、唇が震え続けているのが、はっきりと見てとれる。

渋川さわ子が死んでもう二年近くが経つはずだった。いずれにしても、女探偵の夫はすでに新潟を離れているだろう。一年前に佐渡に渡るフェリーで見かけたというのは、あの手紙にあった、大谷とかいう人のところにでも行くところだったのだろうか。

自分には関係のないことだ。まったく関係のないこと。自分はただ、手紙をこの女に渡すかどうか、その選択を任されただけ。

なぜ渡す気になったのだろう。どうして、この女探偵に同情など感じたのだろう。

自分は愛人の立場だった。渋川雪の立場だったのだ。自分のしたことは、雪を窮地に追い込むことに繋《つな》がるかも知れない。

だがあの手紙を焼き捨てていれば、この女探偵は、夫がすでに新潟にはいないと知らずにまた何年も、新潟を、佐渡を、捜し続けることになったかも知れない。

どちらにしても、それで自分の人生に何かの影響があるわけではない。けれど、自分は選択した。手紙を「妻」に渡し、「愛人」を裏切った。

罪の意識。

いや、たぶん……羨望《せんぼう》と嫉妬。母親にかばわれながら、十一年も愛人として逃避行を続けている雪という女に対しての、意地の悪い感情。

女探偵の頬に、涙の筋が流れている。なぜ泣くのだろう。新しい手がかりが手に入ったのに。喜べばいいのに。

「教えてほしいの」

笙子は、女探偵に向かって言った。彼女は顔をあげる。涙に濡れた瞳の奥に、笙子自身の姿がある。

「ご主人を見つけて……もし見つかったとして、それからどうなさるの？　ご主人は他の女性といて……十一年もの間、あなたを裏切り続けていた。それがわかっているのに、まだ捜し続けるの？　捜して見つけて、そしてどうするの？」

泣き顔のまま、女探偵は、微笑んだ。

「わかりません」

彼女は言った。

「わからないんです」

「だったらなぜ、捜すの？」

女探偵は、静かに息をはく。そして言った。

「逢いたいんです。もう一度、夫に、逢いたいんです」

「そう」

笙子は言った。言った途端に、嗚咽《おえつ》がこみあげ、両掌で顔をおおって、泣いた。

やっとわかった。自分もまた、逢いたいのだ。逢いたかったのだ。ずっと、ずっと、逢いたいままなのだ。自分の元を去って家に戻り、そこで呆気なくいってしまった男に、もう一度だけでもいいから、逢いたい。

逢いたい。逢いたい。逢いたい。

逢いたいままで、わたしは年老いていく。逢いたいまま、わたしはここで、朽《く》ちていく。

ばかげている。泣き声の中から笑いが生まれた。なぜなのか頭の中が白くぼやけ、笙子は笑い出していた。

もう逢えないのだ。この女とは違うのだ。自分が逢いたい男は、とっくに骨になって墓の下なのだ。あのひとはもう、自分のそばに添ってはくれない。天地がひっくり返ったって、もう、無理なのだ。それなのに、ここでわたしはいったい、何を待ち続け、何を捨てられずに生きているのだろう。

女探偵は捜す。捜せばいい。とことん、気の済むまで、夫を追いかけたらいい。そしてもう一度、逢えばいい。逢いたい、その気持ちだけで歩いていけばいい。

わたしはもう、終わりにしよう。ここにいれば、ここで細々と生きていれば、奇跡が起こってあのひとが店のドアを開けてもう一度入って来る、そんな幻とは決別しよう。

新潟を出よう。

出て、もう一度、誰かのそばに添い、誰かに隣りに添われて、そんな人生を、探そう。

このままここで死ぬのを待つのは、まっぴらだ。

「羨ましいわ」

笙子は涙を拭《ぬぐ》って、言った。

「あなたはそんなに、不幸じゃないと思う。幸せでもないんだろうけど、ね」

女探偵は、こくり、と頷いた。

第二章　戯《たわむ》れるひと

1

「ああ、降り始めた」

ハンドルを握っている川崎多美子《かわさきたみこ》が嘆息《たんそく》した。フロントガラスには細かな白い粒がはり付き、ワイパーを動かしても追いつかないほど、あとからあとから白い粒が増えている。

天気予報でも、諏訪《すわ》地方は午後から雪が舞う、と言っていたので驚きはしなかったが、蓼科《たてしな》方面に向けて茅野《ちの》の町を離れてから二十分、このままならば高原地帯に入るまでは天気が持つのかな、と思った矢先の降り出しだったたので、ついていない、と唯も思った。

道はすでにくねくねと曲がりながらかなり急なのぼりになっている。舗装された道路には降り出した雪が積もり出し、左右の窓から見える景色も白く煙《けむ》ってしまった。

「やばいかなぁ。でもチェーンつけるほどじゃないよね、まだ」

多美子は言って、ハンドルから乗り出すようにして前方を見る。

「うん、この路面ならこのまま上がれるな」

唯は少し不安になる。車はレンタカーで、四輪駆動ではなかった。天候と、蓼科の標高を考えれば四輪駆動を借りておくに越したことはなかったのだが、あいにくとJR茅野駅のレンタカー営業所に、四輪駆動車の空きがなかったのだ。

それでも、多美子の運転には安定感があった。雪国、新潟の出身だけのことはあると思う。スピードを落とした車は慎重に山道をのぼって行く。白樺《しらかば》と落葉松《からまつ》の林は一度溶けた雪の上に新雪を積もらせて、白粉《おしろい》でもはたいているようにどんどんと白く変わっていった。霧《きり》ケ峰《みね》周辺にはいくつもスキー場があるが、今年はまだ、さほどの積雪はないと聞いていた。この雪が降り続けば、スキー場の関係者は大喜びなのかも知れない。

スキーはしたことがない。学生の頃、友達に何度かスキー旅行に誘われたが、興味がなかったので行かなかった。社会人になってしまうとスキーシーズンにうまく休みをとるのは難しくなったし、夫となった貴之《たかゆき》も寒いところは苦手だと言って、スキーはしなかった。その貴之が、こんなところで暮らしていたのだろうか。唯は、瞬く間に銀世界に変わってしまった周囲の光景を、半《なか》ば呆然《ぼうぜん》と眺めていた。

白樺湖が近づいて、道は少し平坦になった。ここはもう高原なのだ。平日のせいか、車はほとんど走っていない。道路沿いにはけっこう店があるのが意外な気がする。土地柄、信州蕎麦《しんしゅうそば》の専門店らしき店があり、洒落《しゃれ》たカフェレストランがあり、木立の間に目をこらして見れば、企業の保養所や学校関係の施設らしい建物や、構えの大きな別荘などが確認できた。来る前に想像していたよりはずっと開けている感じがする。

「不便ね、ナビついてないと」

多美子は顔をしかめ、片手で後部座席を示した。

「後ろに地図、入ってるし、見てくれる。女神湖《めがみ》ってとこ」

唯はからだをひねって後部座席に置かれた多美子のバッグを掴《つか》んだ。ショルダー型のトートバッグの中に、観光ガイドと道路地図が入っている。取り出すと、女神湖のところにはちゃんと付箋《ふせん》が貼ってあった。

「このまま白樺湖まで行って大丈夫みたい。女神湖はその先です。分かれ道で標識が出るんじゃないかしら」

「確か、池《いけ》の端《はた》観光ホテルのところにローソンがあったわね。そこに寄って、ビールとか買って行こう」

「多美子さん、こっちの方、来たことあるんですか」

「一昨年だったかな、一度ね。夏だったわ」

「仕事で？」

「そう。白樺湖畔の観光ホテルで働いてる女を捜して。大阪から逃げて来た女だったのよ、亭主に借金残して、娘も捨てて、娘の家庭教師と逃げた」

「家庭教師と……年下ですね」

「男はまだ学生、二十一だったかな。逃げた女は三十五。娘は十一で中学受験するのに家庭教師つけて、その家庭教師の学生ってのが、ヤクザが経営してる裏カジノにはまって二百万も借金こしらえててね、女はその学生とデキちゃってから、クレジットカード七枚の限度額一杯までローン借りて、その上、亭主を保証人にしてサラ金からも借りまくって、五百万近いお金作って学生の借金はらってやって、残りのお金持ってふたりで消えたのよ。たいしたもんよね、仕事もしてない専業主婦が、担保もなしに五百万作るんだから。作れる世の中がおかしいんだろうけど」

「ふたりとも白樺湖で見つけたんですか」

「ううん。いたのは女だけ。男の方は、逃避行始めてたった一ヶ月で田舎《いなか》に逃げ帰ってた。もともと十四も年上の女と夜逃げなんかして、一生を棒にふる気はなかったんでしょ。ただ女の方が、借金を立て替える代わりに一緒に逃げて、ってせがんだんじゃないかな。そのあたりの詳しい事情は聞いてないけどね。あたしが引き受けた仕事は、逃げた女房を見つけ出すことだけだったから」

「夫からの依頼ですか」

「そう。離婚したいけれど居場所がわからないじゃできないから、って。普通は離婚届に判を押したものを置いて出て行くもんよね。たぶん女の方も、若い男を心の底から信じてはいなかったのね。でも夢中になってて、どうしても男を自分のものにしたかった。それが一時の夢でもいい、くらいには思ったんじゃないかな。けれど、無理して逃げても、いつかは捨てられるだろうって覚悟していた。そうなった時には家に戻りたいなんて考えていたんでしょ」

「そんな大それたことして、戻れると思うなんて」

「図々《ずうずう》しい？」

多美子はちらっと唯を見て笑った。

「でも、実際、そういうケースで結局は元の鞘《さや》に収まる夫婦は多いのよ。浮気がバレたからって、すぐに離婚までいく夫婦の方が少ないかも知れない。ただの恋愛なら、どっちかが浮気してそれがバレたら壊れることが多いのにね」

多美子の記憶どおり、白樺湖の賑《にぎ》やかな旅館街を抜け、車山《くるまやま》高原方面と女神湖方面に分かれる道を右折すると、ローソンの青い看板が見えて来た。大きな観光ホテルの建物と、遊園地、それに温水プールの施設まであるらしい。スキー場のオープンはまだのようだが、ホテルの裏側の山肌は白く光っていた。

こんな高原の湖のほとりでも、都会の真ん中と同じコンビニで買い物ができる。同じものを買うことができる。そのことがなんだか不思議だ。多美子は缶ビールやミネラルウォーターなどをかなりの量、買い込んだ。今夜の泊まりは女神湖畔のリゾートホテルだが、ホテルで飲み物を買うととても高いから、と、せっせとカゴに缶を入れ、つまみやポテトチップスなどもどんどん入れる。つられて唯も、小さな揚げせんべいの袋をカゴに落とした。子供の頃から大好きだった揚げせんべい。遊びに来たわけじゃないのに。

白樺湖を離れて林の奥へと続く自動車道を進むと、すぐに女神湖の案内表示が見えた。

「先にホテルにチェックインしましょう。もう四時過ぎだし、もしホワイトウェイヴに泊まり客がいるとすると、この時間からはペンションがいちばん忙しくなるから、いきなり押し掛けるってわけにもいかないし。それにしても、海のないところに引っ越して来たのに、ペンションの名前がホワイトウェイヴのまま、っていうのもおかしいよね」

「でも、もう少ししたらこのあたり一面、銀世界ですよね。意外と、違和感がないかも。白い波。雪で真っ白な山肌に風が吹いたら、白い波みたいに見えるかも知れませんよ」

「まあね。佐渡では長いこと営業してたみたいだから、名前に愛着もあるんでしょうね。でも、海のそばで暮らしていた人間が、こんな海から遠いところに引っ越す気になったって言うのが、なんだか腑《ふ》に落ちないのよね。いちおうこっちの調べでは、佐渡で何かやばいことがあって逃げて来たってわけではないみたいだけど。大谷憲作《けんさく》が赤泊で経営していたペンションには、固定客がついていたみたいでね、経営状態は悪くなかったみたいなのよ。佐渡って、夏は海水浴もできるし、春の桜や秋の紅葉は見どころもあるし、海釣りもできて温泉も出るから、けっこう、リゾート客は多いみたいね。赤泊だと海の幸が豊富だし、ホワイトウェイヴは釣りをやる人に人気だったんじゃないかな」

「それが海のない蓼科に移転してしまった。やっぱり不自然ですよね」

「いちおう、理由ははっきりしているのよ。ホワイトウェイヴの経営者の大谷憲作は、もともと東京の人間なの。学生の頃に何度か佐渡にバイクのツーリングで行くうちに、佐渡に魅せられて、佐渡のペンションを買って移住したってことになってる。まあ、バイタリティのある男よね。で、佐渡に移住する時に結婚して連れて来た大谷の妻は、長野の出身なの。ほら、さっきJRを下りた駅のあたり、茅野。学生時代からのつき合いだそうよ。それで、今回の移転は、その大谷の妻の父親が死んで、母親が茅野でひとりぼっちになっちゃって、しかもその母親はリュウマチを患《わずら》っていて手足が自由に動かないらしいのね。

それで大谷の妻が母親のそばに行って暮らしたいと言い出して、もともと大谷は佐渡の人間でもないし、ペンションならば長野でもできるから、ということで、こっちに越して来た。まあ話としては筋が通ってるし、大谷の妻の母親がリュウマチだってのはウラもとれたから、それが引っ越しの理由のひとつなのは確かでしょう。ちなみに、大谷が女神湖の近くに買ったペンションは、佐渡の建物よりかなり小さいみたい。佐渡のペンションがいくらで売れたのか知らないけど、妻の母親が茅野の家を処分したって事実も判ってるから、その母親から資金援助を受ければ、そんなに無理しなくても新規開業は可能だったでしょうね」

「つまり、今、そのペンションには、大谷夫妻と大谷憲作にとって義母にあたる人、三人が住んでいるわけですね」

「ええ、そう。でも義母はからだが不自由で戦力にはならないから、ペンションの経営は夫婦だけでやってるみたいね。夏のお盆休みとか、スキーシーズンの連休なんかは、長野大学の学生をしてる、大谷の妻の姪《めい》が手伝いに来てるみたい。他にもその姪の友達とかがバイトしてることもある」

「短期間でよくそこまで調べられましたね」

多美子は笑った。

「この程度のこと、三日もかからないわよ。ホワイトウェイヴはインターネットにホームページを開いていて、BBSも設置されてる。常連客や、泊まった経験のある客がいろいろ書き込んでるから、食事はおいしかったかとか、オーナー夫妻は感じがいいかとか、適当に質問すれば、得意になって説明してくれるわ。妻の姪はけっこう美人らしくて人気があるわよ。妻の母親の件は、女神湖の物件を大谷夫妻に紹介した諏訪市の不動産屋に電話で問い合わせて確認できたし。その母親が生活しやすいように、住居の方をバリアフリーに改装したんですって。ま、なんだかんだ、大谷憲作の暮らしについては、おおよそのことが摑めたと思う」

「つまり、大谷が佐渡から蓼科に居を移したこと自体は、貴之のこととは無関係なんですね」

「そこまではわからないけど、少なくとも表面的には、大谷自身に理由があって蓼科に引っ越した、というので納得はできるわ。赤泊のペンションも、儲《もう》かって笑いが止らないというほどじゃなかったみたいだし。まあ赤字ではない、経営としては良、その程度だったとしたら、奥さんのお母さんを助けるために引っ越しを決意したとしても、不自然というほどじゃない」

「貴之は……貴之たちは、大谷のところに身を寄せたんでしょうか」

「まったく不明。少なくとも、ペンションの客がそれと認識する形で、つまり、従業員として働いていたことはないと思う。もっとも、泊まり客の顔していたとすれば、たとえ長期滞在していたとしても、一泊かせいぜい二泊して帰ってしまう他の客にそう思われることはなかったでしょうけどね。せいぜい、オーナーと親しい常連さんかな、と思う程度で。いずれにしても、事前に大谷にさとられたら貴之さんに逃げられる可能性もあるから、わざわざこうやって、不意打ちをかけることにしたわけよ。まあ、これで貴之さんを見つけられる確率は、そんなに高くないとは思っていてね。赤泊時代からのホワイトウェイヴのひいき客に直接メールしてかまをかけてみたけど、赤泊の頃から手伝いの男女とか夫婦ものが住み込みで働いていたかどうかは知らない、という返事だった。たぶん、用心して、客と直接顔を合わせないところで働かせていたんじゃないかな。厨房《ちゅうぼう》の中で料理を作るとか、客が帰ってから部屋を掃除するとか、そういう仕事ならば客と顔を合わせないで済むもの。赤泊にあったホワイトウェイヴは、客が泊まる建物と、大谷夫妻の住居とは別棟になっていたの。蓼科の方は、客が泊まるペンション部分の写真しか手に入らなかったのでまだわからないけど、やっぱり別棟になっている可能性はある。でも、だとしたら、そっちに貴之さんたちがいることも当然考えられる。ねえ、下澤、あんた、覚悟って言うか、心の準備はほんとにできてる？　こんなこと言いたくないけど、あたし、男女の修羅場を生々しく見るのはちょっとごめんなさい、って気分なのよ。あんたが泣いたり喚《わめ》いたりするのは、見たくないの。貴之さんがあなたの前に姿を現したとして、その隣りに、雪って名前の女が立っていたとして、それでちゃんと、自分を見失わないでいられる？　こんな質問するのが残酷だってことはわかってるけど、あえて訊《き》いてるのよ」

「……わかってます。多美子さん……答えになっていないんですけど……覚悟はしたつもりでいます。でも、つもり、だけです。その場になったら自分がどんな行動に出るのか、自分でも……自分でも……」

「もういい。わかった」

多美子はワイパーの速度をあげ、フロントガラスにへばりつく雪をふき飛ばした。

「馬鹿なこと訊いてごめん。そんなの、その場になってみないと自分がどうなるかなんて、わかりっこない。あんたはあたしの依頼人なんだから、あたしだって、自分の好き嫌いで無責任なことはしない。依頼人の修羅場なんて飽きるほど見て来てるんだから、今さら、どうってことないし。ただささ……下澤、あんたとはビジネスオンリーのつき合いだとは、もう思ってないのよ、あたし。別に友達づらしようとも思わないけど、ただね、ただ正直に、あんたが泣き喚くのが見たくない、それがあたしの本音。それだけ知っといてくれればいいよ」

不意に車の前方に、スキー場と、観光地らしい建物とが現れた。女神湖、という標識が雪の中でしっかりと唯の目に飛び込む。

十一年前に行方不明になった夫と、自分は、本当にこの地で再会できるのだろうか。

再会することができたとして、それから先、どうしたらいいんだろう。

どうすれば、いいんだろう……

2

多美子がインターネットで予約したという宿は、スキー場のすぐ近くに建てられたリゾートホテルだった。まだ新しく、規模は小さいが、ロビーはとても洒落ていて、フロントがない。デスクがひとつ置いてあり、二人が入って行くと奥から制服を着た若い女性が現れ、丁寧に応対してくれ、ソファとテーブルが置かれたスペースに招《まね》かれた。外国のホテルのように、チェックインを座った状態で手続きしてくれる仕組みらしい。しかも、ハーブティーのサービスがあり、カモミールの香りがする熱いお茶のおかげで、かじかんでいた手足がくつろいで伸びた。まるで休暇を楽しみに来たみたいだ。十一年前に失踪した夫を捜す妻と、その妻から依頼を受けた私立探偵の二人組には見えないだろう。

「本降りになってしまいましたね」

フロントレディはガラス張りのロビー越しに外を見て言った。

「この雪が積もれば、スキーシーズン到来です。このあたりは三月の末まで、一面の銀世界です。お客様はスキーをなさいます？」

「あまり上手じゃないけど、まあ、滑ったことはあるわ」

謙遜、というよりは、雪国育ちだということを話すのが億劫《おっくう》で出た嘘だろう。多美子は幼稚園にあがる前から板をはき、小学校の冬の体育はスキーばかり、という環境で育っている。

「すぐ近く、歩いて五分のところにもスキー場がありますけれど、ここから車で二十分ほどで、エコーバレーやブランシュたかやまなど、人気のあるスキー場がいくつもあります。ブランシュたかやまはスノーボード禁止ですけど」

「スノボーなんてやる歳《とし》じゃないわよ。スポーツとしてはともかく、やってる連中のあの軽薄そうなノリ、あれが耐えられないわ」

多美子の毒舌にも、女性の華やかな笑顔は崩《くず》れなかった。よく訓練された営業用スマイル。

「お客様のお車にはチェーンは積んでおられますか。もし、お出かけのご予定があるようでしたら、今夜はチェーンを装着されて出られた方がよろしいかと思います。まだ積雪はたいしたことありませんけれど、天気予報では、このあと丸一日以上降り続けるそうですから、たぶん、この雪が根雪になります」

積雪のいちばん下積みになり、春までじっと重みに耐える根雪。窓の外、もうかなり薄暗くなって来た晩秋の空気の中、舞い降りて来るあのやわらかそうな、儚《はかな》そうな雪の粒が、この地方の冬を支える土台になる。

「お食事はどういたしましょう。六時から八時半までの間にお席のご予約ができますが……」

唯は、世慣れた調子で話す多美子に任せて、ロビーを横切った。とても洒落た小さな売店の横に、ギャラリーの案内が出ている。売店と同じくらいのスペースが画廊のようにしきられていて、そこで地元在住の写真家が個展を開いていた。その名前にはなんとなく憶えがあるので、けっこう名の知れた写真家だろう。

吸い込まれるように中に入る。白いパネルに並べられた写真にスポットライトが当たり、唯の目にまず飛び込んで来たのは、純白の小さな生き物の姿だった。オコジョの写真だ。雪の穴の中から顔を出し、レンズを熱心に見つめている。実際には望遠で撮っているのだろうから、オコジョがレンズそのものに気づいているとは思えない。が、雪の林の中で、人間の存在、に気づいたオコジョの警戒心が、自分を狙っているものの位置を的確にとらえた瞬間なのだ。

その隣りには、熊がいた。やはり雪原の中にたたずんでいる。空を見上げて。熊はなぜ空を見上げたのだろう。その空に、高い真冬の空に、雁《がん》の姿でも認めたのか。ふと目覚めてしまった冬眠の最中に、おのれが冷たい冬に四方を閉じこめられているその同じ時、大空を自由に飛び回れる鳥の姿に憧れを見たのか。それとも、この景色は白いけれど、すでに春なのか。春の一日、遅れて降った名残《なごり》雪が、去っていったはずの冬を呼び戻してしまった朝、当惑して、春を探している熊の姿なのか。

唯は、写真の素晴らしさにすっかり引き込まれていた。どの場面にも何かしら野生の生き物がいて、それらの生き物の一瞬の真実が、ファインダーを通じて写真家の意図のままに切り取られ、永遠に閉じこめられていた。見つめていると、どの写真からも物語が生まれ、それが脳裏を走馬灯のように流れていく。それまで、絵画に感動した経験はあっても、写真を見てこれほど心を動かされたことはなかった。

「ここにいたの」

多美子の声に、やっと唯は我にかえった。

「食事、七時にして貰ったわ。ペンションの夕飯って七時頃から始まるだろうから、九時になればひと息つくでしょう。その頃に、ホワイトウェイヴを訪ねてみよう。場所もわかった。ここからすぐだって。このホテルの裏側がペンション村らしいの。その中のひとつだから、徒歩でも五分くらいらしいよ。食事の前にお風呂に入らない？　……写真？　知ってる写真家？」

「名前だけは記憶にあるんやけど」

「小松崎《こまつざき》……何、この漢字、読めない」

「鶸《ひわ》です。鶸矢《ひわや》。鶸って、野鳥の名前やったと思います」

「じゃあ、アーティストネームか。こんなややこしい漢字、戸籍では認められてないね、きっと。有名な人なの？」

「さあ、でもわたしの記憶にあるくらいだから、そこそこは。雑誌で見たんやったかな」

「自然派ってやつ？　鳥とか花とか熊とか、あたし、苦手だわ、この手のアートって。そりゃ自然はすごいわよ、きれいだわよ、圧倒的だわよ。でもその自然のために、苦労してる人間だっていっぱいいるんだから、こうやって見せられてもさ、素直に綺麗ですね、って言える人ばかりじゃないじゃない。あたしの同級生でも、屋根の雪おろししてて腰の骨折って父親が死んだ、なんてのがいるのよ。そんな人間に、雪の原っぱの写真見せても、感動なんてできないって。アートなんてしょせん人間の自己満足なんだから、だったらもっと人工的なもので勝負すべきよ」

多美子らしい理屈に、唯は張りつめていたものが背中から抜けたように感じて、少し笑った。

「ま、後でまた心ゆくまで見なさいよ。このホテルってばカラオケもないし、バーも十時までだって。今夜はさっき買ったビールでおとなしくやるしかなさそうだし、時間はいくらでもあるわ。もっとも、ホワイトウェイヴ訪問の首尾次第では、どんな夜になるのか見当がつかないけどね。それはそうと下澤」

多美子は、ぽん、と唯の背中を叩いた。

「京都弁のアクセント、やっと出たね。朝からずーっと標準語で喋ってるから、ものすごく緊張してんだなあ、って心配してたのよ」

「あ、いえ、最近は多美子さんの紹介で東京の仕事が多いんで、いつのまにかこんなふうに」

「それでもね、お国言葉がまったく出なくなったら、危険信号なんだよ、ローカル出身の人間ってのは。人格が変わる徴候なんだから。あたしなんて、もう新潟弁、ほとんど出ないもの、昔とはすっかり人格が変わった証拠よ」

食事は素晴らしかった。リゾートホテルでフレンチ・ディナーというのは、ごく当たり前のことなのかも知れないが、そんなところで休暇を過ごした経験がない唯には、街から遠く離れた高原のホテルで素晴らしい夕食が食べられるというだけでも、不思議な気持ちになった。考えてみれば、貴之が失踪してからずっと、生活に追われてこんな贅沢《ぜいたく》とは縁がなかった。それが、多美子と貴之を捜すようになってから、温泉につかったりこんなホテルで食事をしたりと、考えてもいなかった時間を持つようになった。もしかしたら、多美子はわざわざ、そうした時間を自分に与えようと、日程を組んでくれているのかも、と唯は思った。

地元で採れた高原野菜と地鶏、名産の牛肉、近くの牧場で作られるチーズやバター、そして、種類豊富に揃《そろ》えられたワイン。多美子はフレンチ・ディナーなどいつものこと、という顔で、さっさとワインを選び、メニューを見てポイントをギャルソンヌに質問し、それを唯に教えて、それでも唯が迷っていると、あなたはこれにしなさいよ、わたしはこれにするから、と決めてしまう。まごついている唯にとっては、そうした強引さも親切なのだとわかる。多美子は、今や、唯にとって、心から頼りになる友人だった。多美子もまた、なぜか唯に対して、いつものドライでビジネスライクな顔だけではなく、優しい同性の友人としての顔を見せてくれる。が、多美子がとても優秀な私立探偵であり、そして、川崎調査事務所という、業界でもけっこう名の知れた探偵事務所を経営している辣腕《らつわん》経営者であることは事実なのだ。川崎調査事務所は、他の探偵社が扱わないようなリスキーな仕事も積極的に引き受ける、ハイリスク・ハイリターンを主義とする探偵社で、多美子の部下として雇われている探偵たちは、いずれも、様々な探偵社で経験を積み、実績をあげ、名を馳せた強者《つわもの》ばかりだった。と同時に、様々なトラブルによって、前の職場を追われた経験のある者ばかりだ、という噂も耳にしている。唯は、目の前に座ってワインの味に目を細めている、派手な顔立ちの女性をあらためて観察する。自分より年上で目尻の皺《しわ》も目立つが若々しい瞳。皺はあるけれどはつらつとした口元。よく食べ、よく喋る。そしてよく笑う。こんなひとが、一癖《くせ》も二癖もある探偵たちを束《たば》ねているのだ。

景気づけだから、と、注がれたワインのせいで、首のあたりまで熱くなってレストランを出た。多美子と二人で二度目の入浴をしにホテル内の大浴場に行き、降り続ける雪を見ながら湯につかった。湯からあがると、アロママッサージの予約をしてあるからと多美子に言われ、そのままマッサージ室につれていかれた。ハーブオイルをたっぷりと使い、女性の柔らかな手で顔や背中を撫《な》でられて、唯は、このまま、ホワイトウェイヴなどに行かずに帰ることができればいいのに、と心から思っていた。

貴之に逢いたくないわけではない。逢いたいのだ。逢いたい。逢いたい。ずっとずっと、十一年間ずっと、逢いたかった。それなのに、もしかするとほんの数百メートルのところに貴之がいる、そこまでたどり着いた今、足がすくんでいる自分がいる。

＊

ホテルで長靴を貸してくれた。白くて洒落た女性向けの長靴。少しぶかぶかだったが、靴下を三枚重ねて穿《は》いたらちょうどよくなった。多美子と二人で傘をさし、ぷすり、ぷすりと新雪に足跡をつけながら、ホテルの裏手の林へと踏み込んだ。ペンション村の看板が出ている。細い車道は、すでに除雪されていた。道端に、小さな除雪用のブルドーザーが置かれている。これが京都の町中だと、わずか五、六センチの積雪でも大騒ぎだろう。

除雪された道路を進むと、六、七軒もあるペンションの地図が出ていた。ホワイトウェイヴは林の中ほどのところにある。時刻は、そろそろ九時になる。多美子が懐中電灯を手にしていたので、雪に反射した光が思いのほか明るく周囲を照らし、歩くのに困難はなかった。雪は絶え間なく舞い降りて来るが、吹雪《ふぶき》になるほどの激しさはなく、視界も悪くはない。

　不意打ちの訪問だった。門前払いも覚悟している。が、それよりもっと怖かったのは、この雪の林の中で、不意に貴之と出逢ってしまうことだった。自分を狙《ねら》っているカメラの存在に漠然と気づいたオコジョのように、貴之は、警戒と好奇心とで自分を見るのかも知れない。それとも、空を仰ぐ熊のように、戸惑いとか得体の知れない期待とか、そうした感情を見せるのだろうか。そしてその貴之の腕に……腕に、この雪のように色白の、女がひとりぶら下がっていたら。

「あ、ここだ」

　多美子が光の輪を、一軒の建物に向けた。暗い色の木造の建物は、洋館を模したとても品のいいデザインだ。それが積もった雪の中で、まるでカナダかどこかのクリスマスカードのように美しい。建物の周囲は白樺の林で、家の前にはまだ若い樅《もみ》の木が数本、育っている。もしかすると、この樅をクリスマスツリーにするつもりかも知れない。

　客室らしい二階の窓にはひとつ、ふたつ、灯りがともっていた。スキーシーズン前の平日でも、泊まり客はいるようだ。前庭の駐車スペースには、四輪駆動車が二台、停《と》まっている。多美子は少し考えているようだったが、一度頷《うなず》くと、さくっさくっと雪を踏みしめて、玄関に近づいた。ドアに手をかけると、ゆるく動くようだ。

「まだ門限前、ってことね。でも食事は済んでるはずだから、いいわよね」

ドアを開ける。広いくつ脱ぎがあり、正面に、ホテルのフロントをフロントマンひとり分の長さに切ったようなカウンターがあった。ドアを開けた時、カウベルの音が鳴り響いたので、すぐに中から人が現れた。中年の女性。大谷の妻だろう。

「お泊まりのご希望ですか。もう夕飯が終わってしまっていて、お食事はお出しできないんですけど、お部屋はありますが」

「いえ、そうではないんです。大谷憲作さんに、少しお話がございまして。大谷憲作さんはこちらにいらっしゃいますよね」

「憲作は主人ですけど……今、組合の会合に出ているんですが、あの、失礼ですが」

大谷の妻はカウンターをまわりこんで玄関に出て来た。靴を脱いであがれとは言わないので、警戒しているのだろう。

「川崎と申します」

多美子は名刺を手渡す。

「東京と新潟で、調査事務所をしております」

「調査事務所……ってその、興信所みたいな？」

「そんなようなものですね。実は、下澤貴之さんという男性のことで、大谷さんにお尋ねしたいことがありまして」

妻は頷いたが、下澤貴之、という名前に、明らかに反応を見せていた。驚きが目と口元に広がっている。

「奥様は、下澤貴之、という名前にご記憶がございませんか」

「い、いいえ。ありません。その人……その人の何を調査なさっているんです？」

「行方です」

多美子は、適当な嘘を用意しているわけではなかった。ずばり、と切り込む。

「下澤さんは、十一年前に、京都にお住まいでしたが、突然失踪されました。奥様がずっと捜していらっしゃいます。昨年、うちの事務所が、下澤さんの奥様からの依頼で、行方を捜すことになりました」

「……その人とうちの人が、何か関係が？」

「下澤さんに大変によく似た人物が、昨年、新潟港で目撃されました。失踪前の下澤さんをとてもよく知っている人が目撃者ですから、人違いの可能性は低いと思われます。それがきっかけで、新潟に事務所のあるうちの調査事務所が依頼を受けることになったわけです。その結果、下澤さんと思われる人物が、佐渡にも現れていたことが判りました。重病で入院していたある女性のお見舞いに来ていたんです。その女性には娘さんがいらっしゃって、下澤さんはその娘さんと一緒に来ていたようでした。その女性は残念ながら亡くなってしまったのですが、生前にご友人に宛てた手紙の中に、娘さんの居場所は、赤泊でペンションを経営している大谷さんがご存知である、というようなことが書かれていました。それで赤泊を調べたところ、今年の三月一杯で大谷憲作さんが経営していたペンション、ホワイトウェイヴが移転していたことがわかったわけです……こちらに。このペンションは五月にこちらで開業されたんですよね？」

　大谷の妻は無言のまま頷く。両目は大きく見開かれ、瞳がこぼれて落ちそうに見えた。

「それで、大谷さんが、下澤さんの居場所をご存知なのではないか、そう思ったのでお訪ねしたわけです」

「知らないと思います」

　大谷の妻は早口で言った。

「そんな人の名前、主人の口から出たことはありませんから。あの、今、お客様がお泊まりなんです。そのお話、今でないといけませんか。明日、あらためて、その……これから後片づけだの、朝食の下準備だとかありますし、ペンションは朝が早いので、十一時にはベッドに入りたいですし……その」

「わかりました。突然押し掛けて申し訳ありませんでした。ですが、我々もあまりのんびりと調査をしているわけにはいかないのです。ご存知かと思いますが、こうした調査費用というのは決して安くはありません。一日調査が延びれば、依頼人の負担がそれだけ増えます。わかっていただきたいのですが、下澤さんの奥様は、下澤さんが失踪して以来、十一年もの間、ずっとずっと、ご主人を捜し続けておられたんです。そしてやっと確かな手がかりを摑み、わたくしどもに望みを託されました。どんな些細《ささい》なことでもいいんです。下澤さんを見つけ出す手がかりになることをご存知でしたら、ぜひ、ご協力をお願いしたいのです。そのことをご主人にお伝えいただけますか」

「わ、わかりました」

「明日、何時頃に伺えば、ご主人とお話ができるでしょうか。我々はこの近くに泊まっていますから、何時でも参れますが」

「……それでしたら……お客様がチェックアウトされるのが十時ですので、十一時頃でしたら……」

「わかりました。ありがとうございます。では、明日、十一時にまた参ります」

多美子は一礼し、さっさとドアを開ける。唯も慌《あわ》てて頭を下げて多美子を追った。

「多美子さん、あんなんでいいの？　また明日、なんて、今夜中に逃げられたら……」

「下澤、あんた、車にチェーンつけられる？」

「あ、はい」

「じゃ、今から戻ってレンタカーとって来て。チェーンはレンタカー屋が貸してくれて、トランクに入ってるから。車を出したら、できるだけ静かにここまで戻って来て、あの除雪用のブルドーザーが置いてあったとこに停めて待ってて。それまであたし、ペンションの前庭で張ってるから」

唯は、多美子の目的を了解して雪道を小走りにホテルへと戻った。レンタカーのトランクに積んであったチェーンは、装着が簡単な最新式で、そのせいでかえって戸惑《とまど》ったが、それでも十分ほどで車を出し、ブルドーザーが置いてある道の端の空き地にバックで車を入れた。エンジンを停める前に、歩いて来る多美子の姿が見えた。多美子は助手席にすべり込むと、はーっ、と大きく息をついた。

「寒かったぁー。林の中に隠れてたんだけど、雪の中でじっとしていると、さすがに凍死するかも、って心配になっちゃった」

「すみません、手間取って。チェーンが新しいやつで、説明書を読みながらつけたもので」

「まだ出て来てないから大丈夫。この道は、ペンション村をいちばん奥まで行くだけで、行き止まりなのよ。さっき、ペンション村の案内図にも、×印が付いてた。ホワイトウェイヴより奥にあるペンションは二つだけ、残りは全部手前にあるわ。今夜、あんたの旦那がどこかに逃げるとしても、こっちに向けて歩くなり車に乗るなりする可能性が圧倒的に高い。ホワイトウェイヴより手前にあるペンションは、みんな、その、ほら、見えるでしょ、林の中を続いている道、あれ沿いにある。徒歩でそれらのペンションに逃げるとしても、ここにいれば見える」

「奥の二軒に逃げた場合には」

「もし今夜中に、大谷憲作かあんたの旦那か、あの雪って女か、関係者の誰かがここを通らなければ、朝一番で、奥のペンションを一軒ずつ直撃すればいい。まさかいくらなんでも、こんな雪の夜に、山に向かっては逃げないでしょ。ほんの数分、林の中でじっとしていただけでも凍死しそうだったんだから」

「今夜……動きがあるんでしょうか」

「さあね。もしかするともう、ホワイトウェイヴには、あんたの旦那も渋川雪も、いないのかも知れない。でもね、あんたも気づいたでしょう、大谷の妻の、あの驚きよう。ものすごく動揺して焦《あせ》っていた。もし二人がペンションの中にいなかったのならば、もう少し落ち着いていただろうと思うのよ。ホワイトウェイヴの周囲をまわってみたけど、離れとか別棟はない。あの建物の中で、大谷の母親とあの奥さんもみんな暮らしている。もし二人をかくまっているとすれば、あの中にいることになる」

「どうして多美子さんは……あの人があたしから逃げると思うんですか」

「あんたから逃げるんじゃないわ。川崎調査事務所から逃げるんでしょ」

「でも依頼人はあたしだと、はっきり教えたじゃないですか」

「それでも、あんたから逃げるのとは違う。大谷の妻はあんたのこと、あたしの助手とか思わなかった。あんたの亭主と渋川雪とは、この十一年、ずっとおそれていたはずよ。いつか自分たちの身の回りに、あたしみたいな探偵か、さもなければ……警察手帳を持った人間が現れるのを、ね」

唯は、アイドリングの低い音が眠りを誘うのを感じながら、フロントガラスに積もる雪を見つめていた。ライトは消してあるが、雪の白さで周囲は物が見分けられるほど明るい。どこかから漏れて来るわずかな光でも、銀世界は鏡のように照らされるのだ。

「二人は……時効を待っている。多美子さんもそう確信しているんですね。夫と渋川雪とが……京都で、ホームレスを殺害したと」

「馬鹿言わないで。そんなこと確信してるわけないでしょ。何の証拠もないじゃないの。確かに、あんたの亭主が失踪した日、路上でホームレスが死んでいた。でも警察は転倒事故として処理したのよ」

「それやったら、あのホームレスの死と二人の失踪は無関係だと思いますか？」

「……思わない」

多美子は肩をすくめた。

「あんたの旦那が失踪した日、京都はごくごく平和だった。ただ、ホームレスが転んで頭を打って死んだ、そのことを除けばね。あんたにくだくだ説明されるまでもなく、あんたたち夫婦がうまくいっていた、気持ち悪い言葉で言えば愛し合っていたってのは、紛《まぎ》れもない事実でしょう。あんたの言葉をまるっぽ信じたわけじゃないのよ、あんたたち夫婦の当時の様子を知っていた人々には、ちゃんと裏をとった」

唯は驚いた。いつのまに川崎調査事務所は、京都でそんな調査をしていたのだろう。

……そうか、それで多美子は、あたしを東京の仕事に何度も呼んだんだ、この一年の間に、何度も。

唯が苦笑するのを見てか、多美子も薄く笑った。

「あたしが二人を殺して埋めた可能性まで考えたんですか」

「まあね」

多美子はあっさりと言ってまた笑う。

「調査がややこしくなったら、まず依頼人を洗うのも、うちみたいにリスキーな仕事を受ける事務所にとっては鉄則のひとつ。探偵をアリバイ工作に使おうとした計画殺人犯だって例があるし」

「探偵に殺人を依頼したケースもありましたね」

「今のとこ免許のいらない商売だからね、クズもカスも混じる。あたしは、さっさと免許制にしてくれたらいいと思ってるんだけど。どうせ警察は民事に介入できないんだから、棲《す》み分けってことで、民事は探偵に任せるくらいの度量が欲しいよね。早くカスやクズ連中を一掃しないと、私立探偵って聞いただけで警戒される今の状況が、どんどんひどくなるし。ま、もっとも、他人の私生活をさぐってお金にしてる人間なんか、信用されなくて当たり前だけどさ」

多美子は唯の方を見た。

「とにかく、あんたたちはうまくいってた。夫婦別れしないとならない理由なんてなかった。下澤貴之は探偵として優秀で、事務所も軌道にのったところだった。よほどのことがない限り、あんたを残して、煙みたいに消えてしまうわけがない。下澤貴之の精神状態に不安を感じてたって知りあいもひとりもいない。みんな口を揃えて、わけがわからない、と言ってる。未《いま》だに信じられないってね。だからあの日、何かとんでもないことが京都で起こったのは間違いない。でも、ホームレスの事故死以外に、それらしい事件はひとつも見つからなかった。警察の調査は、とおりいっぺんのもので終了しちゃってるし、第一まだ、死んだ男の身元は不明のまま。でもね、それがそもそも、変なのよ。いくらホームレスだって、警察が徹底して調べれば、たいていは身元が判るものよ。指紋のこともあるし、歯形とか、年齢、血液型、言葉の訛《なま》り。手がかりはたくさんある。なのにどうして身元が割れない？　もっとも考えられることは、本人が身元が割れないように生活していた、つまり、過去を捨てた人間だった、ってこと。過去を捨てた人間が死んだ日、同じ町からひとりのまともな男が消えた。無関係だと切り捨てるよりは、何か関係があるだろうと思う方が自然」

「それやったらなんであの人は……殺人と違うんやったら、時効はもっと短いのに」

「殺人と断定されないかどうかは、捕まってみないとわからないのよ、このケースではね。今は、ホームレスの死は事故死になっている。でも万が一よ、誰かが、あの男を突き飛ばして転ばせたのはわたしです、と名乗り出たとしたら、警察は、時効になっている可能性があってもまず逮捕する。転ばせたくらいでは普通死なない、そんなこと誰だってわかることだけど、それでも殺意がそこにわずかでもあれば、殺人罪が成立する可能性はある。最終的には過失致死が認められて時効が成立して解放されるとしても、一度は必ず逮捕されてしまう。だとしたら、十五年逃げ続けて、殺人罪に問われても確実に無罪放免される、そっちを選ぶのも不自然な行為とは言えない」

唯は、首を横に振った。

「……似合わない？」

「似合わないんです」

「似合いません。貴之には……似合わない。貴之やったら、間違って誰かを殺してしまったとしても、そのまま逃げるなんて……ないと思う」

「正義感が強いから自首するはず？」

「……と言うよりも……貴之は大学在学中に司法試験を目指していたこともあります。母子家庭で育って、そのお母様が長患《ながわずら》いで入院してしまって、のんびり試験勉強なんかしていられんようになって、それで司法試験は諦《あきら》めて就職したそうです。けど、東京で勤めていた時も、どの調査員より法律に詳しくて、法的にどうなるか調べるのに熱心やったそうです。だから、そんな、いきなり逃げてしまわなくても、法律でちゃんと自分を守れると考えたと思うんです」

多美子は、しばらく黙ってフロントガラスを見つめていた。間欠ワイパーが思い出したように雪を払い、視界がすっきりとする。雪あかりは弱まらず、電灯もない深夜の高原なのに、夢の中にいるような気分になる。それでも、除雪されてからもう三時間くらい経つのだろう、新雪が林の中の道を覆って、チェーンをつけていてもスタートできるか、少し不安になった。

「シャベル、積んでありましたよね」

「うん、レンタカー屋がチェーンと一緒に入れてくれた。あと、むしろも」

「むしろ？」

「凍った雪の中に閉じこめられた時、脱出するのに使えるのよ。予約する時、電話で頼んでおいた」

唯は車を出て、トランクからシャベルを取り出した。それで車の前に積もった雪を除ける。まだ雪は柔らかく、軽く感じられた。だがこの雪が根雪になって、春まで堅く地面を覆うのだ。貴之の心に積もった根雪は、本当に、十五年が過ぎないと溶けないのだろうか。あと四年。これまでの歳月を思えば長い時間ではないのかも知れない。だが、ここで貴之に拒絶され、それから後四年は辛《つら》過ぎる。

見つけなければよかったのかも。新潟港で貴之の姿を見かけたりしなければ、あと四年、これまでと同じように、静かに待ち続けていられたのだ。そして十五年が過ぎて、貴之はあたしのところに戻って来たのかも。貴之は何も説明せず、あたしも何も言わず。死んだホームレスのことも、雪という女のことも、すべて知らず。

無理や。

唯は、スコップに載った雪を思いきり遠くへ放り捨てた。
そんなん、無理。できるわけない。
何も訊かんなんて、できるわけ、ないやん。
理由もわからんで、なんで貴之のこと、ゆるせるん？

でも。

理由がわかっても赦《ゆる》せないと思ったら、あたしはどうしたらいいんだろう。
何も訊かずに、何もなかったように抱きあって、十五年の時間を凍結したまま、貴之との新しい人生を楽しむ方が利口？

「下澤！」
多美子が窓を開けて呼んだ。

「来た。車」

唯は走って車に戻った。多美子が運転席に移動している。雪道の走行には多美子の方が慣れている。唯は助手席にもぐりこんだ。すぐに目の前を、四輪駆動のワゴン車が通り過ぎる。ホワイトウェイヴの前庭に停めてあった車の内、一台に似ているが、唯は車の種類に詳しくないので、確かかどうかわからない。車のヘッドライトのせいで、林の中は昼間のように明るくなった。雪にライトの光が反射している。運転席側が見えた。口髭を蓄《たくわ》えた男がハンドルを握っている。

「大谷憲作よ。間違いない。ホワイトウェイヴのホームページに顔が載ってた。出すよ」

唯は慌ててシートベルトをした。多美子は、ごく静かに車をスタートさせた。雪かきをしておいてよかった。

「怪しまれるといけないからね、ライトは点けよう。あんた、念のため、眼鏡《めがね》して。グラブボックスに入ってるから。あんたの顔、大谷は知ってる可能性があるでしょ」

唯は、手探りで眼鏡をとり出してかけた。伊達《だて》眼鏡で度は入っていない。

多美子は慎重に車を進める。前を行く車からはかなり距離があるが、林を出るまでは一本道だ。だがペンション村からの道はすぐに、国道に出てしまう。大谷の車は右折して、小諸《こもろ》方面に走った。スピードは出していないが、他に車がほとんどないので、かなり速く走っているような錯覚に陥《おちい》る。

「組合の寄りあいとか言ってたわよね、奥さん。でも時間的に、これから行くわけないから、寄りあいはペンション村のどこか、別のペンションで行われていたんだろうね。で、家に戻って、奥さんからあたしたちのことを聞いた。それで慌てて車を出した。……下澤、今夜、決着するかも知れないよ。大谷はあんたの旦那のとこに向かってるんじゃないかな。明日、あたしたちがまた大谷を訪ねた時に、どう言いくるめるか相談しに、さ」

その可能性は高い。唯の心臓がどくどくと打つ。

十分は走らなかった。周囲は漆黒の闇と降り注ぐ雪、それに白くぼんやりと見える雪の原、落葉松、白樺の林。観光牧場らしい看板が闇の中に浮かびあがり、それが後方に去った瞬間、前方のワゴン車がウィンカーを出すのが見えた。闇に目をこらすと、左側の林の中に道が続いている。道路脇に小さな看板が出ていた。天然酵母パンの店・たかくら。

「パン屋さんがこんなところに」

「最近、流行《はや》ってるからね。別荘族やペンションの需要があてこめるから。うーん、早とちりだったかな。明日の朝ご飯用にパンを買いに来ただけだったりして」

「こんな時間にですか」

「客に出す朝食だから、できるだけ、焼いてから時間の経ってないパンの方がいいとか思ってんじゃないの。今ごろ焼き上がったパンなら、十二時間以内に客に出せる」

「でも、どうせなら朝、買いに来た方が、焼き立てが手に入るのに」

「この雪だもの、明日の朝、すぐに車が出せるかどうかわからないと思ったんじゃないの？ さて、どうする？ このまま行き過ぎて、大谷の車が戻って来るのを先の方で待ってて、尾行を続けるか、または、しらばっくれてパン屋に入るか。大谷はあたしの顔は知らないんだから、なんとかなるかもよ」

「いいえ……たぶん、怪しまれます」

唯は車の中で光っているデジタル時計を見た。

「看板には、朝八時から夜八時までって書いてありました。お得意客は電話で注文して好きな時間に取りに来るのかも知らんけど、ふらっと来た観光客が、営業時間外に強引に店に入ったら変よ」

多美子はそのまま道を行きすぎ、数分走って、別の脇道が見えたところで方向転換した。

「困ったわね。こんなとこで停まってると目立つし」

多美子が車を路肩に一度寄せて停めた。確かに、闇と雪のせいで見通しはひどく悪いが、それでもここで停車しているのはそれだけで不自然だ。パン屋から大谷が出てくれば、嫌でもこの車が目に入る。そしてその車が突然動き出して自分の車のあとに続けば、尾行しているのがまるわかりだった。雪はいつの間にか、吹雪に変わりつつあった。

「今夜は諦めて帰ろうか。この雪の中、道もわからないのにうろうろしてたら、事故るかも知れないし」

唯は同意した。時刻は十時半をまわっている。明日の朝が早い大谷が、これからまたどこかに行くというのは、あまり考えられない。

多美子が車をスタートさせようとした時、唯はそれに気づいた。林の中に、何かがいる。

「……子供」

「え？」

「あそこに子供が……雪と戯《たわむ》れて……」

多美子が運転席側の窓を開けた。林の奥に家のあかりが見えている。位置からして、それがパン屋のたかくらだろう。その家のあかりが照らし出す白樺の林の中で、たぶん昼間見たら赤く見えるダウンジャケットを着た、小学校高学年くらいの少女が踊っていた。白く光るマフラーが、少女がくるくるとからだをまわすのにつれて輪を描いている。その上に、細かな雪が降りかかる。少女は手袋をはめた掌を上向けて、雪を受け止めるしぐさをしていた。

夢か、幻なのか。

少女の存在は、現実とは思えないほど不思議で、そして美しかった。

「パン屋の子かしらね。風邪ひかないといいけど」

多美子のドライな言葉に、唯は短い夢から醒めて瞬きした。

その時、唯の心に、小さな雷が落ちた。

唯はドアを開けて雪の道に飛び出した。

「ちょっと下澤、どうしたの！」

多美子が叫んだが、唯は返事もせずに林の中に駆け込んだ。急がないと少女が消えてしまう、それだけを思って。

唯が近づくと、少女は動きを止めた。

少女が唯を見つめる。

白い雪に照らされて、少女の顔が、くっきりと闇に浮かんでいる。

「あの……どうしたんですか、おばさん。道に迷ったの？」

少女が喋った。鈴をふるわせたようによく響く声だった。

「車が故障したんですか？　だったらうちに行けば、おばさん、いるけど。チェーンとかしてなくて、動けないとか？」

「……おとうさまは、いらっしゃる？」

「いいえ、今日はいません。よかったら、中へどうぞ。もうお店は終わってるけど、今、おばさんのとこに、大谷のおじさんが来てるから。大谷のおじさんなら、車、直せますよ」

「大谷さんとおとうさまは……おともだち？」

「はい」

「……おかあさまは？　おかあさまもおうちにいらっしゃるの？」

少女は、その質問にうつむいた。

「うーんと、おかあさんは……いないんです。東京だから。別々に暮らしてるの」

そのロぶりから、少女は、十歳にはなっているな、と唯は思った。

「ごめんなさいね」

唯は謝ったが、少女は下を向いたまま首を横に振った。

「おとうさまは……たかくらさん、というの？」

少女は顔を上げ、それから笑った。

「違います。でもいつも間違われるの。たかくら、はお店の名前なんだけど、うちの名字じゃないんです。おじさんの名前なんです。おとうさんは、おじさんとおばさんと、共同経営してるんです」

きょうどうけいえい、という言葉の発音がとてもたどたどしくて、唯は思わず微笑んだ。

「うちは、えっと……今は小松崎です」

「小松崎……」

写真家と同じ名前か。もしかしたら親戚なのかも知れない。

「わたしは、小松崎ゆいです」

唯は、じっと少女を見つめた。

「……ゆいちゃん、というの」

「はい。字はひらがな」

「そう……おばさんも、唯なの。漢字でね、唯一、という時の、唯。ただ、とも読むのよ。おばさんは下澤唯」

「しもざわ、さん」

「そうです。ごめんなさい、こんな寒いところで引き止めてしまって。早くおうちに入ったほうがよくない？　吹雪になって来たし」

「わたしは大丈夫です。おばさんは大丈夫ですか。車、故障したなら大谷のおじさん呼んで来ますけど」

「ううん、いいの。ちょっと、道を間違えたみたいなので教えてもらおうと思ったんだけど、パン屋さんのたかくらがあるなら、間違えてなかったみたい。それじゃ、また。明日、パンを買いに来てもいいかしら」

「朝の焼き立ては八時から発売して、九時には売り切れちゃいます。次の焼き立ては十一時で、その次が三時で、最後が五時です」

　ゆいは、誇らしげに言った。

「何やってたの」

　車に戻った唯に、多美子は訊ねる。だがその口調には、多美子には珍しく、不安が混じっているように感じられた。

「……わからない」

「何が？」

「わからんの……わからん。あの子」

「さっきの女の子？　あ、家に戻って行く。あの子がどうかした？　知ってる子？」

「……貴之に似てた」

唯は、それを口にすると、全身から力が抜けていくようで、思わずシートに背中をもたせかけた。

「……まさか」

「似てたの。似てた。目が……あの目が……それに名前は、ゆい、やて」

多美子が喉を鳴らした。

「偶然でしょ。ゆい、なんて名前、今はけっこう珍しくないわよ。あんた、そう思い込んで車を飛び出した。だから似ているように見えたのよ。それとも、自分でそう言った？

父親の名前は下澤だ、って」

「本名で生活しているわけ、ないやないの」

「あ、それはそうか。で、名前は訊いたの？」

「小松崎」

「小松崎……知らない名前ね。初めて耳にする。これまでの調査で、どっからも出て来てないわよ、そんな名前」

「ホテルに写真、あったでしょう」

「ああ、あの、鵺矢とか言う変な名前の」

「あの写真家が小松崎鵺矢。親戚かも知れません」

「そりゃ、あり得るわね。あの写真家、地元の人だって書いてあったもんね。でもさ、田舎って、同じ名字の人ばかり住んでることもよくあるから。ひとつの村で半分以上、同じ名字、なんてこともあるし。案外、このへんには多い名前なのかもよ。いずれにしたって、名前じゃ何もわからないわよ。あんたの旦那が偽名で暮らしているにしろ、どっかの誰かの養子か何かになって、別な名前を持ったにしろ」

「あの人の戸籍はそのままなんです。なのに、養子なんてできるんですか？」

「法的には無理でも、世間的にはいくらでも可能よ。わたしはこれこれ、こういう名前になりました、って、そう言うだけじゃない。あるいは、戸籍なんて今どき、手に入れようと思えばお金でなんとかなるし。だから、名前じゃ何もわからない。それにあの子、あのパン屋の子なんでしょ？」

「そう言ってました」

「だったら明日、買い物に来てみればいいわ。あんなちゃんとした家で商売してて、夜逃げしたりはできないわよ。あ、そうだ、あんた、自分の名前、あの子に教えた？」

唯は黙って頷いた。それが失敗だった、というのはわかっていた。あの子は家に戻って、父親かおじさん、おばさんの誰かに、下澤唯、という名前を告げるだろう。万一、あのパン屋が貴之と連絡をとっていた場合、それを知らされて、貴之が今夜の内にどこかに消えてしまうことも、考えられるのだ。

「ま、いっか」

多美子は、唯が落ち込んでいるのを察してか、ぽん、とハンドルを叩いた。

「それがどう影響して何が起こるか、波紋が広がるのを見るのもひとつの手だからね。あんたが自分で投げた小石なんだから、これで万一、あんたの旦那がまた姿を消したとしても、別に、今までより状況が悪くなるわけじゃない。むしろ、あのパン屋があんたの旦那と確実に繋がってる、とわかるわけだから。いずれにしたって、大谷は動いた。もう気いてるでしょ、ただ注文してあったパンを受け取るだけにしては、大谷がパン屋にいる時間が長過ぎる」

「あの子が、大谷のことを知ってました。おとうさんの友達やて」

「なるほどね。大谷は、私立探偵があんたの旦那の行方を捜してやって来たことを知って、パン屋に相談に来た。もう間違いないわ、このパン屋も、ぐるなのよ。あんたの旦那をどこかにかくまってる。パン屋には誰と誰がいるの？　あんたの旦那と渋川雪らしい夫婦ものが働いてるって、あの子、言ってなかった？」

「たかくら、というのがおじさんの名前だと言ってました。おばさんもいるって。でもあの子の母親は、東京にいるそうです」

「たかくら……高倉健《たかくらけん》、それとも、秘蔵する、の時の、蔵、かな。調べたらわかるわね。一問《ひともん》思い切ってこのまま乗り込んでもいいけど、ここにあんたの旦那がいなかった場合、着《ちゃく》起きるわね。時間も時間だし、この雪だし、今夜あんたの旦那が逃げる可能性はそんなに高くないと思う。どうする？　あんたが決めていいわよ。ここで乗り込んで、大谷とパン屋のおやじ、まとめて詰問《きつもん》するか、それとも明日、もっと穏便《おんびん》に事を進めるか。いずれにしたって、大谷しか手がかりがなかったのが、たかくら、もしくは小松崎って別の手がかりと繋がっただけでも進展よ。こんな田舎でも、パン屋一軒を開業したんだからいろんなところと交渉や接触をしてる。万が一、ここであんたの旦那に逃げられても、この店をじっくり調べれば、また尻尾は摑める」

「乗り込むのは得策ではない気がします。万が一、さっきの子が……あの人の子供だったとしたら、子供の目の前で悶着を起こして、何かとんでもないことがあの子の耳に入ってしまうかも知れないし」

「そのことは、今は考えるのをやめなさい。顔が似てたとか目がそっくりだとか、そんなのはただの思い込みかも知れないんだから。あんたはね、やっぱりナーバスになってんのよ。だから、雪の妖精か何かみたいに、こんな夜中に雪と戯れてた女の子の姿を見て、ロマンチック過ぎる想像が働いただけ。あんたの旦那はとても利口な人間だったんでしょ、身元を隠して逃亡生活してるのに、子供なんか作ったら足手まといだ、くらいの分別はあるわよ」

林の中からヘッドライトの光がこちらを目指して来るのが見えた。

「大谷が戻って来た。後ろから行くと怪しまれるし、このまま先に行くわ。鏡を使って、後ろのヘッドライトがずっとついて来るか確認してて」

多美子は車を出した。唯はショルダーから二つに畳める掌ほどの大きさの化粧鏡を取り出し、反射が多美子の目に入ることがないよう、窓際にからだを寄せた。数十秒後に、鏡の中に遠くヘッドライトが見えた。大谷の四輪駆動車が国道に出たのだ。そのまま、ペンション村の入り口を通り過ぎるまで、多美子は黙って運転を続けた。後方のヘッドライトは迷うそぶりもなくずっと同じ道を走って来る。時折、別荘地等へ続く小道がある他は一本道なので、見失う心配はない。多美子がホテルの前あたりで一時停車して待つと、大谷の車は左折してペンション村へと入って消えた。

ふう、と多美子が溜め息をつき、車をホテルの駐車場に向けて動かした。

3

ホワイトウェイヴを訪ねる約束は十一時だったが、その前にパン屋に行くつもりで、早めに朝食をとった。チェックアウトは午前十一時、パン屋から戻ってからでも間に合う。ホテルの朝食も、高原野菜をふんだんに使い、新鮮な卵とバター、それに焼き立ての香りのするパンと、都会の専門店並のコーヒーとで、極上の気分が味わえた。

「このパン、たかくらのかしらね。おいしいけど」

多美子がトーストをかじりながら言った。たぶん、違う、と思った。素晴らしくおいしいパンだが、ふかふかとしていて、白い。たかくらは、天然酵母パン、と看板が出ていた。天然酵母、自家製酵母を売り物にしているパン屋は、小麦粉も国産のものを使っていることが多い。このふかふかとした白いパンは、外国産のマニトバ小麦でなければ焼けないだろう。

貴之は、パンが好きだった。唯自身は、京都で生まれ育ち、高校生になる頃まで祖父母と同居していたせいか、毎朝の食事もほとんど米飯で、旅行に出かけた時くらいしか、朝食にパンを食べたことがなかった。結婚した当初、パンだけでは昼食までお腹がもたない気がして、卵だのハムだの、やたらとおかずを用意したことがある。貴之は、出された食べ物は残さない主義だったし、食が細い方でもなかったので、唯が用意したものはすべて食べてくれた。が、コーヒーを飲みながら苦笑いして言った。

朝からこんなに食べたら、眠くなりそうだ。

でも、パンやとお腹、空かない？

そうだね、でも僕はパンが好きなんだよ。今度、唯に、ものすごくおいしいパンを食べさせてあげる。

そんなにおいしいの？

うん。でもね、たぶん、唯が想像するようなパンと違うよ。硬いんだ。

硬いならおいしくなさそうやん。

それがね、おいしいんだ。嚙《か》めば嚙むほど、旨味《うまみ》が出て来てさ。そのパンがあれば、あとはワインだけでも、生きていけそうな気がするくらい、旨い。

なんや、パリの貧乏絵描きの生活みたい。

それからしばらくして、貴之は唯を、琵琶《びわ》湖にドライヴに連れ出してくれた。湖西を北上し、マキノ高原まで行って、そこで、ペンション兼レストランに入った。シチューが名物のカントリー・レストランで、建物はログハウス。二人が結婚した頃、琵琶湖の周囲はログハウス・ブームだった。唯は、ログハウスが必ずしも日本の気候に合っているとは思えなかったので、そんなブームを少しだけ軽蔑していた。それで、レストランの建物には感心しなかった。だがシチューはとてもおいしかった。そしてシチューに添えられて出て来たパンが、貴之が唯に食べさせたかった、というパンだったのだ。

外側は、がちんと硬かった。店の人がパン切りナイフで薄くスライスしてくれる時も、ごりごりという音がした。が、皮に包まれた中身は、白というよりはクリーム色で、ふわっ、と、果物のようなワインのような香りがした。口に入れると、心地よい弾力があり、肉でも食べているように、どっしりとした存在感がある。それでいて、味が重いわけではない。むしろとてもシンプルで、余分な味は感じない。粉の存在感と、そして、ワインのようなフルーティな香り。それだけだ。

干しぶどうから酵母をとった、自家製の天然酵母で焼いたパンなのだ、と説明を受けた。粉は、地元滋賀県でとれた小麦粉、地粉だった。農家がうどん作りに使う粉らしい。地粉で焼いたパンは、ふわふわと膨《ふく》らまないが、しっかりと味があって、噛めば噛むほどおいしいのだ、と。

あまりおいしくて、売って欲しいとねだったが、客に出す分だけ毎日焼いているから余分にはない、と断られてしまった。あの当時はまだ、そうした天然酵母や地粉で焼いたパンを売っている店は、日本全国でもそんなに多くなかった。それでも、雑誌などで情報を集めては、他県にも足を延ばして、そうしたパンを探した。貴之とふたり、休日の夜には、パンとチーズとワインだけ、という、いかにも、な夕飯を楽しんだ。パリの貧乏絵描きごっこ。貴之はそんな夕飯をそう呼んで楽しんだ。

貴之が消えて、唯の生活から、いつのまにか、パンとワインの夜も消えた。

貴之が姿を消してしばらくは、心配のあまり、食べ物の味が感じられなかった。何を食べてもおいしいともまずいとも思わず、よほど空腹で胃が痛み出してもしない限り、自分から何か食べたいと思うこともなくなってしまった。そうして痩せ細った唯を心配して、親友であり、貴之の後輩でもあった兵頭風太《ひょうどうふうた》は、唯を無理に食事に誘い、食べさせ、他の友達や知人も、唯を心配していろいろとしてくれた。一年もすると、味覚を取り戻し、食事も普通にとれるようになった。が、おいしいパンが食べたい、というような情熱は、とうとう戻って来なかった。

「下澤」

多美子が名を呼び、唯は追憶から醒めた。

「行こう。九時には売り切れる、って言ってたんでしょ、遅くなると、店が閉まるかも」

ホテルの外に出ると、昨日までとは世界が違っていた。

ゆうべ、秋は完全に終わったのだ。この雪が根雪になる、と言った、フロントレディの言葉のとおり、すべてが白で埋め尽くされていた。

雪はやんでいたが、駐車場に積もった雪は深く、車まで歩くのに骨が折れた。それでも、早朝から活躍しているらしい小さなブルドーザーが、泊まり客の車の周囲と、国道へのルートだけは、きれいに除雪してくれている。

国道も、すでにアスファルトは見えず、白く固められた雪の道路に変わっていた。除雪車の音がどこからともなく響いて来る。この週末にはスキー場もオープンし、冬の観光シーズンに入るのだろう。この白い世界が、三月の終わりまで続くのだ。

たかくら、の駐車場には、何台も車が停まっていた。ゆい、という少女の言葉は誇張ではなかったらしい。別荘族のものらしい高級車も見えるし、いかにも地元の人の足、といった感じの、小さな四駆もいた。

林の中の小道を、駐車場から三十秒ほどで、山小屋風にデザインされた家にたどり着いた。ドアを開けると、なんとも複雑で玄妙で、魅惑的な香りが充満している。決して広くはない店内だったが、客はぎっしりと詰めかけていて、みな、トレイの上にパンを山積みしていた。

「いらっしゃいませ！」

あまりにも甲高《かんだか》く、元気のいい声に驚いてレジの方を見ると、そこに、ゆうべの少女がいた。

「まだかな、まだかな、って思ってたんです。唯さん！」

少女があまり嬉しそうなので、唯は面食らった。

「もうほとんど売り切れそう。でもね、まだ、ほら、ゆいがいちばん好きなパンが残ってまーす」

ゆいは、レジの横に置いてあったトレイを唯の方へと突き出した。そこには何種類かのパンがひとつずつ載せられていた。

「わざわざ、とっておいてくれたん？」

「はい。だって初めてだと、みんな出遅れて、買い損ねちゃうんだもん。もっとたくさん焼けば、もっとたくさん売れるのに、って、おとうさんには言うんだけど」

唯はトレイを受け取って、多美子の方を振り返った。

「あのね、こちらが多美子さん。おばさんのお友達」

「小松崎ゆいです」

ゆいは礼儀正しく頭を下げる。

「川崎多美子です。よろしくね」

多美子もしっかりと頭を下げてくれた。それだけで、ゆいは満面に笑みを浮かべた。

別の客がトレイをレジ台に載せた。ゆいは、子供とは思えないなめらかな動きでレジを打ち、千二百五十円です、と元気よく言った。客は金を払うと、持参した籐《とう》のバスケットを開ける。ゆいはそこ《そこ》に、トングで挟んだパンをとても綺麗に並べた。客の背中に、ありがとうございました、またよろしくお願いします、と丁寧に頭を下げるのも忘れない。唯はすっかり感心してしまった。

「バスケットを用意して来ないといけなかったのかしら。何も知らなくて」

唯が言うと、少女は笑いながら、麻らしい布の袋を取り出した。

「紙袋をタダでおつけしてもいいし、また来ていただけるんなら、こっちの袋が百円でーす。でもね、初めてのお客様にはいつも、サービスでタダにしちゃうんです。そうしたら、また来ていただけるから、って、おとうさんが。お砂糖のかかってるパンと、お菓子のパンはビニールに入れますね。えっと、どれにしますか？」

「あ、トレイの上のもの、全部では、だめ？」

「え、いいんですか。でもあたし、唯さんがどんなパン好きかわからないから、いっぱい載せちゃったんですけど」

「全部いただきたいわ。すごくおいしそうやもの」

ゆいは嬉しそうに、パンを袋に入れる。

店の奥から人が現れた。恰幅《かっぷく》のいい中年女性だった。

「あらあら、ゆいちゃん、この方が、ゆうべの？」

「うん。ゆいのダンス、見ててくれたの。このお姉さんも、唯っていうんだって」

おばさんからお姉さんに昇格か。唯は、くすぐったい思いで、利発な少女の顔を見つめていた。

多美子の言葉どおり、似ている、と思ったのはただの錯覚だったのかも知れない。朝の光の中にいるゆいは、くるくると表情が変わり、隣りにいるこの、おば、という人に似ている気もするし、貴之にやはり似ているようにも思えるし、二人ともにちっとも似ていない、そんなふうにも見えた。

「すみません、この子、学校をずっと休んでいて話し相手がいないものですから、仲良くしていただいたみたいで、ありがとうございます。ご旅行ですか？」

「ええ」

「あいにくでしたねぇ、雪になってしまって」

「いえ、一晩で景色が一変するのを体験できて、嬉しかったです」

「いよいよ来たな、という感じですよ。もうこれで、ここらへんは春まで、雪ばかりです。でもスキーをされるんでしたら、いいスキー場がたくさんありますよ。あ、ゆいちゃん、ちょっと奥に行って、おじさんを手伝って来て」

「え、でも……」

「こちらのお姉さんがお帰りになる時は呼んであげるから、ね」

ゆいは、こくん、と頷いて奥に消えた。途端に中年女性の目が厳しく光った。

「申し訳ありません……あの、外へ、よろしいですか」

多美子が目配せする。唯は頷き、パンの袋を手に外へ出た。

「高倉幸枝《さちえ》と申します。ゆいの伯母です。単刀直入に申し上げます。下澤貴之さんは、もう、ここにはいません」

幸枝は、店の外に出るなり一気に言った。唯は呆然として幸枝を見つめていた。

「それじゃ、ここにいたってことなんですね？」

多美子が幸枝の前に立ちふさがるようにして言った。

「ここに、この店に、いたんですね？　いつまでいたんですか？」

「……先月です。大谷さんが、しばらくお願いしたいと言っていらして……今年の五月に大谷さんがペンションを開業されてから、大谷さんのところを手伝ったり、うちの配達の手伝いをしてくれたりしていました。もともと、うちにはいつも家族の他に、パン職人になる勉強中の人が、入れ替わり立ち替わり、何人か住み込みしているんです。諏訪の職業訓練所から頼まれて、お預かりしてまして。その中に混じって、先月まで……」

「女性は一緒でなかったですか。渋川雪さん、という女性です」

「いいえ。下澤さんはおひとりでした」

多美子は唯の顔を見た。唯は言葉を探したが、見つからなかった。

「下澤さんも、ここでは別の名前を使っていました。田中《たなか》さん、と呼んでいたんです。でもゆうべ、大谷さんがここにいらして……田中さんの本名は下澤と言って、わけがあって知りあいと連絡を断っている、たぶん、田中さんを訪ねて人が来ると思うから、本当のことを教えておく、とおっしゃって。でも、それだけです。もうここにはいない、それしかわかりません。お願いがあります。あの子には、ややこしいことを教えたくないんです。ですからその……あの子にはあまり、質問とかは……」

「わかりました。お嬢さんをまきこむようなことはいたしません。ただ、我々はどうしても、下澤さんを捜さないとならないんです。その田中さんが、ここを出てどちらにいらしたのか、何でもいいんです、思い当たることがあれば教えてください」

幸枝はおびえたように多美子を見たが、すっ、と目をそらせて呟《つぶや》いた。

「わかりません……東京に行く、というようなことを言っていたような気もしますが、確かでは……」

幸枝は、首を二、三度振ると顔を上げた。

「あの子が寂しがりますから、お別れをしてあげてくださいませ。もうこちらにおいでになることはないかも知れませんけれど……」

「いえ、また参ります」

多美子の言葉に、幸枝は、ぴくり、と肩を動かした。

「ここはとてもいいところですし、スキーもしたいですし。それにここのパン、すごくおいしそうだから、また買いたいですから」

幸枝は頭を下げて、店の中に戻った。入れ替わりに、飛び出すようにしてゆいが現れた。

「唯さんに多美子さん、また来てくださいね！」

「ええ、必ずね」

多美子はにっこりして、ゆいに手を差し出す。ゆいは照れながら、その手を握り、それから唯に向かって細い腕を突き出した。唯も、その小さな掌をそっと握った。思っていたよりもずっと、熱かった。

背中で手を振るゆいを何度も振り返り、自分も手を振りかえしながら、唯は車に戻った。車をスタートさせても、少女は手を振り続けている。やがて少女の姿が見えなくなるまで、唯も手を振った。

「嘘が下手だね」

多美子がふっと笑った。

「あの女、いい人なんだろうね。嘘がつけないのに無理して嘘ついてるから、首筋に汗がびっしょりだったよ。こんなに寒いのにさ」

「それじゃ、あの人はここにいると思うの？」

「ううん、思わない。いたらもっとどぎまぎして、焦って、見苦しかったと思う。いないからあの程度で済んでたのよ。あんたの亭主が、もう女神湖にいないのは本当だろうね。大谷はゆうべ、あたしらが訪ねて来たらどう答えたらいいか、そのセリフをあの奥さんと旦那と、女の子の父親に教えた。でも男が出るよりは女が出た方がことが穏便に収まるだろうからって、男たちは顔を出さなかったんだよ。しかもあの子があんたの名前を喋っただろうから、あんたが下澤貴之の妻だということ、私立探偵が依頼人の妻まで連れて乗り込んで来たんだ、ってことがわかった。それで渋川雪のことは、わざと触れなかったんだ。まあそんなとこじゃないかな。これから大谷と対決だけど、成果は期待しない方がいいかもね。大谷は、あたしらが考えてるよりも今度の事件に深く関わっている気がする。単に、雪の母親の知りあいだった、というだけの縁じゃないと思うよ。だから絶対に口を割らないだろうね。まあいい、それならそれで、こっちも腰すえてかかるまでさ。今日のところは、大谷の顔を見て、それで退散しよう。たぶん、あのパン屋のおばさんが言ったのと同じことを言われるだけだろうけど。雪のことをなんて説明するのか、それだけは興味があるけどね。とにかく、今、あまり深追いしたり大谷を焦らせると、あんたの旦那は思い切って遠くに逃げちゃうかも知れない。下澤、ここはひとつ、慎重に行こう。いい、わかった？」

唯は頷いたが、半分、上《うわ》の空で、袋の中から取り出したパンを見つめていた。その硬い皮には、確かに、見覚えがある。

鼻の下にパンを押し当てて香りを嗅ぐと、ワインのような芳香に眩暈《めまい》がした。

あのパンだ。あのパンと同じ、製法だ。

歯でかじると、硬い皮がぽろぽろと口の中にこぼれる。さらに前歯を深く差し込むと、奥に、弾力のあるやわらかさが感じられた。

ひとくち、やっと嚙みとって、ゆっくりと嚙んだ。ゆっくりと、ゆっくりと……

雪と戯れていた少女。

赤いジャケットに白いマフラー。

大きく見開かれた、黒く長い睫毛《まつげ》に縁取られた、目。

唯は、確信した。

何ひとつ証拠はない。根拠もない。それでも、もう自分の直感を疑ってはいなかった。

このパンは、おとうさんが作った。あの子のおとうさんが。

おとうさん。

少女は、ゆいは、あの、雪と戯れていた女の子は、貴之の子供なのだ。

十一年の溶けない根雪の中で、はぐくまれていた愛の形が、あの子なのだ。

涙が頬を伝《つた》う。唯は噛み続ける。

噛めば噛むほど、噛むほど、噛んで噛んで噛んで、噛み続けるほど、悲しかった。

第三章　謳《うた》うひと

1

目が醒《さ》めた時、言美《ことみ》は自分がどこにいるのかわからず、しばらく白い天井を見つめて考えていた。その瞬間、言美には過去の一切がなかった。ほんの数秒のことだったが、言美は過去から解《と》き放たれ、自分がとても穏《おだ》やかな気持ちでいる、と感じた。

だが、魔法の時が終わり、数秒後、過去は言美に追いつき、言美を捕らえた。

言美は、静かに泣いた。

自分という存在が、つくづく、厭《いと》わしかった。

記憶は戻ったが、それでも、空白があった。言美が思い出せたのは、冷蔵庫を開けている自分の手と、その手が摑《つか》んだビールの缶、そこまでだった。それからあとのことが、白い霧の中に沈んでいるかのように、曖昧模糊《あいまいもこ》としている。確かにあのビールは飲んだのだろう。水の代わりに。なぜ水にしなかったのか。浄水器のフィルターを交換していないことに気づいたからだ。そして冷蔵庫を開けた。ミネラルウォーターのペットボトルを探して。なのに、手が選んだのはビールの缶だった。ビールを飲み、そして自分は眠ったのだ……何度も何度も繰り返して来た、愚《おろ》かな眠りについたのだ。その結果、誰かが救急車を呼び、自分は今、ここにいる。そう、ここは病院だ。

言美は真上を向いたままで溜《た》め息をついた。その拍子に、涙が目尻からこめかみへと伝って流れた。

タイミングをはかったように病室のドアが開き、看護師が入って来た。言美の顔を見て、ちょっと目をみはり、それから何か言ってすぐに出て行く。担当医を呼びに行ったのだろう。二、三分後、ばたばたと足音をたてて小太りの医者が入って来て、言美の瞳を覗《のぞ》きこみ、口を開けさせ、目の前に指を立てて、何本に見えるかと質問し、その指を左右に動かし、血圧を計り、いくらか笑った。

「もう大丈夫でしょう。胃は綺麗に洗浄してありますから、薬物は残っていません。今夜一晩泊まってもらって、明日、全身の検査と脳波をとって、異常がなければ退院できます」

言美は頷《うなず》き、感謝の言葉を口にした。医者は少し強《こわ》ばった顔になって言った。

「睡眠障害の薬は、使用量をきちんと守っていただかないと、今度のような事故に繋《つな》がりますよ。しかもビールとはいえ、アルコールの入っている飲み物と一緒に摂取するというのは無茶です。今回はこの程度で済みましたがね、死亡してしまった例もありますからね、かかっていらっしゃる精神科のドクターとよく相談して、薬の量を決めて、確実にその量を守ってください。わかりましたね?」

言美は謝罪した。が、医者は言美を信用していないだろう。鬱《うつ》病と睡眠障害で長期の薬物治療を受けている患者には、薬物依存に陥《おちい》ったあげく、発作的に過剰摂取(オーバードーズ)を繰り返す者がいる。言美もそうした、不良患者の典型例なのだ。医者にしてみれば、処方量を守らないで薬を過剰摂取し、あげくに意識不明となって死亡するのは患者の勝手であり、そこまでめんどうみられない、というのが本音なのだ。誰だか知らないが救急車など呼ばずほったらかしておけば、この世から、役に立たない女がひとり消えて、周囲がみんなホッとしただろうに。もしかしたら、そう考えているのかも知れない。被害妄想。もちろんそうだ。この担当医は自分の義務を果たしているし、言葉遣《づか》いも丁寧で態度も優しい。言美がこんなことを考えていること自体、この医者にとってははなはだしい言いがかりなのだ。

それでも言美は、世の中のすべての人間に対して、辛辣《しんらつ》な気持ちしか抱けない自分を知っていた。自分は、自分以外のすべての人間が嫌いなのだ。だから世の中のすべての人間から嫌われることになる。世の中のすべての人間と自分、どちらかが消えてしまえばすべてが丸く収まると言うなら、消えるべきはもちろん、自分なのだ。

　それでも、自殺するつもりではなかった。それだけは本当のことだった。担当医も、その横にいる看護師も、信じてはくれないだろうけれど。死にたかったわけではないのだ。ただ、眠ってしまいたかった。眠る、つまり意識を失う。半端に読みかけた、誰にでもわかる量子論の本、とかいうのをめくっていた時、とても新鮮だと思った事実と突き当たった。この宇宙のすべてのものは、観察された時に初めて実体化する、確か、そんな意味のことが書いてあったのだ。逆に言えば、自分が観察しなければ、自分にとって、そのものは存在しないのと同じだということ、そう思った。科学的に正しい解釈なのかどうかは知らないし、知りたいとも思わない。ただ、そう思ったことでとても気持ちが楽になったのだ。意識さえ失えば、自分にとって自分は存在しないのと一緒。そして意識を取り戻せば、すべては元に戻る。死ぬこととは違う。絶対に、違う。だから、意識を失いたかった。一刻も早く。それだけだ。

　放っておいてくれたら、その内、自分で目覚めただろうに。いったい誰がおせっかいに救急車など呼んでしまったのだろう。仮に目覚めなかったとしても、それで誰が困ると言うのか。誰も困らない、誰も気にしないのだ。たぶん。

理不尽な腹立たしさの中で、看護師に訊ねた。

「あの……どなたが救急車を……？」

「あ、そうですね、あなたの目が醒めたことを連絡しなくっちゃ。えっとね、女性の方でしたよ。なんかの調査員とか言ってらしたかしら。あなたのお部屋を訪ねたら、鍵が開いたままで、それなのにチャイムを何度押しても返事がないから、買い物に出かけたのかと思って何時間かして戻ったけど、それでも返答がなくて、そのままだと不用心だし、管理人さんに言ったら、管理人さんが、中に入ってみた方がいいって。あなた、前にも一度、似たようなことがあったんですってね。それで管理人さんは、もしものことを考えたって言ってました。ここに来たのは管理人さんとその女性のお二人でしたけど。あ、管理人さんが連絡したとかで、叔母《おば》様という方も見えましたね。後でまたいらっしゃると言ってらしたわ」

言美は笑い出したくなった。なんてまぬけなんだろう。鍵をかけ忘れていたなんて。

昨夜、部屋に戻ってブーツを脱いだ時、鍵をかけたという記憶はない。それどころではなかったのだ。一刻も早く薬が飲みたい、まるで飢《う》えか渇《かわ》きに苦しむ砂漠の旅人のように、ブーツを脱ぎ捨てて部屋に飛び込み、机の引き出しを開けて薬の袋を摑み、冷蔵庫の扉を開いた……

看護師と担当医が部屋を出て行き、言美はまた天井を見つめた。空腹を感じれば、夕飯からおかゆを食べてもいいと言われたが、自分のからだにまだ胃や腸がついているとは思えないほど、下半身がだるい。とてもものを食べるのは無理だろう。だが夕飯の話題が出るというのは、もう午後になっているのだろうか。病室には時計がなかった。言美はからだに少しずつ力を入れ、上半身を起こした。軽い眩暈《めまい》がしたが、頭が高くなると胃のあたりの感覚が戻って来て、かえって楽になった。枕元の小さなチェストのようなものの上に、腕時計が置いてあった。言美のものだった。腕時計すらはずさず、薬を飲んだのだ。時計はちゃんと動いていた。午後三時二十二分。

言美は上半身を起こしたままで目を閉じた。

明日は退院し、またあのアパートに戻る。けれど、今度は管理人から出て行けと言われるかも知れない。前の時も、自殺未遂ではないといくら説明しても、あの管理人は納得していなかった。親元に帰った方がいいと、それでも本気で心配した顔でさとしてくれた。帰る親元など、もうないのだけれど。

ぼんやりと、何を考えるでもなくそのままの姿勢で過ごし、肩に寒さを感じて毛布を摑んだ。病院で用意された、前開きの白い寝巻きを着ているが、下着は下しか着けていない。自分の着ていたものはどこにあるのだろう。枕元には見当たらなかった。

ノックの音がした。反射的に、はい、と答えた。ドアが開き、見知らぬ女が現れた。

「よかった」

女は穏やかに微笑《ほほえ》んだ。

「携帯に連絡貰ったので、急いで来てみたんです。意識、戻られたんですね」

「あなたが……救急車を？」

「いえ、管理人さんがすべてしてくれました。わたしはここまでご一緒しただけです。管理人さんは男性でしたから」

女は言美のそばまでゆっくりと近づいて来た。三十代の半ばか、それよりも少し上といった年ごろだろうか。ショートカットにした髪はやわらかな焦《こ》げ茶色に染められているが、じっと見れば生え際にちらちらと白いものが見えている。けれど、老《ふ》けた感じはしない。肌はきめ細かく、口元にも目尻にも皺《しわ》はない。美人、というのとは少し違う、整ってはいるが甘さのない、聡明で意志の強そうな顔だ。

「下澤と申します」

女は名刺を差し出した。言美はそれを受け取ったが、肩書きの文字に戸惑った。下澤調査事務所……私立探偵？　住所は、京都だ。京都。どうしてそんなに遠くから？　言美は、わけがわからずにただ瞬きした。

「京都で探偵事務所をやっております。昨夜、お伺《うかが》いしたいことがありましてお訪ねしたんですが」

言美は頷いた。

「看護婦さんから聞きました……すみません、ご迷惑かけました」

「いいえ、手遅れにならなくて良かったです。管理人さんの判断が適切だったからだと思いますよ」

言美は曖昧《あいまい》に笑った。この女探偵は皮肉を言っているつもりではないのだろうが。

「あの人は……管理人の田村《たむら》さんは、わたしが自殺をはかったと思ったんです。前にも一度、似たようなことがあったものですから。その時は……合鍵を持っていたわたしの……友人がわたしを見つけて」

「抗鬱剤と睡眠剤ですね。分量を間違えると、気を失って意識不明になることがあるらしいですね」

「間違えたというのとも、ちょっと違うんですよね。ただ……眠りたかったんです。すぐに、ぐっすりと」

説明するのは面倒なので、それだけ言って、ふう、と溜め息をつく。よほど無神経な人間でなければ、この溜め息で詮索《せんさく》をやめてくれるだろう。

「お話ししていて疲れませんか」

女探偵は、小さな紙の箱を枕元の台の上に置いた。

「これ、果物のゼリーとババロアです。ドライアイスを入れてもらったので、お夕飯のあとにでも」

「気を遣わないでください。わたしの方が迷惑をかけたんですから」

「冷蔵庫があるかどうかわからなかったし、多くても捨てるのに困るかと思ったので、一個ずつなんです。それも、小さいんですよ。もしお嫌いでしたら……」

「大好き」

言美は微笑んで見せた。

「ゼリーもババロアも大好きです。ありがとうございます。お腹が空いたら夕飯から食べていいってお医者さんにも言われましたし、いただきます。あの、調査事務所ってことはつまり、私立探偵さん、ってことですよね」

「そうですね、そういう呼び方もあると思います。わたしのところでは、調査員、と言ってますが」

「そうよね、日本には公立の探偵って、警察しかないんだもの、わざわざ私立探偵、って言い方、変ですよね」

「でもその方が、イメージを摑んでいただきやすいですから、それで構いませんよ」

「京都の事務所なのに、どうして東京に？」

「今、お話を伺わせていただいても大丈夫ですか。もしおつらいようでしたら、明日か明後日でも」

「明日は退院できそうなんです」

「それでは、退院のお手伝いに参ります。お話は、ご自宅に戻られてからゆっくりでも」

「今でいいわ。だって、気になるんですもの。わたし、私立探偵に調べられるような事件と何か、かかわっているのかな、って」

「いえ、天野《あまの》さんご自身に関することではないんです。今からもう、十数年前のことなんですが」

「そんなに昔の話？　わたし、憶《おぼ》えているかしら。あんまり記憶力のいいほうじゃないから」

「一九九〇年から九二年の間、天野さんは、赤坂《あかさか》の『花模様《はなもよう》』というお店で働いていらっしゃったという点は、間違いありませんか」

「九〇年から九二年だったかどうか、年はちゃんと憶えてないけど、『花模様』にはいました」

「会員制の和装クラブですね」

「ええ、まあ、会員制、っていうのはヤクザ除《よ》けですけどね。カタギの人からの紹介があれば、会員でなくても飲めましたよ。女の子はみんな着物を着てて、ただそれだけなんですけど。他は普通のクラブでした」

「天野さんはホステスをしていらした。チーママ、と呼ばれていらしたと」

「十年も前のこと、よく調べますね。やっぱ探偵ですね」

言美は笑った。

「うん、そう、あの店ね、名前は言えないけど、財界の名の知れた人が出資してて、ママはその人の愛人、ってよくあるパターンの店だったんです。それで、ママはあんまり商売に熱心じゃなくて、経営そのものは、マネージャーの塚原《つかはら》って人がし切ってました。わたしは、普通にホステスで入ったんだけど、塚原マネージャーがわたしのこと評価してくれて、最初のチーママが独立してお店つくるんで辞めた時、チーママにしてくれたんです。あでも、責任が重くなって仕事がきつくなった割には、収入はたいしたことなかったな。あの店、女の子はみんな日給月給なんですよ。売り掛けはママだけなの。日給の最高額が五万円ちょっと。チーママの時でも、いろいろおまけつけて貰って、月収は百五十万くらいだったですよ」

「それでもたいしたものですよね」

「まあね。でもほら、ボーナスはないし、旬でいられるのはほんの数年だもの。短期決戦でがっちり貯《た》めて、自分の店でも持たないと、すぐにババアって呼ばれるようになってお払い箱ですよ。あの頃あたし、まだ二十代で、それでけっこういい暮らしできたもんだから舞い上がっちゃってたけど……」

「その頃のことなんですけど、本名を渋川雪さんという女性が、勤めていらしたのを憶えていらっしゃいますか？　確か、お店での名前は、みゆき、さんだったはずなんですが」

「みゆき……みゆき……ね。ありふれた源氏名だしなぁ……あ、でもそう、そうね、いたわ。みゆきちゃん。肌のすごく白い子よね？　秋田かどこか、雪国の出身だったんじゃなかった？　うん、思い出した。色の白さで評判になって、指名は多かったわ。色が白いと着物って似合うのよね。それに彼女、清楚《せいそ》な顔立ちだったから。もっとも……」

言美は言いよどんだが、女探偵の目にうながされて続けた。

「本人が清楚だった、ってのとはちょっと違うけど。いろいろ、トラブルあったわ、彼女」

「トラブル？」

「うんまあ……よくある話なんだけど。簡単に言うとね、ヒモが付いてたわけ。ヤクザじゃなかったわよ。そういうヒモ付きの子は雇わない方針だったし。でも……まともな男じゃなかったと思う」

「どんなふうにまともではなかったのでしょう」

「どんなふうにって、要するに金とそれから……これは噂《うわさ》なんだけどね、その男、ヤク中じゃないかって噂もあった。もちろん、みゆきちゃんがクスリに手を出してるとわかれば即刻クビにするつもりだったけど、噂だけじゃねぇ。みゆきちゃん自身は、店で客に粗相《そそう》することもなかったし、頭の回転は速い子で、それなりに使えたから」

「どんな男性だったか、お会いになったことはありますか」

「ちらっと顔見たことは、ね。店が終わる時間になると、でっかいオートバイにまたがって待ってたのよ。そうねぇ……昔のことだから、はっきりと言えるわけじゃないんだけど、顔は良かったと思う。イケメンよ。歳《とし》も、あたしとそう違わなかったんじゃないかな。いくら日給月給だからって、たまにはお得意様とお店のあとの付き合いもしないとならないのがあの世界でしょう、その分も考慮して、高い日給を払ってるわけだから。なのに、外に出るのが閉店時刻から三十分も遅くなると、あたしたちが見ている目の前で、みゆきちゃんのこと罵《ののし》ったり、殴《なぐ》ったりするのよ。グズだとか、何やってたんだ、とか怒鳴って。そのたびに塚原さんが、店は終わってもミーティングがあったり、お客様がお帰りにならなければ、遅くなることはあります、って説明してね、かばってた。だってそうしないと、店の前で大暴れされそうだったんだもの。そんな男よ。アタマが足りなくて粗暴。嫉妬《しっと》深い。ヒモとしては、最低ランク」

「名前は、ご存知でした？　渋川雪さんから、男の人の名前は出ませんでしたか」

「さあねぇ……うーん」

言美は記憶をたどってみた。

「聞いたような気はするんだけど……なんだったかしら。なんとか、なべ、うん、ナベが下についた名字だった」

「タナベ、カワナベ、ワタナベ」

「……ワタナベ。うん、たぶんそうよ。ごめんなさい、間違ってるかも知れないけど、なんか、ナベの前が一文字じゃなかった気がするから。下の名前は知らないわ。みゆきちゃんがあの男のこと口にする時は、たいてい、わたしたちが心配して男と別れた方がいいんじゃないか、って説教する時だったでしょう、それで気を遣ってたのか、それとも、もう身内の人間だという意識だったのかも知れないけど、みゆきちゃん、男のこと、名字を呼び捨てにしていた。でも、みゆきちゃんがどうかしたの？　あの子、わたしが花模様を辞めたのとほとんど同時くらいよね、お店辞めたの。わたしはね……チーママになって舞い上がって、ちょっとした会社の社長さんの愛人になったのよ。それでその社長さんが、当時はまだ羽振りが良くてね。バブルがはじけた直後くらいだったけど、まだまだ、こんなに長く不況が続くなんて、みんな思ってない頃だから。で、社長さんが資金出してくれるっていう話にぽんと乗っかって、花模様を辞めて、六本木《ろっぽんぎ》にお店を出したわけ。えっと、それから先のことは調べてるんでしょう？」

「いちおうは」

言美は、ふふ、と笑った。

「まあ、あまりにもお決まりなパターンで、今さら物語にもならないわよね。バブルがはじけて日本は大不況に突入、たった二年後に社長さんの会社がぺしゃんこになっちゃって、お店も何もかも、みんな債権者にぶんどられて。わたしが住んでいたマンションまで、名義は社長さんの会社になってたもんだから、一週間以内に出て行けって債権者をまとめてた整理屋の弁護士に言われてね。丸裸で、ポイ、よ。あの弁護士の顔だけは忘れないわ。わたしの着てるものからつけてる宝石から、靴からバッグから、一切合切取り上げようとしたのよ。どうせ貰《もら》ったもんなんだろう、処分して金を債権者に返せって脅《おど》されて。冗談じゃない、くれるって言うから貰ったんだ、所有権はあたしに移ってるんだ、って摑み合いの大喧嘩《おおげんか》してやった」

「いさましいですね。でも、当然だと思いますよ。あなたはその社長さんの連帯保証人になってはいらっしゃらなかったんでしょう？　だとしたら、あなたには一円の返済義務もありませんし」

「それでも、常軌《じょうき》を逸《いっ》した額のプレゼントだと、贈与税がかかるんですってよ。ねちねち、ねちねちと、時計や指輪の品定めしてたわよ、あの弁護士。でもね、実際のところ、高いものなんてひとつもなかったのよ。お店もマンションも名義をわたしにしてくれなかった、っていうのでわかるでしょ、社長さんは、実はケチだったわけ。まあいいわ、もう昔の話だし。あなたが聞きたいのはみゆきちゃんのことよね？　彼女は、わたしが店を辞めるほんの少し前に、先に辞めたのよ」

「その時のいきさつは、何か聞いていらっしゃいますか」

「いちおうはチーママだったし、辞める理由は訊《き》いたけど、まあね、結婚以外の理由だと、本当のことを言って辞める女の子なんて、いやしないものね。たいていは引き抜かれてよそに移るとか、パトロンが出来て自分で店を出すとか、あるいは、卒業が決まったので辞めますパターン」

「学生さんも勤めていたんですね」

「多かったわよ。専門学校の子と、それから女子大生ね。親元からの仕送りだけじゃ、面白おかしく学生生活がおくれない田舎《いなか》の子ばっかり。でも学生はね、雇うには悪くないのよ。男が出来て、ひと言の挨拶もなく行方をくらましちゃうって心配が少ないから。就職活動を始める頃になると辞めちゃうけど、ある意味、それは雇う方も予測がつくしね」

「渋川さんの場合は、そういうことではなかったはずですよね」

「みゆきちゃんは、あの当時もう、学生、って歳じゃなかったと思うけど。辞める理由は、田舎の親が病気で、ってやつよ。もちろん嘘だったと思うけど」

「どうして、そう思われたんです？」

「顔を見たらわかるわよ」

言美は、女探偵の目を見つめた。

「あなただって、探偵なんかしてるんだもの、こうやって話している相手が嘘ついてるかどうか、ある程度はわかるでしょ？　あの頃のわたしも同じよ。チーママなんかしてて、毎日毎日、たくさんの水商売の女の顔色を見てたんだもの、女の子が嘘ついてるかどうかくらい、わかったわ。もっとも、当時はわたしも若かったからね、騙《だま》されることもあったわけだけど」

「渋川さんは、やはり、なんとかナベという男の人と一緒にどこかに行ったんでしょうか」

「あ、それは違うと思う」

言美は、その時のことを思い出して、思わず姿勢を正した。

「怒鳴りこんで来たもん、あの男。あれはねぇ……みゆきちゃんが辞めてから、一週間は経《た》ってない日だったと思う。開店前の六時頃に、マネージャーと打ち合わせしている最中に飛び込んで来たのよ。それでもう大暴れよ。みゆきはどこ行ったんだ、どこにかくまってるんだ、って叫んでね。正直、びっくりしたわ。わたしもマネージャーも、みゆきちゃんはあの男とどこかに行ったか、あの男の差し金で店をかわったかしたんだと思ってたから。なんだ、みゆきちゃん、けっこうやるじゃん、って、痛快だったわね。誰にも気づかれない内に別の男つくって逃げちゃったなんて」

「つまり、恋人にも行き先を告げずにいなくなった、ということですね」

「そういうことね、あの男がみゆきちゃんの恋人だったとすれば。でもねぇ、たぶんみゆきちゃんは、とっくの昔に愛想が尽きていて、でもそういう素振りをちょっとでも見せたら男が逆上するだろうってわかっていたから、いざという時まで、あの男を愛しているふりをし続けていたんじゃないのかな。その意味では彼女、わたしのこともマネージャーのことも、本心から信用してはいなかったんでしょうね。あの男と別れたいなんてひと言でも漏らしたら、わたしたちの口から男に伝わるかも知れない。そしたら逃げるチャンスを失うし、また暴力をふるわれる。きっとそんなふうに考えて、誰にも何も言わなかったのよ。タチの悪い男に捕まった女の悲劇は他にもたくさん見て来たし、彼女の気持ちはよくわかるわ」

女探偵とのおしゃべりで、みゆきに関しての言美の記憶は、かなりはっきりと甦《よみがえ》った。

本当に、色の白い子だった。あの当時、自分とさほど歳は違わなかったはずだが、みゆきの方がずっと幼く思えたのは、白い肌と対照的に黒々としたあの、前髪を切りそろえたおかっぱ頭のせいだろう。そう、ボブスタイル、という言葉より、おかっぱ、というのがちょうど合っている、そんな雰囲気だった。妙に野暮《やぼ》ったいのだが、それがまた妙に好ましい、地方出身の女の子特有の人なつこさ、親しみやすさ、そして、素朴さ。が、あの子はしたたかな女だった、と言美は思った。タチの悪いヒモから逃げるために、その男を愛している芝居を、ぎりぎりまでし続けるなんて、そんなに簡単にできることではない。しかも他の男の影を周囲にまったくさとられずになんて。

「すみません、すっかり長居してしまって」

女探偵が言って、礼儀正しく頭を下げた。

「今日のところはもう帰ります。明日、退院されるようでしたら、その名刺に書いてある携帯番号にご連絡ください。退院のお手伝いに伺わせていただきます」

「いいえ、大丈夫よ、わたしひとりで。荷物も何もないし。それより、もういいの？　訊きたいことはみんな訊いてくれた？」

「ええ、だいたいは。ただ……もしご負担でなければ、どんな些細《ささい》なことでもけっこうですので、渋川雪さんのことで印象に残っていることがあれば、退院してから一度、お聞かせいただければと思います。花模様にいた他のホステスさんにも何人かあたったのですが、渋川さんには特に親しくしていた同僚もいなかったみたいで」

「そうね。みんな、あの子のことはかわいそうだと思ってたけど、あんな野蛮なヒモがついてる人にはかかわりたくなかったのよ。親切で何か忠告しても、それが知られたら逆恨みされるし。決して人から嫌われるような子じゃなかったんだけど。まあ、少なくとも、店に出ていた子の中に友達はいなかったと思う」

「わたしはまだ、しばらく東京で調査を続けておりますので、ご体調が良くなりましたら、もう一度、お話しさせてください」

「いいわよ、どうせ暇《ひま》だし」

言美は、それまで忘れていた現実を思い出して、嘆息《たんそく》した。女探偵は、ただ頷いた。何しろ探偵なのだ、もうとっくにあたしのことは調べているだろう。

「あ、宿泊先は、東京駅八重洲《やえす》口前の、ビジネスイン八重洲です。金曜日までは泊まる予定でおります」

「わかりました。いずれにしても、金曜日までにはお電話します。すっかりお世話になっちゃったんだし、きちんと御礼もしたいから」

「いえ、そんなことはお気になさらず。それでは、失礼いたします」

標準語で話してはいるが、イントネーションには関西の訛《なま》りがある。名刺の住所も京都だったし、彼女も京女なのだろうか。言美は、女探偵が消えたドアをしばらく見つめていた。

何か……何かがひっかかるのだ。京都。京都？

いったい何だろう。みゆきと京都。何も結びつかないのに、なんだか気持ちが悪い。大事なことをあたしは忘れている、そんな気がする。何かをあたしは知っている、そんな気が。

言美は頭を枕に横たえた。それ以上考えると、頭痛に襲われそうだった。

2

管理人に謝りに行くのは気が重かったが、菓子折りを受け取った管理人は、特に非難するでもなく、哀れみの目を向けて言っただけだった。鍵がかかっていなくて、よかったですよ。

ただの薬の飲みすぎなのだ、とは信じていないのだろうが、自殺しようとしたのではない、ということは繰り返し言い訳した。だが、もう限界だろうということは言美にもわかっていた。引っ越ししなくてはならない。アパートには家族持ちも何組か住んでいて、廊下ですれ違うと、頭は下げてくれるが、目には明らかに非難の色があった。

自殺しようとしたのではない。そんなことは、自分がいちばん良く知っている。自殺などするわけには、いかないのだ。その日まで。

けれど、二度と目が覚めなければいいのに、と眠りにつくことも事実だった。それが、死にたいと思っていることとどう違うのか、説明してくれと言われたら言葉に詰まる。言美自身の心の中では、二つのことは明らかに、絶対に違うものなのだ。

言美は、病院からの帰りに寄った百円均一の店で、密閉式ジッパーのついたビニールの小袋を買った。そして部屋に戻っていちばん先にしたことは、飲み散らかした薬の袋を開け、処方せんの控えと照らし合わせながら、すべての薬を一回分の規定量ごとに小袋に仕分けすることだった。今度こそ、懲《こ》りていた。もう二度と、目が覚めた時に病院の白い天井を見つめるあの、たとえようもなくむなしい、惨《みじ》めな気分は味わいたくなかった。

二週間分ずつ貰っている薬なのに、無理な飲み方をしたため、あと三、四日分しか残っていない。かかりつけの精神科医で、入院したことを説明するのは気の重い作業だが、連絡はとっくに行っているだろうから、隠しても仕方ない。仕方のないことが多すぎて、うんざりする。それでも、散らかっていた部屋を片づけ、ゴミをゴミ袋に詰め込んで口をしばり、狭いユニットバスで熱めのシャワーを浴びて髪を洗うと、ようやく、自分がまだ生きて、とりあえずここに戻って来たのだ、ということを実感した。

食欲はなかったが、病院で出された朝食はおかゆで、もともとおかゆが嫌いだったので箸《はし》をつけずに退院したので、かなり空腹だった。下澤という女探偵が土産に持って来たフルーツゼリーは、昨夜ひとつ食べたが、ババロアが残っている。真冬のこと、特に傷《いた》んでいる心配も感じなかったので、とりあえず紙の箱からそれを取りだして食べた。とても高級な味がした。都内の有名店のゼリーだろう。それを食べ終えると、呼び水になったのか、空腹を感じ始めた。冷蔵庫を開け、野菜室の中に残っていた野菜を適当に取りだし、ざくざくと切り、鍋に放り込んで水を入れ、コンソメスープの素と白ワインを少し。蓋《ふた》をして、冷凍庫から小分けにして冷凍してあった炊いたご飯を取りだし、電子レンジで解凍してからさっと水洗いしてぬめりを取り、煮立って来た鍋に入れる。最後に、塩・コショウして味をみてから溶いた卵を流しこんで蒸らした。いつもの洋風雑炊。言美は肉を食べない。昔は大好きだったのに、あの時から食べられなくなってしまった。加工した魚はなんとか食べられるが、血を連想させるものは一切、口に出来ない。

できあがった雑炊をれんげで口に運びながら、録画してあったビデオを観た。昔好きだったロマンス映画だ。旅に出たアメリカ人の女教師が、イタリアでつかの間の恋をする。前半が、身の程を知っている彼女は、旅先の恋と潔《いさぎよ》く別れてまたアメリカへと戻る。前半の、ひとり旅で寂しい思いをしている彼女が好きだった。旅慣れた人はひとり旅がいちばんいい、などと言うが、言美はそうは思わない。ひとり旅は寂しいし、つまらない。ひとりがいい、なんて、気心の知れた旅友達や、一緒にいてくれる恋人がいない者の言い訳だ。この数年、いつかはひとり旅を楽しいと思えるようになるだろうと期待して、何度も何度も旅に出た。どうせすることもなく、仕事もなく、旅をする程度のお金と時間だけはある、そんな身の上だったから、本屋でガイドブックをめくっては、ボストンバッグに最低限の荷物を詰めてその足で電車に乗った。海外へも、旅行社で思いつきのように格安航空券を買い、そのままパスポートを持って成田《なりた》へ向かった。一時は、まるで何かにとりつかれたかのように、旅ばかりしていた。が、それもすぐに飽きた。飽きて、嫌気がさした。何を観ても何を食べても、感動というものを心に感じることはなかった。言美は、自分の心がもう、半ば死にかけているのだ、と思った。

旅に出なくなると、眠れなくなった。精神科で薬を貰うようになり、やがて、夢も見ずに即座に眠ってしまいたい一心で、医者に規定された分量の倍ずつ薬を飲むようになり、それでも不安で、三倍になり。

また旅に出ようか。とにかく、もう薬を余計に飲むことはやめる。絶対にやめる。どんなにつまらなくても寂しくても、薬に頼らないで時間を過ごすことができるなら、旅の方がましだ。自分には、映画の中のキャサリン・ヘップバーンのような、ほんの数日でも心をときめかせ、生涯の思い出となるような出逢いなどあり得ないのだけれど。

その晩は、ベッドの中で二時間ほど本を読み、寝返りを打ち、それでもなんとか眠ることができた。翌朝、言美は部屋中の掃除をした。バスルームもキッチンも磨き、しまってあった靴も取りだして磨いた。ベランダの手すりまで拭き、ベッドパッドも何もかも洗った。一心不乱にからだを動かしていると、余計なことを考えなくて済む。昼過ぎになって、昨日作った雑炊を温めて食べ、クローゼットの中のものをすべて取りだして、クリーニング、リサイクル、補修、と仕分けした。その作業が一息ついた時、チャイムが鳴った。

予想していたので、ドアの外に立っていたのがあの女探偵でも驚かなかった。

「すみません、お電話をいただいてから、と思ったんですけれど……おひとりで、ご不自由はないかと気になりまして」

「もう動き回るのにも不自由はありません。ご心配おかけしました」

「あの、これを」

女探偵は小さな白い箱を言美の手に渡した。

「花模様にいた、きみこさん、という源氏名の女性を憶えていらっしゃいますか」

「きみこ？……ああ、そういえばいたわね。地味な感じの」

「今、ご主人とケーキ屋さんを経営していらっしゃるんですよ、相模原《さがみはら》で」

「あらま、ほんとに？」

「ええ。午前中、渋川さんのことでお話を伺うために行ったものですから。とてもおいしそうだったので。お嫌いではなかったですか、ケーキ」

「大好きよ。いいからあがって。掃除したばっかりだから、お客に入って貰うには今日しかない、って感じなの。お紅茶でもいれましょう」

香りが好きなダージリンを丁寧にいれて、女探偵の土産のケーキ箱を開けた。中には、溜め息が出るほど綺麗なケーキが並んでいた。

「おいしそうだわ。うーん、迷っちゃうわね。どれを食べたらいいか」

「全部、お食べになったらいいですよ。冷蔵庫に入れておけば、明日くらいまでは問題ないでしょうし」

「よしてよ、それでなくても最近、体重は変化ないのにウエストばかり太くなってるんだから。あなたはどれにする？　わたし、この、チョコレートとくるみのにしよう」

「でしたら……杏《あんず》の飾ってあるのをいただいてもよろしいですか」

「OK。これと、これね。あとは冷蔵庫に入れておいて、そうね、隣りに女子大生がひとり暮らししてるから、彼女にもひとつあげようかな。それにしても、あのきみこちゃんが、ケーキ屋さん、ねえ。あの子、着物が似合わなくてね、花模様には向かない子なんで悩んだのよ、クビにするかどうか。色が浅黒くて、髪の毛は天然パーマだったし、それに背が高過ぎたでしょう。でも真面目な子だったわよね。確かあの頃、将来は犬の美容師か何かになりたいって、専門学校に通ってたんじゃなかった？　卒業して辞めたから、トリマーになったんだと思ってた」

「ええ、トリマーの資格をとって、ペットショップで働いていたそうですよ。それで、店で仔犬を買ったお客さんだった今のご主人と恋愛して結婚されたんです。ご主人はホテルの厨房でパティシエとして働いていらして、五年前に独立して、ご主人の実家を改装してケーキ屋さんを始めたとおっしゃってました。なかなか繁盛しているみたいでした」

「じゃ、幸せになったんだ、きみこちゃん」

「ええ。息子さんが二人いらっしゃるそうです。まだ二人とも小学生で」

「悪い気分はしないわね、昔、花模様にいた子が幸せになってる、って聞くと」

チョコレートケーキはとてもおいしい。洋酒の香りは控えめで素朴な味だが、材料にいいものを使っているのが、嫌味のない素直な風味でわかる。

「水商売の場合ね、店で売れてた子が幸せになるとは限らないでしょう。きみこちゃんみたいに、なんか水商売には不向きだなあ、野暮《やぼ》ったいなあ、って思うような子の方が、結局は幸せな結婚して、うまく生きていくもんなのよね。なまじ美人で垢抜《あかぬ》けてて客あしらいがうまくて、ってなると、パトロンがついたり自分で店を持ちたくなったり、どっぷり漬《つ》かっちゃうからね。でも、何かわかったの、みゆきちゃんのこと」

「あまり」

女探偵は杏のムースを食べ、にこり、とした。最初に受けた印象よりもこの人には幼いところがある、と言美は思った。

「やっぱり渋川さんは、花模様にいた当時のホステスさんとは特に親しくしていなかったみたいで」

「その前にいた店の方はあたったの？」

「ええ、まあ。でも、似たようなものですね。花模様の前は、渋谷のドーリー、というスナックに勤めていました。スナックと言ってもミニクラブみたいな規模で、女の子は四、五人雇われていたようです。そこは、カラオケが中心の店で、でも渋川さんはあまり歌は得意ではなかった、そのくらいしかわかりません。彼女は十七歳の時に家出をしたんです。出身は東京なんですよ」

「雪国じゃなかったの？」

「彼女のお母さんの出身が新潟の佐渡なんです。それで、雪国の生まれだというような物語をこしらえていたんでしょうね。家を出て最初の二年は、新宿の牛丼屋さんで働いていたようです」

「牛丼屋？　あの子が、ねぇ」

「一緒に暮らしていた男性はトラックの運転手さんで、彼女とのことは真剣に考えていたようです。ですから、水商売はさせなかったんでしょう。先週、ようやく捜しあててお会いして来ましたが、雪さんとは結婚するつもりでいて、雪さんのお母さんにもその男性からは連絡をとっていたようです」

「でもみゆきちゃんが、そいつを捨てたわけか」

「……新しい男性が出来た、ということだったみたいですね。どこで知りあったとか、その男の名前とかは、わからなかったんですが」

「あいつだった可能性があるってことね。ワタナベだかタナベだか、あの男に喰《く》らいつかれたのが運の尽き、か。それにしてもさ、あなた、どうしてみゆきちゃんのこと調べてるの？　あの子が何かしたの？」

「彼女が現在一緒にいる男性を捜すのが、本来の調査目的なんです」

「あいつ？　あの乱暴な……」

「いいえ。これまでわかった範囲では、一九九二年以降、雪さんは別の男性と行動を共にしているようです」

「一九九二年って……ちょっと待ってよ、それって、あの子が花模様を辞めたすぐあとじゃない？　正確なことはわたしも記憶が曖昧だけど……」

「たぶん、そうだと思います」

「じゃ、やっぱりあの子、あの暴力男から逃げて別の男と一緒になったんだ。へえ。しかも、もう十年以上も一緒にいるってことね？　やるわねえ、みゆきちゃんも。でも居場所がわからないって、どういうこと？　入籍とかはしてないってことね？」

「相手の男性は、九二年に家族を残して失踪しています。わたしの調査はその男性を捜すことなんですが、昨年、その男性が新潟で目撃されました。それで、その男性と新潟との接点を探る内に、雪さんのお母さんとその男性とが、仕事上の繋がりがあったことが判ったんです。そして、雪さんが家出されていることも。さらに、一昨年まで、佐渡の病院に入院していた雪さんのお母さんの病室に、雪さんと、その男性らしい人物が見舞い客として訪ねていたことも判りました。しかし二人はすでに新潟を出ているようで、以降の行方はわかっていないんです。長野県にいた、という痕跡《こんせき》もあるんですが、確認はとれていません」

「つまり……えっと、みゆきちゃんは不倫したわけか。奥さんとか子供とかある男性と駆け落ちしたってことね。で、そのまま、十年以上も行方がわかっていない、ってこと」

「そうなりますね」

「へぇー」

言美は、驚いたのと、自分の記憶の中にいたみゆきという女がそんな大胆な行動をとったことの違和感とで、しばらく言葉が出なかった。妻子のある男性と恋仲になること自体は、水商売の女ならば実に、よくあること、だ。しかし、駆け落ちとなるとむしろ、珍しい話になる。花模様は学生のアルバイトも雇うような、クラブとしては中途半端な店だったが、それでも、ホステスの雰囲気は今でいうキャバクラとは明らかに違っていた。不倫はしても相手の家庭を壊さないのがプロの女の矜持《きょうじ》だったし、仮に正妻から男を奪い取るにしても、無責任に駆け落ちなどして、男のみならず自分の人生も投げ出すような愚《おろ》かな真似《まね》は、まず、しない。妻の座を奪うなら奪ったなりに、その妻の座が値打ちのあるものでなければ意味がない、と考えるのがプロだ。駆け落ちなどして、金も名誉も社会的な立ち位置も失った男に十年もくっついているなどというのは、ある意味感動的ではあるけれど、別の意味では、愚か過ぎて笑えない。みゆきもあの当時で二十歳過ぎではあったが、充分、分別のある子に思えたのに、どうしてそんなことになってしまったのだろうか。

「やっぱり、もう一個食べようっと」

言美は蓋をした箱を開け、中からいちごのショートケーキを取り出した。

「なんだか、甘いものが欲しくなっちゃうわね、そういう話を聞くと。落ち着かないって言うか、胸騒ぎがする、って言うか。でも……あの、変なこと訊くけど、みゆきちゃんが生きてることは間違いないんでしょ？　まさかその男と駆け落ちして心中したなんてことは」

「少なくとも、一昨年の前半までは、入院していらしたお母さんのお見舞いに来ていたのを、何人かの人が見ていますし……そのお母さんが亡くなる間際に、知人に宛てて書いた手紙の中で、娘である雪さんのことを気遣っておられましたから」

「そうよね」

言美は大きくフォークで削ったスポンジを口に詰め込んだ。

「つまらないこと考えるもんじゃないわね。で、昨日も訊こうと思ったんだけど、あなたの事務所って京都にあるのよね。探偵さん自身も関西の人みたいだし、それってみゆきちゃんのことと何か関係あるの？　みゆきちゃんとその男が、関西でも目撃されてる、とか？」

「いえ……調査依頼されている男性は、もともと、京都の人なんです。九二年失踪当時も京都に住んでいました」

「あ、そうなんだ。つまり依頼したのはその男の奥さんとか親とか」

「ええ、まあ、お身内の方ですね」

「京都、ねえ」

いちごが少し酸《す》っぱくて、言美は紅茶をすすった。

「何か、京都という地名にお心当たりがありますか？」

「うーん……心当たり、っていうか……ごめんなさい、何しろ十年以上前のことだから、なんか、喉のあたりまで出かかってるのに思い出せないんだけど、なんだか引っかかってるのよね。京都、って地名が、みゆきちゃんの口から出たことがあったような気がして……」

女探偵の顔に、一瞬、激しい動揺の色が現れた。それは、期待であり希望である、そんな、輝きにも似た色だった。それまで自制され、強い意志によってコントロールされていた彼女の感情が、一時に噴き出そうとしたその寸前、という気がした。

この人は、よほどの決意でこの調査をしているのだ、と、言美は思った。これがプロである、ということなのだろうか。それとも、何か自分には窺《うかが》い知れない深い理由が、隠されているのだろうか。

いずれにしても、それはほんのつかの間で消えてしまった。今はまた、女探偵は落ち着いた微笑を口元に浮かべ、食べ終えたケーキに敷かれていた銀紙を、几帳面《きちょうめん》に畳んでいる。

「いつでもご連絡をお待ちしていますから、何か思い出したらお電話いただけますか。でも、あまり無理してお考えにならない方がいいかも知れませんね。少なくとも、体調が万全になられるまでは」

「体調の方は大丈夫よ。問題は……心の方だから」

言美はほとんど意識しないままに溜め息をついたが、その、ふーっ、という自分の吐息の音に、少し驚いた。疲れきった吐息、もう死にかけている人間の呼吸のようだった。

「すみません、お疲れなのにすっかり長居してしまいました」

言美の溜め息を勘違いしたのか、女探偵は慌てて立ち上がった。

「渋川さんと京都との繋がりについて、何か思い出されましたら、ご連絡いただけますか」

「ええ、もちろん。えっと……下澤さん、でしたっけ、これからまた、花模様に勤めていた誰かのところへ?」

「いえ、もうあらかた、渋川さんと同時期に勤めておられた方にはお話を伺ってしまいました」

「収穫なし?」

「そうですね……これといった進展は。けれど、渋川さんが男性から逃げるため、こっそりと東京を出た可能性は高まりましたから、それだけでもひとつ、前進と考えています」

「わたしが思い出せば、もっと前進するかも知れないのね」

「期待しています。でも、ご無理はされませんよう、それでは」

「あ、ちょっと待って」

　言美は、女探偵ともう少し話していたかった。多分、自分があえて話していないことをこの探偵はとっくに調べて知っている。この探偵の前では、本心を隠さなくてもいいかも知れない。それは言美にとって、たまらなく魅力的なことだった。今の言美の日常生活は、自分自身を他人の目から隠すことで埋め尽くされている。誰にも心の中は見せられない、その思いが強すぎて、誰と何について話していても、自分の言葉の空々しさに自分で嫌気がさした。薬を余計に飲んででも眠ってしまいたいと思うのは、たいてい、空虚な会話を誰かと交わし、偽《いつわ》りの笑いの中で寒気にふるえ、ようやっとこの部屋へと帰りついた、そんな夜なのだ。

　一昨夜もそうだった。インターネットで、愛読している小説家のファンページを覗くようになり、BBS参加者によるオフ会の案内が出ていたので申し込んだ。ネットを介してハンドルネームでしか知らない同士が、現実の場で顔を合わせて行う飲み会で、これまでも何度か、似たような飲み会に参加している。少しでも社会と接し、普通に生きている芝居を演じていないと、すぐに自分の心の中を他人に読まれ、哀れみと怖《おそ》れとのまなざしを向けられ、思い出したくないことをたくさん思い出し、また泣いて一晩明かすことになる。それが怖くて、わざわざ、心の底から楽しむことなどできるわけがないと知っていて、そういう会に参加し続けている。そして酒を飲み、料理を食べ、他愛のない会話を交わし、面白くなくてもとにかく笑う。笑って笑って、自分自身を偽りの笑いの中に塗りこめる。が、最後にはいたたまれなくなり、苦しくなって、逃げるように帰って来ることになるのだ、いつも。二次会へ、という誘いを、家で夫と子供が待っているから、という嘘で断って、笑顔のまま手を振って。

そして、薬を飲む。意識を失い、自殺未遂者として病院で目を醒ます。

自殺したいと思えるのなら、どんなに楽だろう。

死んでも構わないと思えたら、どんなに、幸せだろう。

「これからどこか、行く予定があるんですか」

言美は、女探偵に向かって訊いていた。ない、と言われたら、一緒に食事にでも行かないか、と誘ってみるつもりだった。が、女探偵は、小首をかしげるような仕草をして言った。

「ええ、ちょっと銀座に出てみるつもりなんです。仕事ではないんですけどね、ちょっと興味のある写真展があって」

「写真展……」

「はい。さっき、渋川雪さんと捜している男性とが、長野県にいた形跡があった、とお話ししましたよね。その調査で長野県に行った時に、たまたま、泊まったホテルに地元の写真家の作品が飾ってあったんです。その人の写真展が銀座の画廊であると、雑誌に出ていたものですから。ネイチャーフォト、って言うのかしら、自然の風景と動物や植物などを被写体にしている写真家なんですけど、とても魅力のある写真なんです」

「面白そう」

言美は反射的に言っていた。本当は、写真になどまるで興味がなかった。が、この女探偵ともう少し一緒にいるには、そう反応すればいい、と、瞬時に計算していた。

「ご一緒させていただいたら、ご迷惑かしら」

「あ、いいえ、もちろん構いませんけど……ただ、おからだは大丈夫ですか。退院したばかりで、人の多いところを歩くとお疲れになるかも」

「タクシー代はわたしが持ちますから、タクシーで行きましょうよ。それなら、そんなに疲れないわ」

「そんな、それでしたらわたしが」

「いいから、そうさせて。ちょっと、十分でしたくするから待っていてくれる？　お化粧なんかタクシーの中ですればいいわよね、着替えだけしてすぐ出られるから」

言美は女探偵に断る暇《ひま》を与えず、洗面所に駆け込んで音をたてて水を流し、掃除ばかりしてほこりだらけになった顔を洗い、化粧水をはたいた。

大きな洗面台の鏡の中で、必死の形相《ぎょうそう》で女探偵のあとを追いかけようとしている自分の顔に、言美は、軽蔑と哀れみをこめて、微笑んで見せた。

3

最後に銀座に出たのはいつだっただろう。言美は思い出そうとしたが、すぐにやめた。あの日より前に記憶をさかのぼらせることは出来ない。あの日で、自分の人生は一度終わってしまったのだ。

銀座は、様変わりしたようでもあり、何も変わっていないようにも見えた。老舗《しにせ》のほとんどは昔のままの場所にちゃんと存在しているが、外国化粧品の巨大なストアは姿を消し、ブランドの直営店がその後にビルをそびえさせていたり、居酒屋の名前が変わっていたり、馴染《なじ》みのファッションビルに入っている店舗の名前が知らないものだったり、そうした変化は数多くあった。女探偵は京都の人なので、銀座にはあまり詳しくないと言う。彼女が手にしていた雑誌に、画廊の場所を示す簡単な地図があったので、それを頼りに並《なみ》木《き》通りを歩いた。一度は画廊の前を通り過ぎてしまったが、間違いに気づいて引き返すと、すぐに見つけることができた。とても小さな画廊だった。ガラスのドアの前に、小松《こまつ》崎鶸矢《ざきひわや》写真展、とパネルが立ててある。

「こまつざき……読めないわ、この字」

「ひわ、です。野鳥の名前だそうですよ。ひわや」

「なんだか言いにくい名前ね。本名なのかしら」

「さあ、わかりませんけど、小松崎鶸矢の写真集は、いつも表紙が、その鶸の仲間の写真なんですって。よほどお好きなんでしょうね、その野鳥が」

「綺麗な鳥なの？」

「わたしも写真でしか見たことはありませんけれど、マヒワ、という鶸は、黄色味の強い綺麗な緑色の小鳥でした。古代色、というのをご存知ですか」

「平安時代とかに、十二単《じゅうにひとえ》なんかを染めてある色よね」

「ええ。その中にも、鶸色、というのがあります。少し黄色く不思議な感じに青みを帯びた緑色です。萌黄《もえぎ》色と鶸色の中間の、鶸萌黄、という色は、鶸色をもっと緑っぽくした感じで、それもとても綺麗な色でした。小松崎鶸矢の写真に魅せられてから、鶸、と名のつくものに興味をひかれて、本屋さんで野鳥図鑑とか古代色のカタログなんかを買ってしまったんですよ」

「下澤さんがそこまでいれこんだ写真なんて、楽しみだわ」

言美は、心にもない言葉を口にしながらガラスの扉を開けた。が、中に入った途端、まあ、と思わず感嘆の声を漏らしていた。

意外に奥が細長く広さのある画廊の壁や天井すべてが、柔らかな黄緑色で覆われていた。

「鶸色やわ」

女探偵が、京訛りらしい言葉を発した。

これが、鶸色。

黄緑の一種なのだろうが、なんとも言えず洒落た色合いだった。黄色にも見えるし、青味を帯びた感じも受ける。彩度の高い色なのに、目に刺激的ということもない。やわらかで優しい色彩だが、あでやかだ。

「天井まで塗ったのかしら。随分凝《こ》ってる」

「天井も壁も、布を張ってあるようですね。古代色は、布を染めた時にもっともその特徴が出るそうですから。写真、見てみましょう」

視線の高さに揃えて、三方の壁に写真が一列に並んでいた。なんのてらいもなく、ただ一列に並べてあるだけの、大きさも揃えた写真の帯。画廊全体を一色に統一し、写真もラインを揃え、そのストイックでいながらどこか挑戦的なディスプレイに、言美はすっかり魅せられてしまった。女探偵に従って一枚の写真の前に立つと、また新たな驚きにとらわれた。

梢に小鳥がいる。ただそれだけの写真だ。それが鶸、という野鳥なのだろう。確かに、全身がやわらかな黄緑色をしている。小鳥は、何かに気をとられているのか、空の方に頭を向けている。身繕《みづくろ》いでもしていた途中なのか、振り返るような頭の傾《かし》げ方だ。その小鳥の目の先には、何もない。梢の間にどこまでも青い空が広がっている。それなのに、言美には確かに聞こえた気がした。小鳥は、何かの音を耳にしたのだ。それはたぶん、小鳥にとって、危険を知らせる音なのだ。

わずか、一秒の何分の一かの時間の、堪え難い緊張。

それは、命の瀬戸際の緊張だった。

シャッターが切られた直後に、この小鳥の運命はどう変わったのだろうか。

次の写真には、座り込んでいる栗鼠《りす》がいた。言美が知っている栗鼠というのは、小さくて縦じまの白い線が走っている茶色の動物だったが、そこに写っていたのはずんぐりとして大きな、灰色の栗鼠だった。耳に面白い毛が、飾りのように生えている。

一面の落ち葉の中、栗鼠は、じっとこちらを見ていた。カメラのレンズに気づいているのだろうか。望遠で撮影しているはずだから、そうでないのだろう。が、まるで栗鼠がカメラを通して言美の目を覗きこんでいるかのように感じられる。

あなたはだれ。

なぜ、そこにいるの。

そんな、根元的な問い掛けを、栗鼠が自分に向けて発している。

いつの間にか、言美は女探偵の存在も忘れ、夢中になって写真を見つめていた。風景や動物の写真にこれほど魅了された経験などこれまでなかったし、自分がどうしてこんなに、小松崎鶸矢の写真にひきつけられるのか、自分でも説明が思い浮かばない。けれど、確かに言美は、自分が本当に久しぶりに、たぶん、あの日以来初めて、何かに感動している、と思った。

すべての写真に、痛いようなぎりぎりの「生《せい》」がある。それぞれの生き物がそれぞれの環境の中で、その一瞬を確かに生きている。生き抜いている。それを鮮やかにとらえるカメラマンの感性が、見ている者の心をここまで動かすのだ。

「素晴らしいわ」

言美は声に出してそう言っていた。自然と、何も意識せずに出た賛嘆だった。

「気に入ってもらえて良かったです」

女探偵も、じっと写真に目を向けたままで囁《ささや》いた。

「わたしたち、感性が似ているのかも知れませんね。小松崎鶸矢の写真は、構図が地味だと評されることも多いらしいですよ」

「そんなの……心が鈍い人間の感想だわ。これ以上ないくらい、削って選んで、これでしかない、という構図に見える」

「わたしにもそう見えます。この写真家は、とてもその……禁欲的な情熱の持ち主のような気がするんです。なんか、言葉がおかしいですけど」

「お気に召していただいたようですね」

二人の背後から、銀髪の上品な女性が声をかけて来た。

「松川《まつかわ》と申します」

女性が名刺のようなものを二人に渡したが、そこには、松川ギャラリー代表・松川波《なみ》子《こ》、と書かれていた。

「小松崎さんの写真は、以前にもご覧になられたことがありますか」

「ええ……女神湖のリゾートホテルで、小さな作品展が」

「ああ、はい」

松川波子はにっこりした。

「小松崎さんは女神湖の近くに、コテージをお持ちなんですよ。あのあたりから蓼科《たてしな》、八《やつ》ケ岳《がたけ》、軽井沢《かるいざわ》にかけてが、小松崎さんがよく撮影される地域ですね」

「今日はおいでではないんですね」

「申し訳ありません。小松崎さんは、写真展の時でもご自分がお顔を出されることはほとんどないんです。実はその」

松川は、手にしていた写真集を開いて、いちばん後ろのページを二人に見せた。

言美は驚いた。そこには、車椅子に座ってカメラを構える男性の姿があった。

「小松崎さんは、十年ほど前に事故で脊髄を損傷され、以来、車椅子で生活していらっしゃるんです。そんなこともあって、東京には滅多にいらっしゃいません。わたしは小松崎さんの写真がとても好きでして、ぜひこのギャラリーで写真展を開催させて欲しいと何度も頼みこみましてね、ようやく承諾していただいて、今回、こうやって展示できることになったんです。この鶸色のディスプレイはすべて、小松崎さんのご希望です。ご自分でイメージイラストを描いて、指定してくださいました」

「素敵です。シンプルで、でもなんとなく挑戦的で」

言美の言葉に、松川は相好《そうごう》を崩《くず》した。

「ああ、褒めていただけてよかった。わたしもとても気に入っているんですよ。小松崎さんには、空間デザインの才能もおありですわよね」

「でも、あの」

言美は、こんなことを質問するのは下品かな、と思い、首のあたりが赤くなるのを感じながら、小声で訊ねた。

「絵だったら個展で売れますよね。でも写真のパネルは、ネガを売買するわけでもないし……その、入場料は無料でしたし……」

「ええ、画廊としての利益はほとんどありません」

松川はそれでも、嬉しそうに言った。

「本来は、展示した作品を販売してもしなくても、スペースをお貸しするお金をいただいています。それでも画廊の利益というのは、展示された作品が売れて、その売買代金から何割か手数料としていただくことで得られますから、場所をお貸しするだけでは、光熱費・とアルバイトさんの人件費しか出ないんです。でもね、わたしもこれで、やはり、アートが好きだからこんな仕事をしているのですもの、たまには、儲けなど期待できなくても、自分が見ていて幸せになれる作品を、このわたしのお城に並べてみたい、そう思うわけです。今回は特に、わたしの方から無理をお願いして開いていただいた写真展ですから、スペースの賃貸料もいただいてはいないんです。小松崎さんは払うとおっしゃってくれていますけれど、いただくつもりはありません。ひとりでも多くの方に、小松崎鶸矢という写真家の作品を見ていただきたい、本当に、そのために開いた写真展なんです。雑誌に取り上げていただいて、今日のような平日でも、思ったより多くのお客様にいらしていただけて、もうそれだけで、わたしにとっては、夢のような体験ですの」

「画廊の経営者にそこまで惚れこまれるアーティストなんて、幸せだわ。でも……車椅子に座ったままで、こんな、真冬の山とか高地とか、撮影は大変なんでしょうね」

「サポートされている方がいらっしゃるんです。女神湖周辺の、小松崎さんのお友達が、チームを組んで撮影を手伝っていらっしゃるそうですよ」

「あの」

女探偵が言った。

「小松崎、というのは、あのあたりには多い名前なんでしょうか。先月、友人とあちらに行った時、パン屋さんの経営者の方も小松崎、というお名前だったんですけど」

「さあ……でも田舎では、ひとつの村の半分が同じ姓、というようなことはあると聞きますわね。もしかしたら、ご親戚かも知れませんね」

言美は、もう一度、写真家のセルフポートレートを見た。鏡を利用して自分で自分を撮影した一枚で、車椅子に座り、膝に赤い毛布をかけた男が、大きなカメラを両手で握り、顔の大部分がカメラに隠れている。が、カメラからはみ出した顎《あご》のラインに沿って、わずかに白いものの混じった立派な顎鬚が垂れていた。頭には、毛布と同じ真っ赤な毛糸の帽子を被《かぶ》っている。

「お逢いしてみたいな……この人に」

言美の言葉に、松川は苦笑いのような表情を見せた。

「どうでしょうか、難しいかも知れませんね。人嫌い、というわけではないようですけれど、ひどく人見知りするとご自分でおっしゃってましたから。わたしもね、最初にお手紙を差し上げて、それから半年かけて手紙のやり取りを続けて、ようやく、今度の写真展の打ち合わせにお逢い出来たくらいなんです。もともと、カメラマンとしてメジャーになるおつもりもなかったようなんですよ。数年前に女神湖のリゾート・フェスティバルにご自分で撮った野鳥の写真を出品されて、それが東京の大手広告代理店の人の目に留まって、諏訪湖の観光キャンペーンに写真が使用されたんです。それとほぼ同時に、その野鳥の写真が、新聞社が主催するネイチャーフォト・コンテストのグランプリをとって。それから立て続けに、新人カメラマンの登竜門としては名の知れた賞を二つほど受賞して、出版社のキャンペーンのお仕事なども入って、と、急に知名度が上がってしまって、ご本人は今になって、かなり後悔していらっしゃるんです。友人たちを喜ばせようと賞になど応募したのが間違いだった、と。コマーシャルの世界の仕事は自分の性格に合わないので、これからはまた以前のように、好きな写真を撮って、地元で写真展を開いたり写真集を出したりしながら、素人カメラマンとして暮らしていきたいとおっしゃってました」

「もったいないですね……すごい才能なのに」

「ええ、本当にそう思います。ですが、アーティストの信念というのは、そう簡単に変えられるものではありませんしね。無理強《じ》いをして嫌われてしまわないよう、わたしにできる範囲で、小松崎鶸矢の作品を世間に認知させていけたら、そう思っています」

写真の世界のことも、芸術のことも何も知らない言美だったが、これだけの素晴らしい写真を撮る写真家が、素人のままでいいと田舎に引っ込んでいるのは、本当にもったいない、と思った。第一、素人写真家では写真で食べていくことができない。車椅子生活で、田舎のコテージで、いったい小松崎鶡矢はこれまで、どうやって生計を立てていたのだろう。

そう思った途端、言美は、自分で自分の心の変化に驚いていた。自分は今、誰かの人生について思いをめぐらせ、その人の生活が成り立っているのかどうかと気にかけている。こんな気持ちになったのは、本当に、本当に久しぶりのことだ。もう二度と、他人の幸せを願う気持ちになどなれないだろうと思っていたのに、顎鬚に白髪をまじえた偏屈なカメラマンの幸せを、自分は、今、願っているのだ。

「この方、おひとりで暮らしていらっしゃるんでしょうか」

言美の質問に、松川は含みのある笑顔になった。

「プライベートなことは、わたしもあまり存じません。でも……お寂しくはないと思いますよ、小松崎さんは」

言美はホッとした。妻がいるのだ。あるいは恋人が。この偏屈な車椅子に乗ったアーティストには、その車椅子を押し、からだを支え、心を支えてくれる誰かが、いるのだ。たぶん、生計もその人が支えているのだろう。

「よろしかったらこの写真集、ご覧になりませんか。販売もしておりますので、お気に召しましたら、ぜひ。あちらに紅茶かコーヒーが用意してございますので」

松川は、奥のソファがコの字型に並んだ場所を掌で示した。二人連れの客が、ソファに座って白いコーヒーカップを手にしている。言美は女探偵に目配せし、松川から借りた写真集を持ってソファに向かった。二人がソファに座ると、すぐに、若い女性が近づいて来て、紅茶とコーヒーのどちらがいいかと訊いてくれた。二人ともコーヒーを頼んだ。

運ばれて来たコーヒーはインスタントではなく、とてもいい香りがした。薔薇《ばら》の花の形をした小さなチョコレートが四つ、小皿に盛りつけられて添えられていた。

「来てよかった」

言美は、コーヒーをすすりながら呟いた。女探偵は、黙って頷く。やはり知っているのだ。なぜ言美が睡眠薬の過剰摂取で何度も救急車で運ばれるような生活をしているのか、彼女は理解している。

二人連れがカップをガラスのテーブルに置いて立ち上がり、松川の方へと歩いて行った。店の奥行きがかなりあるので、客と松川が話している声は聞こえても、その内容はよくわからない。コーヒーを運んでくれた若い女性は、事務室と書かれたドアの中に消えている。

顔を上げると、正面にも小松崎鶸矢の写真があった。一面の雪原に野うさぎがはねている。その足跡が、点々と、林の中に続いている。ただそれだけの構図なのに、野うさぎの懸命な生の営みが愛《いと》しい。何もかもすべてが冷たい雪に閉ざされた、しん、とした厳寒の世界の中で、その野うさぎに流れている血は赤く、熱いのだ。

小松崎鶸矢のカメラ・アイは、命、を慈《いつく》しんでいる。

「わたしは、間違っているんですね」

言美は囁いた。ふっ、と、目尻から涙が頰に伝った。

「間違っている。小松崎鶸矢の写真で、それを教えられました」

女探偵は、黙ったまま、音をたてずにコーヒーをすすり続けていた。

「でもね、まだ諦められるかどうか、自信はないの。自分が間違っていることはわかっても、それでも、まだやり遂げなくてはならない、そう思うことをやめられないわ」

「わたしには」

女探偵は、静かに言った。

「何も言う資格はないと思います。わたしの想像力では、あなたの悲しみや怒りを受け止めることができない」

「でも、反対なんでしょう？　わたしがしようとしていることは、してはいけないことだと思っている、そうなんでしょう？」

「どうしても意見を、と求められるなら、反対です、とお答えします。あなたには、決してそれを、して欲しくないと思っています」

「でも、止めてはくれない？」

「わたしなどに止められるのであれば」

女探偵は、言美と視線を合わせた。

「あなたは、ご自分で、それをしないという決断をくだせるはずですから」

言美は頷いた。その拍子に、またひと粒、涙がこぼれ落ちた。

「この写真、どうお感じになられますか」

女探偵が、写真集の一ページを開いて言美に見せた。

桜だった。まだ若木なのか、背の低い桜の木の枝に、白い花がいっぱいについている。緑の葉も一緒についているのは、そういう咲き方をする種類の桜なのだろう。

桜の枝の中で、一本が長く斜め下に伸び、別の一本が空に向かって斜めに突き出されている様からは、踊り子が白い衣装で舞っている、そんな印象を受ける。

写真には題がついていた。

『唯、謳う』

「ただ……うたう。面白い題ね。無心に、ただひたすらに、春が来たことを、自分の季節が来たことを謳歌している、そういう意味かしらね」

「お好きですか、その写真」

「そうね……とても綺麗。でも……なんだか、今日の写真展に出ている写真とは、雰囲気が違う。無邪気だわ。……明るい、というか、楽しんでいる、というか。他の写真にはどこか……切ないような必死さがあるのに、この写真は……幸せそう」

「逢いに行きませんか、小松崎鶸矢に」

「え？」

「さっき、逢いたいとおっしゃっていましたよね」

「ええ、でも、人見知りするって」

「ちらっと、どんな人か見るだけでもいいでしょう？」

「それは……興味があるけど」

「わたしも逢いたくなったんです。京都に戻る前に、ぜひ、逢いたいと思います。ご一緒しましょう。ね」

女探偵の言葉に、言美は頷いていた。

なぜなのか、女探偵は、とても哀しそうな顔をして、その目は言美を通り過ぎて、どこかとても遠いところを見ている、そんな気がした。

＊　　＊　　＊

「ほんとのことなの？」

受話器の向こうで、川崎多美子の声が震えた。唯は、ほんとよ、と繰り返した。

「間違いないわ。一枚だけ、小松崎鶸矢が撮ったのではない写真が混じっているの。明日、写真集を見せてあげる。雑誌に載っていたのもその写真なのよ。だから驚いて、確認に行ったの」

「どうしてその、小松崎って写真家の作品じゃないってわかったの？　なんでそれが……

あんたの夫が撮った写真だって……」

「そばにいたのよ」

唯は、声が涙で揺れるのを懸命にこらえた。

「撮った時……そばにいたの。写真に写っていたあの桜は、京都の桜なの。まだ若い木で
……踊り子みたいに見えたの。少女の踊り子みたいに。貴之に……そう言ったら、三脚を
立てて……貴之もカメラをいじってた。写真が好きで……それに、タイトルがね……唯《ゆい》、
謳《うた》う、なの」

「……唯、謳う……」

「知ってるのよ！」

唯は叫んだ。

「あの小松崎鶸矢って写真家は、貴之とあたしのこと、何か知ってる。あの写真集はメッ
セージだと思う。あたしに対しての、メッセージなのよ」

「わかった」

多美子が溜め息を吐き出すように言った。

「正直、ただの思い込みだという気がするけど、あんたがそう思うなら、確認しに行きましょう。でもね、その、天野言美って女まで一緒に連れて行くのはどうして？　その女、五年前に、強盗殺人で夫と娘を殺された被害者なんでしょう？　睡眠薬がないと眠れないような女に、あんまり関わらない方がいいんじゃないの？　あんたは今、他人の心配してる余裕なんかない身なんだから」

「彼女……殺すつもりでいる」

唯は、手にした受話器を握り直した。いつのまにか、汗でぬるりとすべりそうになっていた。

「夫と娘を殺した男が出所したら、殺す気なのよ」

「……死刑じゃないの？」

「無期」

「二人殺してるのに……」

「計画的な犯行ではなかったから、だと思う。空き巣に入って物色中に、天野言美の夫と、七歳になる娘が帰宅した。居直り強盗よ。言美の夫が抵抗して、首を絞められたんで、思わず刺した。娘が大泣きして、パニックになって娘も刺してしまった。裁判記録によれば、それが犯人の弁解」

「死人に口なしね」

「そうかも知れない。でも本当のことを言っているのかも知れない。でもたった七歳の女の子の、胸や腹部を十数回も刺してるのよ。遺体はたぶん、ひどい有り様だったと思う。なのに、それがパニックに陥っていた証拠だからって、減刑の理由にされちゃったんだから、天野言美が復讐を心に誓ったとしても、無理もないと思う」

「無期ったって、模範囚なら十数年で出て来るんだもんねぇ。日本の法律はおかしいよ。死刑の次の刑がたった十数年の懲役だなんて、差があり過ぎる。せめて、仮釈放なし、恩赦なしじゃないと、遺族は納得できないよね。だけど、下澤、あんたには無関係なことなのよ。天野言美はただ、渋川雪の過去を知っている人間だったから話を聞きに行った、それだけのことよ。水商売からやっとの思いで足を洗って、ようやく摑んだ幸せが、強盗殺人でめちゃくちゃにされて、かわいそうだとは思うけど、あんたの人生とは、何の関係もないんだからね。余計なお荷物なんて連れてたら、あんたの目的が果たせないじゃないの」

「必要なのよ」

唯は、きっぱりと、言った。

「小松崎鶸矢が何を知っているにしても、それはたぶん、こんなまわりくどい形でしか漏らせない、そういうこと。あたしが直接乗り込んでも、口を割ってくれるかどうかわからない。だから天野言美が必要なの」

「下澤、あんた、何を考えて」

「お願いです、多美子さん、あたしの思う通りにやらせてください」

唯は言った。

「今度こそ、捕まえたいんです。貴之の、影を」

第四章　夢幻の行方《ゆくえ》

1

「ねえ、ほら、ゆいが笑った！」

雪《ゆき》が腕の中に抱いた赤ん坊を敬吾《けいご》の方に差し出した。赤ん坊は確かに、にこにこと笑顔になっている。

「へえ……笑うんだね、こんなに小さくても」

「人間だもの」

雪は誇らしげに言う。

「人間なんだもの、笑うわ」

穏《おだ》やかな春の陽射しが窓辺にさして、その光の帯の中、きらきらと埃《ほこり》の粒が舞い踊っている。敬吾は立ち上がり、空気清浄機のスイッチを入れた。気休めなのかも知れないが、煤煙の多いこの土地で、汚れた空気が赤ん坊の肺に入るのはしのびない。

子供を産んで、雪はまるで別人のように落ち着いた女になった。素顔を恥じるように濃い化粧を好んでいた頃が嘘のようだ。素顔の雪は、色白の素肌が透き通るように美しい。

おだやかな幸福。敬吾は、自分と雪と生まれたての女の子とで築いている、このささやかな生活に満足を感じている。もう、あまり思い悩むのはよそう、と、ゆいが生まれた夜に自分に誓った。考えても仕方のないことばかり考えて、後ろを振り返っていたら、赤ん坊のこの笑顔を見ることができない。

不安は常にあった。何より、自分の今の生活、人生が、土台のない浮島の上に築かれているという心もとなさが、何をするにしても敬吾の気持ちに影を落としている。が、もうそれもいい加減に忘れなくてはならない。子供が生まれたのだ。自分は、親になったのだ。親が足下をぐらぐらさせていては、その腕に抱かれる子供の人生まで、揺れ動いてしまう。

ようやく、仕事にも慣れて来て、物おじせずに営業が出来るようになった。歩合制の営業マンの仕事など自分に勤まるとは思っていなかったのだが、始めてみると自分でも信じられないことに、商品の説明も勧誘もスムーズに行なえた。もしかすると昔も、こうして、常に見知らぬ人と対峙《たいじ》する仕事をしていたのかも知れない。言葉に関西の訛《なま》りがあることも、思ったほどは支障にならなかった。どうしたわけか、仕事に入ると、標準語で話すことが出来るのだ。雪の説明では、敬吾は昔、東京に住んでいたと話していたらしい。たぶん、そうなのだろう。

適当にでっちあげた履歴書でもうるさいことを言わずに雇ってくれる職種は、日雇い労働か歩合制の営業マンぐらいしかない。鏡に映した自分の肉体を見れば、過去の記憶はなくとも、自分が肉体労働が勤まるタイプかどうかの判断は出来た。簡単にコーヒーやお茶がいれられる、事務所用給湯器は、機械をレンタルして貰《もら》って、後は定期的に、専用のティーバッグやココア、コーヒーなどのカセットフィルターを補充することで利益をあげる仕組みだが、レンタル料は月額で数万円と、決して安くはない。だが自動販売機を置くことに比べればコストは安く、コインが必要なわけではないので社員へのウケもいい。設置スペースも、自動販売機よりはるかに小さくて済む。それを、電話でアポイントメントをとった会社や事務所の総務担当者に会って説明し、テスト期間の二週間だけでも設置してくれるよう説得するのが仕事だった。二週間は無料で設置し、もし気に入って貰えれば、そのまま契約になる。テスト設置をしてから契約を断られるケースは多くはないので、テスト設置にさえ漕ぎ着ければ、契約はとれたも同然だ。一契約毎に敬吾が手にする金は三万円。月に十契約とれれば、ボーナスがないことを考えても、親子三人でなんとか生活していける。雪も、ゆいが満一歳になったら保育園に預けて働くと言っていた。敬吾としては、できれば、雪にはゆいのそばにもう少し長くいて貰いたい。自分が頑張って生活が楽になれば、雪が働きに出る必要もなくなるのだ。

ゆいを抱いた雪にアパートの前で見送られ、笑顔で手を振って、敬吾は営業事務所へと向かった。

北陸の春は遅く、せっかちに通り過ぎていく。やっと花びらがほころんだ桜が咲きそろう前に、世間は連休モードに入ってしまう。連休前はどの会社でも前倒しの仕事に追われていて、なかなか話を聞いて貰えないが、かと言って、歩合制の立場では、連休のせいで一週間近くも営業が出来なくなる以上、今月分の収入を確保する為にもなんとか、休み前にいつもより多く契約をとらなくてはならない。敬吾は、出勤表に名前を書きつけると、グループ・ミーティングはパスしてすぐに営業に出かけた。

県庁所在地であり、県下第一の人口を持つ都市ではあっても、福井市はしょせん福井市、東京だ大阪だ、というような市場規模は持っていない。事務所用給湯器などという商品の特性からして、会社の数以上に売れることはないわけで、今年いっぱいでほぼ、市内全域の営業活動は終わってしまう。それ以降の営業計画は、金沢市、新潟市などへの進出を中心として立てられており、来年には敬吾も、月のほとんどを出張して過ごす生活になるだろう。

　気分的に言えば、関西から遠ざかる方がありがたい。福井というのは、距離的な感覚より実際にはずっと箕面《みのお》に近い。雪はあまり心配していないようだが、ゆいが生まれた今となっては、戸籍もないこの状態は、決して好ましいものではない。ゆいの出生届をどうすればいいのか。この先、ゆいが大きくなって、小学校に通うこともできないままでは……

　そこまで考えると、不安のあまり意識が遠ざかる気がした。敬吾は、自分の心が自分を守るために、ある一定の線を超えた部分へは反応を拒絶していることに、だいぶ前から気づいていた。つまり、敬吾の心は、わざと、過去に遡《さかのぼ》らないことを選んでいるのだ。それはとりも直さず、自分の過去に、心が避けてしまうほど、何か、ひどいことがあった、ということではないのか。しかし、自分が憶えているあの最初の場面よりもひ、ど、い、ことなど、この世に存在するのだろうか。

＊

　ふと気づいた時、彼は、車の後部座席にいた。頭が割れるように痛んで、しばらくはからだを動かすことも出来なかったが、そこが車の中であることは、匂いでわかった。カーエアコンの中がカビだらけで、運転手が煙草《たばこ》を喫う場合、車の中は独特の悪臭がシートに染み込んで、こんな匂いになる。昔のタクシーもよく、こんなひどい匂いがした。

しばらく痛みと戦い、やがて少しずつ痛みそのものに慣れて来て、彼はゆっくりと上半身を起こした。

夜だった。エンジンが切られていたので、運転席にもライトは点いていない。窓の外はただ真っ黒なだけ。町中でないことは確かだ。いくら目をこらしても、光が見えない。街灯もライティングも、窓のあかりさえない。それでも、目が慣れて来るといくらか車内の様子がわかるようになって来た。窓の外に、遠く、ちらちらと微かな光が揺らめいているのも見つけた。頭の痛みが局所的に激しいので、手をあててみた。生温《なまあたた》かいものが手に触れて、どきり、とする。血だ、ということはわかる。が、自分の後頭部からなぜ、血などが流れているのか、それがどうしてもわからない。恐怖が足の先からはいのぼって来る。自分はここで何をしているのだろう。頭から血を流して、見知らぬ車の後部座席に寝ていたのはなぜなのだ？

見知らぬ車。

見知らぬ……車……？

彼は愕然《がくぜん》とした。あまりの驚きで、自分が気絶するのでは、と感じた。

彼は、自分の名前を、自分がどこの誰なのかを、知らなかった。

膝が震え、涙が出た。一時的なことだ。そうだ、頭を怪我して、それで一時的に思い出せないだけなんだ。たぶん……交通事故。そうだ、この状況から考えられることはひとつ。自分は交通事故に遭った。そして……そして……自分をはねた車がこの車で……誰かが……事故を起こした運転手が自分を後部座席に入れて……病院へ……？

窓の外は暗い。絶望的なまでに暗かった。病院など、どこにもない。

彼は無理に起き上がり、車のドアを開けた。涼しい。ひんやりとした山の冷気だ。季節は……季節はたぶん……たぶん夏？　自分は半袖のシャツを着ている。このズボンは夏用の白いコットンパンツ。

外に出ると、草の匂いが鼻を満たし、遠くカエルの鳴き声も聞こえて来た。川か田んぼが近くにあるのだろうか。

月だ。月が出ている。そのせいで、車の中よりも外の方が明るかった。頭の痛みを堪えてゆっくりと周囲を見回した。車は、古いセダン。このライトの丸い形は、スカイラインか。林道の路肩に、寄せて停めてある。彼は、自分が反対側のドアを開けなかった幸運を天に感謝した。反対側から迂闊《うかつ》に車外に出ていたら、崖を転がり落ちていたかも知れない。

一車線分しか幅のない狭い林道。アスファルトは敷いてあるようだが、あちこち割れて剝《は》がれて、ひどい路面だ。落石の多い場所なのか、路肩にごろごろと石が転がっている。

車内の窓から光が見えたと思った方向に目を転じると、道を隔てた反対側の路肩の木々の間に、小道のようなものが切れ込んでいるのがわかった。そちらは林になっている。彼は、ゆっくりと地面を踏みしめるように一歩ずつ足を動かして、林の中へと入った。とにかく、この車を運転して来た人間がどこかにいるはずなのだ。

林の中、遠くに、ちらちらと光が見えている。あれだ。さっきもあれが見えたのだ。あれは懐中電灯の光だろうか。丸くて闇に吸い込まれるように広がっている。

彼は、頭痛と戦いながら足を早めた。何がどうなっているのか、状況を把握したい、その一心で。やがて、光の輪が、手を伸ばすと届く程度の梢からぶら下がっているのが見えた。懐中電灯が吊るされているのだ。そしてその光の輪の下で……

人間が、いた。彼には気づいていない。必死で、手を動かしている。その手にはスコップが握られている。穴を掘っているのだ。が、その人間は小さくて非力だった。女。若い女だ。

穴は少しずつ掘られている。女は夢中で、とりつかれたように掘り続けている。その女の足下に、何かがあった。たぶん、昼の光の下で見れば青い色をしているだろうビニールシートでくるまれた、何か。

彼は硬直し、そして、くぐもった悲鳴をあげた。

ビニールシートの巻いた端から、人間の足が、突き出ていた。

女が顔を上げ、彼と視線が、合った。

目の前が再び、暗転した。

＊

敬吾が持っているいちばん古い記憶がそれだった。それ以前のことは、まだほとんど思い出せていない。わずかな断片がちらちらと甦って来ることはあるのだが、意味のある場面にはならなかったし、どの断片も、自分が誰なのか知る手がかりにはならなかった。穴を掘っていた女は自分を渋川《しぶかわ》雪と名乗った。だが敬吾のことについては、名前は知らない、誰なのかもわからない、と答えた。二度目に目覚めた時、敬吾はまた車の後部座席にいて、車はもう動いていた。女がひとりで運転し、山道をくねくねと進んでいた。やがて窓の外が白々と夜明けになり、新しい一日が始まった。山をおりきったところに見知らぬ町があった。女は薬屋に寄り、傷薬や包帯を買込んだ。そして敬吾の頭の傷を手当てした。その頃には出血は止まっていて、痛みは続いていたが、自分でも、命にかかわるような怪我《けが》ではないという安堵感が湧いて来ていた。

女とまともに会話をするまで、それからさらに半日かかった。女は黙々と車を走らせ、車窓の光景にはひとつとして見覚えはなく、見知らぬ町を抜け、見知らぬ田畑の間を走った。途中、女がパンと牛乳を買い、路肩に車を停めたままで食べた。敬吾も頭の痛みをこらえながら少し食べることが出来た。食べたものを吐き戻さなかったことで、自分がもう死ぬことはないのだ、という気になった。

午後の日が西に傾いた頃、車は大きな町に着いた。福井市。ビルの会社名やホテルの名前にその文字が付いているのを見ても、敬吾の記憶にはわずかな衝撃も走らなかった。たぶん、これまでの人生に無縁だった場所なのだ。

駐車場のあるビジネスホテルにチェックインし、狭いツインルームの一室で、敬吾はようやく、女と向かい合った。

「あたしが殺したんじゃないの」

女は、棒読みのセリフを喋《しゃべ》るように淡々と言った。

「誰のせいでもない。でもいいのよ。死んで当然の男だったから」

「……誰だったの……あの……」

「あたしのヒモ。ダニ。あたしの人生を食い物にしたドブネズミ。東京で、あの男につきまとわれて、もううんざりしていたの。だから逃げた。関西に逃げたの。でも追って来た。どうしてあたしの居場所を知ったのかわからないけど。あたしは、父親を捜していたのよ」

「君の……お父さん？」

「そう。あたしが子供の頃、あたしと母を捨てて逃げた男。京都にいたの。京都でね、路上生活してた。橋の下にダンボールの小屋建てて。その父に逢いに行ったところに、あいつが現れたのよ。あいつがあたしに殴りかかって……」

雪、と名乗った女は、すすり泣いた。

「父はあたしを助けようとした。でもあいつは父を突き飛ばして……父は動かなくなっちやった。あたしは抵抗したけど、あいつに無理やり車に押し込まれて」

「……僕は？　僕はいったい……」

「あなたは、あたしを助けようとしてくれたのよ。あたし夢中だった。あいつはあなたを殺して山に埋めようと……だから……あたしもあなたを助けたかった」

敬吾にはその時、雪の言っていることの意味が半分もわからなかった。それでも、雪が何かを隠していることは理解した。何か、つまり、そのダニのような男を殺したのは敬吾だ、ということを。

その時、敬吾の胸に去来したのは、不思議と、暗い感覚ではなかった。自分は少なくとも、この女性を助けたのだ。殺された人間には申し訳ないと思うが、この女性が死んでいたよりはずっとましだ。そう思ったのだ。

警察に自首しようと何度も考えた。雪にそう告げたこともある。が、雪はそのたびに泣いて引き止めた。敬吾自身、自分が自首しようとしているのは罪の意識によるものではなく、そうでもしなければ、自分が何者であったのか知るすべがない、そのことに対する焦《あせ》りによるものだ、ということは理解していた。自分が殺人者だ、という事実に対しては、自分で驚くほどに実感がない。敬吾は、土に埋められた男の足しか見ていない。敬吾の記憶の中で、その男は、足の部分以外に実体を持っていない。その男の名前も、雪は教えてくれようとしなかったし、敬吾もまた、しつこく訊くことはなかった。

雪は少しばかり貯えを持っていたようで、ひと月ほどは特に何をするでもなく、ビジネスホテルを数日おきに変えて泊まりながら、福井市とその周辺で過ごした。その間、敬吾は失った記憶を取り戻すことに専念し、他のことはできるだけ考えないようにしていた。雪は雪で、毎日どこかに電話をかけ、また、誰かと会っている気配もあったが、敬吾は詮《せん》索《さく》せずにいた。ただ、自分に名前がない、ということの不便だけはいちいち感じたので、雪に頼んで、雪が呼びたい名前をつけて貰った。雪は、敬吾のことをたくや、と呼んだ。木村拓哉《きむらたくや》が好きだから、という単純な理由だった。

記憶を取り戻し、自分が誰なのかわかったら、警察に自首するつもりだった。たぶん、そうなれば、自分がなぜ京都にいたのか、そしてなぜ、雪を助けようとしたのかわかる、そう思っていた。だが敬吾の希望に反して、過去はまったくその姿を現してくれなかった。頭の傷は、数日で痛みも消え、傷口も自然と塞《ふさ》がって、幸いなことに化膿《かのう》することもなく、髪の毛をかき分けなければ傷があることがわからない程度に治っていたが、記憶が戻らないことと、頭部に受けたダメージとが何か関係しているのではないか、という不安はずっと消えなかった。しかし、健康保険証がなくては、医者で綿密な検査をして貰うことは難しいだろう。脳のCTスキャンなどを自費でやってくれる医者など知らないし、仮にいたとしても、経済的に大きな負担になりそうで、無一文の身では、それを言い出すことなどできなかった。

実際、不思議だったのは、敬吾が自分の身元の手がかりになる所持品をひとつも持っていなかったことだった。ウエストポーチを腰に付けていたのだが、ハンカチや筆記具程度しか入っていなかった。そのことについては、雪を疑ってみることもあった。雪はもしかしたら、敬吾が誰なのか知っているのではないか。そしてそれを敬吾に思い出させたくない為に、敬吾が気を失っている隙に、財布とかカード入れとか名刺など、身元に繋がる物を奪って破棄してしまったのでは。が、なぜ雪にそんなことをする必要があるのか、という問いまで来ると、敬吾は、それ以上考えを推し進めることが出来なくなった。雪が敬吾に対して何らかの悪意を持っていたとすれば、その敬吾を助けて、逃亡生活を共にしているということ自体が矛盾《むじゅん》なのだ。

ただひとつ、筆記具を入れてあったペンケースの中に、写真のネガが一続き入っていた。雪がもし財布などを破棄したのだとすれば、そのフィルムのことは見逃したのかも知れない。それは大きな手掛りになると思った。雪に内緒で現像に出し、いったいどんな写真が現れるか期待した。が、写っていたのは、どこかの川沿いの桜並木だけだった。

ひと月ほどして、雪は、敬吾をホテルに残したまま、一泊だけ姿を消した。必ず戻って来るからね、と笑顔で出て行った雪に対して、敬吾は、たった一晩を数年にも感じながら過ごした。もし、翌日になっても雪が戻らなければ警察に行こう。その決心を、雪も理解してるはずだ、と思った。戻らなければ、それでこの逃亡生活は終わりになる。

だが雪は、戻って来た。そして、ベッドに座ったまま、一日中ほとんど身じろぎもせずにいた敬吾のからだを、そっと抱きしめて囁《ささや》いた。

「あなたは今日から、大谷《おおたに》敬吾よ。ほら、ちゃんと、住民票もあるの」

雪はバッグの中から、住民票の控えを取り出して見せた。長野県の村の名前が記されていた。

「大谷……敬吾」

「そう」

雪は、そっと敬吾の頭を撫でた。

「大丈夫、これは本物よ。大谷敬吾はちゃんと、実在していたの」

「実在……していた？　過去形なの？」

「何も心配はいらないの。これであたしたち、新しい生活が始められる。ただね、あともう少し、我慢してね。あいつの関係者があたしを捜しているかも知れないから、まだあたしの住民票は移せないのよ。でも、あなたの分はこれで大丈夫よ。明日からアパートを探しましょう。そしてあなたはそのアパートに住民票を移すの。それまでは、これ」

雪は、国民健康保険証を敬吾の手に握らせた。大谷敬吾、とちゃんと書いてある。

「あなたは仕事で長野を出て福井にいる。こちらの生活が長くなりそうなので住民票を移す。わかる?」

敬吾は首を横に振った。わからない。と言うよりも、ついて行けそうにない。つまり雪は、敬吾に、大谷敬吾という見知らぬ人間として生きろ、と言っているのだ。

「大丈夫、心配しないで。少しずつ慣れていけばいいのよ」

「違う、そうじゃない」

敬吾は雪の、すべすべとして白い頬をそっと掌で撫でた。

「僕は……自分が誰なのか知りたいんだ。自分でない人間として生きるつもりはないよ。君には迷惑をかけっぱなしだけど、でも……思い出したい。思い出して、僕がしたことの償《つぐな》いはしたい」

「だめ」

雪は、短く答えた。

「逃げ切らないとならないのよ。十五年、逃げ切らないと」

長く言い争うだけの気力はなかったが、雪の提案をそのまま受け入れるつもりもなかった。だが、とりあえず健康保険証は使わせて貰うことにして、市内の大きな病院に行き、ひと月以上前に頭に怪我をした事実を告げて検査を頼んだ。

怪我自体はすでに治癒《ちゆ》していた。開放性の傷だったため、血腫が脳内に残ることもなく、頭蓋骨に少し入っていたヒビも塞がりつつあると言われた。ただし、脳自体が損傷しているかどうかは、はっきりと診断がつかなかった。記憶の喪失についても、失われた記憶が戻るという医学的な保証はできない、と。

「しかしですね」

診察した医師は、同情の色を顔に表していた。

「悲観されることはないと思います。わたしの知る限り、完全な記憶喪失状態がそれほど長期間続いた、という例はないんです。部分的に欠落した記憶がすべて戻るかどうかはわかりませんが、いずれにしても、そう遠くない将来、記憶は少しずつ戻って来るはずです」

雪が見つけたアパートは、家賃も手ごろで周囲の環境も悪くなかった。雪は東京で水商売をしていた頃、ダニのような男の目をかすめてかなりの貯金をしていたらしい。だが働かずに暮らしていれば、何百万かの金など瞬く間に消えてしまう。住民票がなければ、まともな仕事に就けないのはわかっていた。それでも敬吾は、大谷敬吾という人間になりますことに抵抗を感じ、適当にでっちあげた履歴書だけで雇ってくれる仕事を探した。雪は、アパートの近くのコンビニで働き始めた。そのコンビニの店長のコネで、弁当を作る食品工場の清掃員の仕事にありついた。日給月給で、明日はクビになるかも知れない身分だったが、それでも生活費のごく一部でも雪に渡せるようになって、敬吾は少し、肩の荷をおろした気持ちになれた。その頃にはもう、雪は、敬吾のことをたくやとは呼ばず、敬吾、と呼んでいた。その名前自体には敬吾自身、日に日に慣れていった。でっちあげた履歴書にも名前は大谷敬吾と書いたので、勤め先では大谷くん、と呼ばれ、次第に、大谷敬吾、という名は、敬吾自身のからだの内部へと染み込んでいった。

2

雪に対して抱いている感情を、恋愛だとは思っていない。が、愛であることは間違いない、と敬吾は思う。

奇妙な逃亡生活が始まって数ヶ月の間、二人は必要以上に触れ合うことをせずに過ごした。雪の心の中まで覗《のぞ》くことは出来なかったが、敬吾自身、雪との関係をどうやって維持すればいいのか、結論を出すことが出来なかったのだ。自分の左手薬指に、白く指輪の痕《あと》が残っていることに敬吾は気づいていた。だが、かつてそこに指輪がはまっていたのだとしても、それがいつ頃はずされたものなのかわからないのだ。過去のいつの時かに自分が誰かと結婚していたことは確かだとしても、記憶を失った時点でもその結婚生活が続いていた、という証拠にはならない。他の所持品と共に、誰かに持ちさられたことも考えられるが、そうではなくて、結婚生活自体が終わっていた可能性もあるのだ。

だが、その指輪の痕にそっと触れた時、敬吾は、この世界のどこかに、自分と愛し合った女がいるのだ、という事実に心を震わせた。その女に逢いたい。逢って、僕は誰ですか、と訊いてみたい。

敬吾にしても、自分の肉体が健康で、そして自分はおそらくまだ三十代の前半だ、ということを押し殺すつもりはなかった。雪は、世間的に考えて飛び抜けた美人というほどではないかも知れないが、敬吾の目から見れば充分に美しい女だ。その肌は絹のようになめらかに輝き、白く澄《す》んでいる。濃い睫毛《まつげ》が大きな瞳の上にかかって翳《かげ》をつくり、肉感的な色の濃い唇は、ラズベリーを想像させるみずみずしさを持っている。胸は豊かに盛り上がり、足にも少し肉がついていて、触れればきっと、その弾力がとても心地よいに違いない。そうした女とひとつ屋根の下に寝起きして、劣情をもよおさずにいることは難しい。敬吾の心にブレーキをかけていたものは、ただひとつ、この世界のどこかにいる、自分と結婚指輪を交換した女、の存在だけだった。自分の本当の名前を知り、過去の歴史を知り、その本当の自分を愛してくれたはずの女。たとえ、最後にその女と別れた時にはもう愛は消えていたのだとしても、自分という男は、その女の許可なくして新しい人生を始めてはいけないのだ、そんな気がしていた。敬吾にとって、左手薬指に残った痕がただひとつの、自分には過去がある、という証《あかし》なのだ。

そうして、中途半端な状態のまま数ヶ月が過ぎた時、たちの悪い風邪をひいて敬吾は発熱した。仕事に出られなくなり、布団に横になったまま、雪の看護をうけて高熱をやり過ごし、熱の嵐の中でたくさんの悪夢を見てうなされ、汗まみれになり、雪に全身を拭いて貰って、また眠り。

ふと気づいた時、自分の腋《わき》の下に頭を押し付けるようにして眠っている雪を見た。からだを丸め、猫が眠るような姿勢でスースーと小さな寝息をたてている。

その時、敬吾の心に湧き上がったものは、説明のできない悲しみだった。自分とこの女とは、今、迷子なのだ。人生の迷路の中で、ふたりして迷っている。この迷路の外には、別々の人生が待っている。だがこの迷路を二人は、あと十五年、出ることはできない。

あの、ビニールシートからはみ出していた足しか憶えていない男を殺したのが自分なのだとすれば、雪は、そのことに責任を感じてこうして自分を助けてくれているつもりなのだろう。

哀れだった。そして、心の底から、申し訳ない、と感じた。その小さなつむじの、黒髪の下に透けた白い地肌を包むように掌を押し当てると、人のからだの温《ぬく》もりが掌から敬吾の全身へとゆっくり、伝わった。丸めた背中に手をあてて、静かに、起こしてしまわないよう雪のからだを引き寄せ、自分の腕の中に抱いた。寝息は途切れず、静かな夜の中で、二人は孤独だった。

やがて、雪が目を開け、敬吾の顔を見上げた。黒い瞳の真ん中に、自分の姿が見えた。互いに、その時が来たのだ、と理解した。

迷子の二人は手を繋いだままで、迷路の中で生きていくことを選ぶ。もう、頼れるものは互いしか、ない。

唇が重なった時、敬吾は決心した。この女を守って、十五年、生き抜こう。何があっても。

三ヶ月後に、雪は、妊娠したと敬吾に報告した。そしてまた一晩家を空け、戻って来た時には母子手帳を手にしていた。雪の住民票は、母親と喧嘩して家を飛び出して以来、ずっと東京に置いたままだったのだろうと思った。妊娠中はそのままでもいいが、生まれたらどうすればいいのか。出生届を出せば、雪が怖れているあの男の仲間に、子供が生まれたことを知られてしまうかも知れない。だがそうした懸念を雪と話し合おうとしても、雪はあまり心配していないようだった。敬吾には何も説明してくれないが、雪にはどうやら、相談にのってくれる人間がいるらしい。言葉の端々から、それが、雪が反発して家出してしまった母親ではないか、という気がした。

敬吾は、遂《つい》に心を決め、大谷敬吾として役所に向かった。長野から福井に住民票を移し、別人となり、安定した収入が得られる職を探した。住民票を手に入れたことで、運転免許も取り直すことができた。運転免許があれば、就職口は格段に探し易くなる。やがて歩合制ながら営業の仕事に就くことができた。

一ヶ月近く早産で、女の子が生まれた。名前をつけることになり、二人はそれぞれ気に入った名前をひとつずつ出し合った。雪は、菜々子《ななこ》、という名前を紙に書いて敬吾に見せた。敬吾は、ゆい、と平仮名で書いて雪に渡した。どうしてなのか、ゆい、という名前が敬吾の頭の中で、とても心地よい響きとなって聞こえていた。だが菜々子という名前も可愛いと思った。菜の花をイメージさせる優しい春の響き。菜々子でいいよ、と言おうとした時、雪の方から、ゆい、がいい、と言った。平仮名の名前が親しみやすくていい、この子には、誰にでも好かれ、周囲の人々に可愛がられる人生を歩いて欲しい、と。

ただひとつの懸念が、出生届だった。そのことについて、雪はなかなか説明してくれようとしなかった。いずれにしても、仮に出生届を出したとしても、戸籍の上では、大谷敬吾とゆいとは赤の他人のままなのだ。認知した方がいい、という敬吾の言葉に、雪はなぜか、首を縦に振らなかった。

営業車の車窓から、街路樹に混じって植えられた八重桜《やえざくら》の桃色の花が見えている。まだ五分咲くらいだろうか。

そう言えば、あのネガに写っていたのも、どこかの土手の桜並木だった。過去の自分は、桜と何か縁のある仕事でもしていたのだろうか？

桜。桜。

敬吾の記憶の奥に、ぽっ、と、薄桃色のあかりが灯《とも》った。夜桜だ。いつのことなのか、どこでのことなのかまるでわからないが、自分は夜桜を見上げている。

あまりにも美しい夢幻の記憶だった。

濃い灰色に雲がかかった春の夜空に、街灯に照らされた桃色の花が浮かび上がる。風が吹き、花びらがちらちらと舞って流れ、ふんわりと暖かな空気が頬から首へとまとわりつく。

遅い春のまっただ中を、敬吾は、誰かと歩いていた。

誰かと。

誰と？

クラクションの音で我《われ》に返り、敬吾はアクセルを踏んだ。眼前の夢幻は跡形もなく消え、ハンドルを握る手に午前の光があたっている。

ゆいが生まれてから、過去の記憶を取り戻したいとはあまり思わなくなっていた。自分が人殺しであることは、あのいちばん古い記憶でたぶん、確かなことだろう。だとしたら、それ以上何か思い出して、それでゆいがより幸福になれることなどあり得ない気がする。何よりも、記憶が戻らないということそのものが、自分の心が記憶を取り戻すことを拒《こば》んでいる証なのだ。

このまま記憶が戻らないなら戻らないでもいいのではないか。敬吾はそう考え始めていた。大谷敬吾、という人間の戸籍は、今や敬吾のものらしい。雪の口ぶりでは、それによって誰かが困るということはないようだ。噂《うわさ》に聞いたことがある戸籍売買とかいうものなのだろうか。本物の大谷敬吾は、何か理由があって自分の戸籍を売り、海外へでも逃亡したのか。あるいは、路上生活者にでもなっているのか。いずれにしても、本物の大谷敬吾が困らないのであれば、このまま自分が大谷敬吾として生きていっても良心が咎《とが》めることはないし、ゆいの為にも、いつかはちゃんと認知して、父親としての社会的務めを果たしてやりたい。

そう考えていた矢先の、夢幻の出現だった。皮肉なものだ、と思った。もう記憶など取り戻さなくてもいい、と思えば、記憶の方で自分をわずらわせるつもりらしい。

それにしても。

さっきのあれが本当に過去の記憶の一部だとすると、あの町は、少なくとも北の町ではなさそうだ。八重桜の頃でも、この福井市などは夜はまだ肌寒い。が、南国の町でもなかった。四月の終わり、つまり今ごろの季節で、夏の匂いの風がかすかに吹くところ。

雪は、路上生活者となった父親を捜しに、京都に行った、と言っていた。つまり敬吾が事件に巻き込まれたのは京都でのこと？　だとしたら……あの夢幻の彼方に垣間《かいま》見た八重桜の空は、京都の空なのだろうか。

自分は、京都に住んでいた……？

「君が行ってくれるんやったら、そら助かるけど」

課長の塚越《つかこし》は、度の強い眼鏡を上下させた。

「けどな、君んとこ、赤ちゃんが小さいからできるだけ出張はしたくないと言ってただろう」

「そう長いことでなければ、大丈夫です。妻も、だいぶ育児に慣れて来ましたから」

「そうか」

塚越は、よっしゃ、と台帳を叩いた。

「ほんなら悪いけど、とりあえずは三泊の予定で行ってくれるか、京都。なに、向こうの事務所開きを手伝ってくれればええだけやから、面倒なことはないと思う。ただ営業がな、みんなシロートらしいから、君みたいに成績のあがってる者が行って、コツを伝授したってくれると助かるんや」

「わかりました」

「君、京都の地理は」

「あまり詳しくないです」

「そうか。向こうの事務所の人に電話して頼んでおくわ」

敬吾は、出張先が京都であることは雪に黙っておこうと決心した。たとえ何を思い出し、何を知っても、雪とゆいを裏切ることはしない。それだけは、心の中で、命にかけて雪に誓う。だから黙って京都に行くことを、ゆるして欲しい、と、敬吾は思った。

3

北陸自動車道から米原《まいばら》を経て名神《めいしん》に入り、京都東でインターを降りると、山科《やましな》。助手席に地図を開いて置いてあったが、敬吾はすでに確信していた。自分は、ここを、この地を知っている。名神を降りると二方向にルートがあり、一方は川端五条《かわばたごじょう》に、もう一方は三《さん》条《じょう》通に出て岡崎《おかざき》に至る。どちらを行けば、五条大宮《おおみや》にある京都事務所に近いのか、敬吾は、まったく迷うことなく車を進めている。

既視感というような曖昧なものではない。これは、記憶だ。

自分はこの道を何度となく車で通っている。運転者として、車線区分が変わるところまで記憶している。

山科から市内中心部へと入り、敬吾ははっきりと確信した。

ここだ。自分が記憶を失う前に暮らしていたのは、この町だ。

だが、具体的なことがひとつも頭に浮かんで来ない。どこに住んでいたのか。どこで働いていたのか。自分の本当の名前は、何なのか。ただ、運転者としての感覚だけが鮮明に甦り、迷うことなく車を走らせてる、それだけだった。五条通を西に走るだけでも、五条大橋の上から絵葉書のような光景が見えた。弁慶《べんけい》と義経《よしつね》の、童話の挿《さ》し絵のように可愛らしい丸みを帯びた石像もあった。が、それらを記憶の中で再認識することは出来なかった。それが初めて見たものなのか、以前にも目にしていたものなのか、判断出来ないのだ。

焦るな……焦るな。敬吾は自分に言い聞かせた。医者も言っていた。記憶は、すべて綺麗に揃《そろ》って取り戻せるものではないと思った方がいい、と。断片的に少しずつ戻って来て、やがてそれらが自然と組み立てられて、過去の人生、というひとつの物語になるのだ。物語のページはところどころ抜けてるかも知れないし、読めなくなっている部分もあるかも知れない。記憶を失う前とまったく同じ状態を期待してはいけない。

とりあえず、この町に住んでいたと確信できたのは大きな前進だ。もし自分に家族がいて、その家族が捜索願を警察に出してくれていたら、警察署に行くだけですべてが判るかも知れない……その場合には、同時に自首もすることになるが。

ゆいが生まれる前であれば、その選択も有りだったろう。雪の話から類推したあの夜のことが真実ならば、敬吾のしたことは意図的な殺人ではない。弁護士が有能ならば傷害致死、さらに、状況がはっきりすれば正当防衛すら認められる可能性がある。死体遺棄の罪を逃れることは出来ないだろうが、実刑になったとしてもそう長い刑にはならないはずだ。自分が誰なのかさえわかったら、自首して、そして一日も早く自由の身になりたい。

それが敬吾の本音だった。雪は抵抗するだろうが、結局、その方が雪にとってもいいのだから、なんとか説得しよう、そう思っていた。しかし、今はそう簡単にはいかなくなった。ゆいがいる。ゆいの為には、親が殺人だの死体遺棄だので裁かれてしまうことはできるなら避けたい。たとえ実刑を免《まぬか》れたとしても、ゆいが一生、親のしたことを背負って生きていくことになるのは余りにも可哀想だ。

どうすればいいのか。何がベストな選択なのか。敬吾にはまだ、その答えは出せない。とにかく、自分が誰なのか思い出さなくては。それによって、雪とゆいの将来をどうすればいいのかも、方向性くらいははっきりするだろう。

京都事務所での仕事は、細かな雑用が多く気疲れしたが、思っていたほどの分量はなかった。事務的なサポートや、業務に必要な備品のチェックを手伝う他は、連日数時間ずつ、営業トークの訓練を担当した。かき集められた人々は、バブル経済崩壊でリストラの波をかぶった失業サラリーマンばかりで、訪問販売営業の経験者はひとりもいない。基本的な営業トークを暗記させた後は、敬吾自身が体験して来た様々な状況を設定し、臨機応変な対応を教える。敬吾は、自分が、そうして講師のまね事をすることがさほど苦にならない、という新しい発見をした。いったい自分は、記憶を失う前、どんな仕事をしていたのだろう。車の運転はかなり手慣れている。肉体も健康で、デスクワークだけしていたような雰囲気ではない。会社が販売する給湯器の構造についても、仕様書をめくっただけでおおよそ理解でき、機械的な故障などにも最低限の対応はできる。ワープロのキーを両手の全指で叩いて文字列を打ち込むことができる。人と会って話すことも苦ではない。やはり何かのセールスマンをしていた？

ひっかかることがひとつ、あった。敬吾は、自分が、空手かそれに類した武術を訓練した経験がある、ということに気づいていた。手刀となる掌の小指側の皮が厚く、骨が変型している。テレビで格闘技を見ていた時、その動きの先を読むことが出来た。試しに雪に気づかれないよう、布団の上で受け身の体勢をとってみたところ、余りにもスムーズにからだが動いて自分でも驚いた。たとえば、中学や高校の時に部活動で少しやった、という程度にはどうしても思えない。記憶を失う寸前まで、どこかの道場にでも通って練習を積んでいたのではないか。だとしたら、それはただの趣味だったのだろうか。何か、仕事の上で必要だった、ということはないのだろうか。

事務能力や接客能力も必要で、ワープロなども使え、車の運転をし、格闘系の訓練も必要な仕事。見当がつかない。接客、という部分を除外すれば、ぱっと思い浮かぶのは警察官だ。が、もし警察官が急に失踪したとすれば、ただの家出人というわけにはいかないのではないか。マスコミで報道もされるだろうし、所属していた県警なり警視庁なりも必死で行方を捜すだろう。もし自分が京都府警の警察官だったとしたら、隣県の福井で一年以上もそうと知られずに暮らしていることなど、できただろうか。

京都での一日目は、自由になる時間がほとんどなかった。仕事の後は、事務所の管理職が設けた酒宴に出なくてはならず、二次会まで律義《りちぎ》に出ると、ホテルに戻ったのは午前零時を過ぎてからだった。真夜中に市中をあてもなくうろついても何も得られないだろうし、翌日の仕事もある。諦めてベッドに潜り込み、そして、からだに残っていた酒のせいなのか、桜の夢を見た。

今度は八重桜ではなく、ソメイヨシノだった。桃色というよりは白に近い花びらが、曇り空の中、風に舞っている。その花びらが落ちた先は水面だ。川の横につくられた桜並木の遊歩道を、敬吾は歩いている。ああ、あの桜だ。あのネガに残されていた、若い桜……そばに……そばに女がいる。が、それは雪ではない。背の高さが違う。歩幅も歩く速度も違っていた。その女は何か敬吾に話しかけている。敬吾は夢の中で、女の声に耳を澄ませた。

ここの桜は、まだ若いね。れいせんの桜みたいに年寄りやない。けどなあ、うち、れいせんの桜がいちばん好きや。年寄りやけど、哀しいくらい、きれいや。

確かに、女はそう言った。

＊

「わたしもともとは名古屋の出身で、京都の人間ちゃうんです」

京都事務所の所長は言って、首をひねった。

「れいせんの桜、れいせんの桜ね。京都はとにかく桜の名所が多くて、市中に住んでいる人は、みんなそれぞれ、自分らの気に入った花見桜を持っていると言われてますからねえ。わたしが今、住んでいるのは伏見《ふしみ》ですが、あっちにもいたるところに桜の名所がありますよ。あ、そうそう、事務のバイトの木村《きむら》さんは、京都の人だ。彼女にちょっと訊いてみたらどうですか」

事務アルバイトの木村雅美《まさみ》は、敬吾より少し年下くらいの二児の母親で、高校を卒業するまで京都で生まれ育ったという人だった。大学で東京に出て、卒業後も東京に就職し、そのまま見合い結婚するまで東京に勤めていたとかで、訛りのない綺麗な標準語を話す。

「れいせんの桜、ですか」

雅美は、敬語の言葉を聞くなり頷《うなず》いた。

「たぶん、わかると思いますよ」

「ご存知なんですか！」

「ええ、でも、間違っていたらごめんなさい」

「構いません、どこのことなのか、教えていただけますか」

雅美はメモ用紙を一枚ちぎり、縦横の線だけで簡単な地図を描いた。

「えっと、地下鉄だとあれは……丸太《まるた》町かな。大阪の淀屋橋《よどやばし》から、京都の出町柳《でまちやなぎ》、という駅まで、京阪《けいはん》電車が走っているんですけど、わかります？」

「川端《かわばた》通の下を通ってる電車ですね」

「そうです。以前はあの川端通がそのまま京阪電車の線路だったんですよ、京阪三条まで。それが地下に潜って、出町柳まで延びたんです。で、丸太町の駅は、この交差点、川端丸太町、というところにあります。ここから、川端通をちょっと南に下がると、冷泉通《れいせんどおり》が川端から岡崎の方に向かってあるんです。あのほら、有名な冷泉家《れいぜいけ》の冷泉《れいぜい》です。でも通りの名前としては、れいぜい、ではなく、れいせん、と読むんです。もしかしたら昔はれいぜい、と読んだのかな。そのあたりのことは知らないんですけど、とにかく、地元の人もこの道は、れいせんどおり、と呼びますね。で、この道の横に、琵琶湖疎水が通っているんです。琵琶湖から鴨川まで、治水と生活用水の供給のために作られた疎水です。この道は車も通れるんですけど、歩道が整備されて遊歩道になっていて、疎水沿いにたくさんの桜が植えられています。ソメイヨシノだけでなく、葉っぱと一緒に咲くあの白い、香りのいい桜とか、山桜のようなものとかも。古木も多くて、疏水の水面に大きく張り出した古木の枝ぶりがとてもいいので、桜が満開になると、実に見事な光景なんですよ。この疏水の途中には、とても小さな発電所もあって、そのためのダム、というか、貯水場もあります。琵琶湖から疏水へは、ブルーギルとか時にはブラックバスなんかも迷い込んで来るので、子供たちの釣り遊びの場所にもなってます。この疏水沿いの道をずっと東の方へ歩けば、岡崎公園です。平安神宮があって、美術館や動物園があって。ここも桜の名所ですから、春になると、川端通から岡崎まで、花見散歩をする人がけっこういます。でも穴場と言えば穴場なんです。哲学の道だとか円山《まるやま》公園のような喫茶店や土産物屋があるわけではないので、観光客はあまり歩きません。ここで花見散歩を楽しむ人は、地元の人が多いと思います。実はわたし、一人目の子供が生まれた頃には聖護院《しょうごいん》というところに住んでいたんです。冷泉通からすぐ北の、丸太町通と東山《ひがしやま》通が交わる交差点が聖護院です。それで、妊娠中も、生まれてからも、冷泉通を毎日のように散歩していました。でも、ほんとに間違っていたらごめんなさいね。京都には、似たような地名がいくつもあるんです。もしかしたらわたしの知らない、れいせん、というところが他にあるかも知れませんから」

敬吾は、その冷泉で間違いないと思います、と礼を言い、地図を貰った。だが二日目も

歩ずつ、踏みしめるように足を運ぶ。今さらのように、自分の選択が愚《おろ》かだったことを悔《く》やんだ。ゆいは可愛い。ゆいの為ならば、命を投げ出すことぐらい平気だ、そう真剣に思えるほど、可愛い。自分の子がこれほど可愛いものだとは、正直、雪のお腹にまだゆいが入っていた時には想像できなかった。今、あの小さな小さな手、足、唇、鼻それらすべてが、自分にとってはかけがえのない宝だ。

だがそれでも、やはり、ゆいという係累を持ってしまったことは、大きな間違いだったのだ。

自分には過去がある。失われたものであっても、それが存在していたことは確かな、過去、が。別人となってこの先の人生を逃げ続けたとしても、いつか、過去が自分に追いつき、とらえて、逃げたことへの責任を果たせと迫られるのではないか。その時、ゆいはどうなる？　失われた過去に、もし……もし、ゆいと同じような自分の係累がいたとしたら。

敬吾は車に戻り、地図をめくって図書館を探した。ひとつだけ、今度の旅でどうしても確認しておきたいことがあった。

4

角を曲がるとアパートが見える。二階の左端、小さな、ベランダとはお世辞にも呼べない物干し場が設けられた窓のところに、ぽつんと、夜干しされたスニーカーが一足、網のようなものに乗せられて吊るされている。敬吾のスニーカーだ。休みの日しか履《は》かないけれど、仕事用の合成皮革の靴の他に、敬吾の靴はそれしかない。あの網は、燃えないゴミの日にゴミ置き場に転がっていた、穴の開いた魚焼き網。そんなもの拾ってどうするの、と訊ねた敬吾に、雪は黙って笑っていた。靴干しか。魚焼き網は、メッシュの袋のようなものに入れられ、下側をガムテープで固定してある。あのメッシュの袋にも見覚えがあった。確か、近所のスーパーで特売していた、タマネギが入っていた袋ではなかったか。なるほどな。あれだと靴が重ならないし、転がり落ちることもない。

かつかつの生活費しか渡せないのに、雪は懸命に、このささやかな暮らしを守ろうとしている。ゆいの肌着やベビー用品など一切合切、雪は、妊娠中に、遠くの幼稚園や保育園まで足を延ばしてバザーを渡り歩き、手に入れて来た。紙おむつも高価だからと使わず、ベビーカーも近所の人からもらい受けて来た。

裏切ることなど、できるはずがない。雪を妊娠させたのは自分で、ゆいを産むことを承諾したのも自分なのだ。

ドアのブザーを鳴らすと、中から雪の明るい声がした。ドアを開けると、そこには、敬吾の家庭が待っていてくれた。雪の腕に抱かれた無垢なゆいの顔。座卓の上に並べられた、質素だが、雪の真心のこもった手料理。

「出張、ご苦労様」

雪が冷蔵庫から取り出したのは、ビールの瓶だ。いつもは安売りしているメーカーの缶ビールなのに、敬吾が好きな、少し高い銘柄の瓶。

「奮発したね」

敬吾が言うと、雪は、ふふ、と笑ってゆいを畳の上にそっと寝かせた。

「スタンプカードが一杯になったの」

「スタンプカード？」

「ほら、いつもの酒屋さん。あそこで、三百円買うごとにひとつずつスタンプが貰えるのよ。二十個スタンプで一杯。一杯になると、三百円分の買い物ができるの。えっと、六千円で三百円だから、実質、五パーセント引きなのね。そのカードが三枚一杯になったから、これ一本奮発したの。残りは、ごめんね、ケチャップとお砂糖にした」

「せっかく貯めたんだから、ビールなんて買わないで、たまにはお菓子か何か買えばよかったのに」

「お菓子なんて、あたし、食べないもん」

雪は自分の腹部をつまむ真似をした。

「出産太りで、見てよ、このお腹。お菓子なんて厳禁だわ」

雪は、出逢った頃より痩せた。だが敬吾は、そのことは口にしなかった。自分が背負ってしまった重さよりはるかに重いものを、母親となった雪はいやおうなく背負ったのだ。自分に出来ることは、ただひたすらに、この女とこの赤ん坊を守り抜くことだけだ。

食事が済むと、雪は後片づけを始める。流し台を綺麗にして、小振りなベビーバスをセットした。

「今夜、僕がするよ」

「大丈夫？」

「大丈夫だって。ゆいも頭が大きくなって来たから、君の手じゃ大変だろ、耳の穴ふさぐの」

「もう首が座りかけてるもの、あとちょっとよ。首が座って自分でお座りができるようになったら、一緒に銭湯に連れて行けるし」

「亀の湯《かめゆ》は熱過ぎるよ、赤ちゃんには無理だ」

「ぬるい方があるわ。早い時間に行けば、水でうめてても怒られないわよ」

「引っ越ししよう」

敬吾は、言葉だけ放って雪の顔は見ずに、畳の上で機嫌よく手足をばたつかせているゆいを抱き上げた。

「ちゃんと風呂のついた部屋を借りよう。ハイハイするようになったら、君が料理とかしている間、ベビーサークルに入れておかないと危ないし、この部屋じゃそんな余裕、ないだろ？」

「お風呂つきだと、家賃、二万円は高くなるわよ。それに敷金と礼金のこともあるし」

「会社から借りる。明日、課長に相談してみる。大丈夫だ、今の営業成績なら、そのくらいの金は貸してくれる。歩合制の営業マンは、借金を抱えている人も多いんだよ。その人が優秀なら、会社としては、資金を貸し付けることで他の会社に移られなくて済むってメリットがあるんだ」

「そんな、借金なんてしなくても、まだいくらかなら」

「君の金には、もう手をつけないでくれ。万が一の時……最悪の事態が起こった時の為の、大事な金としてとっておくんだ」

ベビーバスに湯がたまる間、二人は無言だった。沐浴《もくよく》用の入浴剤を溶かし、ゆいの産着《うぶぎ》を脱がせ、そっと足からベビーバスにつける。ゆいは沐浴が好きで、湯の感触が足先についた途端、手足をばたばたさせて大喜びする。片方の掌をめいっぱい開いて、ゆいの両耳を水が入らないようふさぎ、浮力の助けを借りてゆいのからだをお湯に浮かべ、もう片方の手でガーゼを動かす。雪に手渡されたガーゼで、そっと、ゆいのからだを拭っていく。

これは、人間なのだ。

小さな小さな、しかし、まごうかたなき、人間なのだ。

自分は、人間の親となった。

「最悪の事態って、なに？」

訊ねる雪の声は、頼りなく震えていた。

「あなたが……あたしとゆいを置いて、帰ってしまう、ってこと？」

「どこへ帰る？」

敬吾は、静かに答えた。

「どこにも帰るところなんて、ないよ」

「思い出したんじゃない？」

雪は、涙の混じった声で言った。

「ああ」

敬吾は、そっとゆいの全身を洗い終え、バスタオルを開いて立っている雪の腕の中にゆいをたくした。

「思い出した。全部じゃないけど」

敬吾はベビーバスの湯を流し、中をスポンジでさっと洗った。それから、ゆいに産着を着せている雪の横に座った。

「僕は京都に住んでいた。そして、結婚していた。そこまでは、かなり前からそうじゃないかと考えていたんだ。僕が事件に巻き込まれたのが京都っていう観光都市である以上、観光客だった可能性と、京都に住んでいた可能性は半々だ。でも、出張であの町に行ってみて、はっきりわかった」

「京都に行ったの！」

雪が抗議するように目を見開く。その瞳はもう、涙で光っている。

「黙っていてごめん。岐阜に出張だ、って嘘ついて、ごめん。京都事務所の助《すけ》っ人《と》だったんだ。……自分から志願して行かせて貰った。どうしても、確かめてみたくなった。車で名神を降りた途端、確信が持てたよ。僕は京都で暮らしていた。少なくとも、京都の近くには住んでいたはずだ。そして仕事で車を使い、あの町の中を走り回っていたんだ。何も証拠なんてないけど、それは確実だ。僕はあの町で車を運転することに慣れている。ただ道を知っているのとは違う、どの交差点にどんなふうに右折レーンがあり、どの交差点で左折信号が出るのか、標識が見える前に予想できたんだ。僕は日常的に、京都市内を車で走っていたんだよ」

「……それで？」

雪はゆいに産着を着せると、ゆいの小さなからだを自分の楯《たて》にでもするように、胸の前に抱いた。敬吾は立ち上がり、冷蔵庫の上に雪が用意していた哺乳瓶《ほにゅうびん》に、湯冷ましを入れて手渡した。

「それで」

ゆいは、ごくごくとおいしそうに湯冷ましを飲む。彼女は何も知らず、何ひとつ疑っていない。両親の愛と献身を、その一身に浴びることは彼女の権利なのだ。

「どうしても確かめておきたいことがあった。だから図書館に行った。……僕が事件に巻き込まれた時のことだ。君は言ったよね、君のお父さんを、あの男……僕が殺した男が突き飛ばして、お父さんは動かなくなった、と」

「本当はね、父なのかどうか、確認できなかったの」

雪は、小さな溜め息をついた。

「ある人から、その人が父である可能性を教えて貰って、それで会いに行ったのよ。でも……」

「否定されたの？」

「ううん。否定も肯定もされなかった。あたしが何を訊いても、あのおじさんは答えてくれなかったの。あの日……あいつがあの人を突き飛ばして死なせてしまった日も、あたし、あの人に会いに行ったら、あの人、空き缶を拾いに出かけるところだった。アルミの空き缶はお金になるので、あの人たちにとっては生活収入を得る大事な仕事なんですってね。あたし、どうしてもあのおじさんに、父親なのかそうでないのか答えて貰いたくて、おじさんのあとをついて行ったのよ」

「君のお母さんとお父さんとは離婚したんだったよね。お父さんの写真とかは一枚も持っていなかったの？」

「……母と暮らしていた男は、あたしの父じゃないの」

雪は、ゆいの額に頬ずりした。

「あたしの父は、あたしが一歳の時に家を出て戻らなかったんですって。その後、母と暮らすようになった男と母は、入籍して正式に夫婦になった。あたしの本当の父親は、あたしを認知すらしないで消えてしまったの。あたしはずーっと、母と結婚した人が本当の父親だと信じていた。ギャンブルばかりしているだらしのない人だったけど、あたしにはとても優しくて、血が繋がっていないなんて想像もしていなかった。母は気の強い人だったから、結局、意志が弱くてギャンブルをやめられなかった育ての父を、追い出す形で離婚してしまった。あたしはその育ての父のことが好きだったので、母のことを恨《うら》んでいたの。十七歳の時、母と大喧嘩《げんか》して、あたし、その恨みを母に言葉でぶつけたのよ。あたしが素直に育たなかったのは、あんたがお父さんを追い出してしまったからだ、って。母もあたまに血がのぼっていたんでしょうね、売り言葉に買い言葉で罵声を浴びせあっているうちに、口がすべった。あんたはそんなに庇《かば》うけど、あの男はあんたの父親でもなんでもないんだ、赤の他人なんだ、って。あんたの本当の父親は、あんたが一歳の時にあんたを捨てて逃げちゃったんだよ、って。口にしてしまってから、自分の言ったことに驚いて、母は、ものすごく後悔した顔になったの。それでわたし、母の言ったことが嘘じゃない、とわかった。……母は必死に否定して、嘘だよって言い繕《つくろ》っていたけどね。あたしは、あまりにもショックが大きくて、そのまま家を出て友達のところに転がりこんじゃったの。

そして、それっきり、母のところへは帰らなかった。母が憎かったからじゃないのよ。ただ、もう、母に頼って生きることはできない、そう思い詰めちゃったの。だって、母は、あたしの父に逃げられて、まだやっと歩けるようになったばかりの子供を抱えて苦労したんだもの。それなのにあたしは、そんな真実も知らないで、離婚した育ての父のことばかり慕《した》って、何年も母を恨み、母に逆らって好き放題して来たのよ。そのことを自分の心の中でどう消化したらいいのか、十七歳のあたしにはわからなかった」

雪の腕の中で、ゆいは眠りについてしまった。すぐに空腹で泣き出すのだろうが、今は、世界中の愛らしさを一点に集めた、途方もない愛らしさでもって、この狭い部屋を天上の至福の空間へと変えている。

「だから、本当の父のことについては、写真どころか、どんな人だったのかも、何もわからなかったの。それでも……ある人に頼んで調べて貰って、ようやく、京都でホームレスになっているそのおじさんが、あたしの本当の父かも知れないと判って。なのに、一言も口をきいて貰えないまま諦めることは出来なかったのよ。それで、空き缶拾いに歩くおじさんのあとをついて一緒に歩いて……あいつに見つかって……」

「君が最後に見た時、その人は倒れて動かなかったんだったね」

雪は頷いた。

敬吾は、テーブルの上に残されていたコップに、瓶の底にあったビールを注ぎ、唇を湿らせた。

「……亡くなっていた」

敬吾の言葉に、雪が顔を上げる。

「死因は、頭部打撲による脳内出血みたいだ。京都の図書館で新聞記事を探して見つけた。その人の身元が判明したかどうかはわからない。新聞記事になった時点では身元不詳のままだ。警察は、自分で転倒したことによる事故死と判断したようだった」

「それじゃ、あの時、やっぱりあのおじさんは死んでいた……」

「いや。僕も医学知識があるわけじゃないからはっきりした事は言えないけど、脳挫傷《のうざしょう》ならともかく、脳内出血で即死する例は少ないんじゃないかと思う。あの時の怪我が死因なのは間違いないだろうけれど、あの時、すぐに病院に運んでいれば……あるいは……」

雪が顔を覆った。すすり泣きが、掌の隙間から漏れて、敬吾の心に染みこんだ。

「君のせいじゃない」

敬吾は、ゆっくりと言った。

「悪いのは……あの男だ。今さら、もうどうにもならない。そのことを、僕は確認して来たんだ。あの人が助かっていてくれたなら、僕たちのしたことが正当防衛だったと主張することも出来たかも知れない。あの人が証言してくれれば、君のヒモだった男がどれほど狂暴だったか証言してもらえただろう。そうすれば、あの人に会いに行った君が怪我を負わされたことを警察に信じて貰えただろうし、通りかかった僕が君を助けようとしてまきぞえになったことも、言い訳できた。でも、もう、それは望めない。正直、僕はずっと迷っていた。自分の過去が思い出せないという大きな負担さえなければ、とっくに警察に自首していたと思う。君にはすまないけれど、たとえ刑務所に入ることになったとしても、このまま十五年、逃げ続けるよりはずっとましな気がしていたんだ。でも、僕の優柔不断のせいで、僕たちは引き返せないところまで来てしまった」

「後悔してるのね……あたしとのこと、あたしがゆいを産んだこと、すべてを後悔しているのね！」

「違う。ゆいが生まれた時点で、すべては変わったんだ。それまでの僕は確かに、自首しなかったことを後悔していた。だがゆいが生まれた以上、後悔などしている暇《ひま》はないんだ。そんな贅沢《ぜいたく》は、僕たちにはゆるされない。ゆいは生きている人間で、幸福になる権利がある。僕たちのせいでゆいが不幸になる選択は、もうできないんだ。……京都に行き、あの人が死んだことがわかって、僕の覚悟はかたまった」

　雪の瞳が、潤《うる》んで大きくなった瞳の中心が、敬吾を射抜いていた。

「僕は、過去を捨てる。失ったのではなく、捨てるんだ。もう、取り戻そうとはしない。思い出そうとも考えない。僕たちは引き返せない。あの朝にはもう、戻れない。だから僕は、君とゆいを守って、ひたすら、前を向いて歩く」

「……それでも……思い出してしまったら？」

　雪の頰に、透明な涙が流れ出した。

「記憶喪失は、そんなに長くは続かないって、医者が言ったんでしょう？　あなたは思い出す。きっと……思い出してしまう。それでも、あなたは、あたしとゆいを見捨てないと約束してくれる？　あたしたちを、絶対に捨てないと、誓ってくれる？」

「誓う」

　敬吾は、言って、両腕を雪の方へと伸ばした。そしてゆいの小さなからだを抱きとめて胸に押し当てた。

「思い出した過去は、思い出した端から忘れるよ。もう一度蓋《ふた》をして心の封印をしてしまおう。人間に、人生は二つ必要ない。僕はもう、ここにひとつの人生を持っている。何を思い出しても……誰がその思い出の中に現れても、僕は今、ここでもう、君とゆいとを選んだ。過去には引き下がって貰うしかないんだ。他にもう、どうしようもない」

＊　＊　＊

「あんたの気持ちがぐらぐらしてたんでは、俺としても、どうしていいかわからんのだ」

大谷憲作は、苛立《いらだ》った仕草で、手にした雑巾《ぞうきん》を忙しく動かした。

「川崎多美子って女は、かなりやり手の探偵らしい。一緒について来てる方の女も探偵だ。俺は、嘘を見抜かれないようあまり喋らずにおいたが、もともと俺は考えてることが顔に出る。あいつらには、俺が嘘をついてることが手に取るようにわかっただろう。貴之さん、いや、俺はやっぱりあんたのこと、敬吾さんと呼ばせて貰うよ。あんたはこの十年、俺の大事な身内だった。渋川さんからあんたのこと頼まれた時、俺は約束したんだ。何があっても、恩返しはする。殺されても、あんたと雪ちゃん守り通してみせる、ってな。渋川さんは、俺の命の恩人だ。俺が東京で食い詰めて自殺を考えてた時、渋川さんに出逢って親切にして貰ったからこそ、もういっぺんやり直して生き抜く決心がついた。俺が第二の人生を佐渡で始めたのも、渋川さんから、佐渡は本当にいいところだと何度も繰り返して聞いていたからだ。その渋川さんから、娘とその夫を守ってくれ、十五年、生き延びさせてやってくれと、土下座して頼まれたんだ。男として、いや、人間として、渋川さんの頼みを聞き届けてあげなければ、俺には生きている価値なんかない。こんな話、もう、あんたの耳にはタコが出来るくらいしたけどな」

憲作は、大きく溜め息をついて、雑巾を放り投げた。

「あと、たった三年だ。あともう少しだったんだ……なのに……なのに雪ちゃんが、こんなことになるなんて……なあ、誤診、ってことはないのか？　他の病院にも行ってみた方がいいんじゃないか？」

「東京の癌《がん》センターまで行って診察を受けたんです。事実は事実として、受け止めるしかないと思っています」

「冷静だな」

憲作は皮肉に笑った。

「やっぱりあんたは、どんな時でも冷静だ。新潟港で元の女房と出くわした時も、あんたのことだから、顔色ひとつ変えなかったんだろうな」

「僕は……気づかなかったんです」
それは本当のことだった。貴之は、何も知らなかった。川崎と名乗る探偵が佐渡の病院に現れ、渋川雪とその連れの男を捜している、という情報を聞いた時にも、それが、唯の差し向けた私立探偵だとは、みじんも思わなかったのだ。

唯。

懐かしい、懐かしい人。

唯のことを思い出したのは、雪と暮らし始めて何年目くらいのことだっただろう。記憶は、何かのマジックのタネが割れた時のように、突然、舞い戻って来た。最初は断片が、点々と目の前に落ちてる感じで出現し、それらを拾い集めている内に、やがて、怒濤《どとう》のように、過去がその姿を現した。
惚れて愛して、結婚したのだ。自分は、唯、という名前の女と。真っすぐな性格で、素朴で、明るくて、力強いひとだった。笑顔がまぶしくて、彼女と話をしていると周囲の者がみな、陽気な気分になれた。けれど、曲がったことを嫌い、悪いことは悪い、嫌なことは嫌だと、こちらがたじろぐほどはっきりと言う、そんなひとだった。

思い出せば、心の中にできた新しい泉のように、唯への思慕《しぼ》が湧いて溢れた。すぐにでも京都に飛んで行き、この腕に唯を抱きしめたいと、何度も何度も、本気で願った。雪や、最愛の娘、ゆいのことを振り捨ててでも、唯に逢いたい。何度となく、自分が夜中にこっそりと家を抜け出して、京都に向かおうと考えていることに気づいて愕然とした。だが、何もかも、すべてがもう、手遅れだった。ゆいはどんどん成長し、貴之の奇妙な二重生活、大谷憲作と共に綿密に練り上げた計画は、それなりに成功してしまっていた。

そして、何より、貴之は誓っていたのだ。

決して、雪とゆいとを裏切らないと。

過去に何が、誰が待っているとしても、それを忘れる、と。


「それで……あとどのくらい、持つんだ」

憲作の声が悲痛に沈んだ。貴之は、言うしかなかった。

「長く持って、六ヶ月ぐらいだそうです」

「そんなになるまで、ほんとにあんたは気づかなかったのか！」

憲作の怒声に、貴之は黙って唇を噛むしかなかった。

「あんた、まさか、知ってて、わかってて雪ちゃんを見殺しに……それで元の女房のところに戻ろうなんて……まさか……」

憲作の顔が怒りで赤黒くなる。貴之は、ただ無言で訴えるしかなかった。全身全霊、自分は決して、雪を見捨てない、裏切ったりしない、と。


「……すまない」

憲作の顔から怒りがひき、代わりに、土色の絶望が皺を深く刻んだ。憲作は、どさり、と椅子に腰を落とした。

「申し訳ない。あんたがそんな人でないことは……俺が誰よりよく知ってるのに。あんたがそんな人だったら、もっと前に……記憶を取り戻した時点で、逃げ出していたはずだもんな。雪ちゃんはあんたを騙《だま》して、こんなことに巻き込んで、そのせいであんたは、好きだった女と別れることになっちまって……。愚《おろ》かだったよ。雪ちゃんは、あまりにも愚かだった。けどあんたは、真相を知っても雪ちゃんを見捨てなかった。そんなあんたの真心を罵倒するようなこと言っちまって……ほんとに、すまない。ただなあ……あんまり、可哀想だろう。雪ちゃんまだ、三十代だ。胃癌で死ぬなんて、早過ぎるよ。あんたの人生をめちゃくちゃにしたことは言い訳できんが、あの子だって被害者だったんだ」

「わかっています。僕は、最後まで、雪のそばにいます」

「うん」

憲作は、うなだれた。

「そうしてやってください。頼みます。あと六ヶ月なら、その六ヶ月、雪ちゃんとゆいとが、いい思い出作れるように……高倉んとこでは、雪ちゃんが入院してる間はゆいを預かると言ってくれてるが、どうなんだろう、あとたった半年なら、病院で寝たきりになるよりは、ゆいと一緒に、この土地で、綺麗な山や空に囲まれて過ごす方が、よくはないだろうか」

「医者と相談してみます。ただ、痛みはかなりあるらしいんで、自宅療養になった場合、痛みをとるケアをどうするか、という問題があるんです。経口薬は処方してもらえますが、モルヒネの注射は我々にはできませんから」

「やっぱり、モルヒネが必要になるのか」

「時間の問題だそうです。モルヒネの投与が始まれば……まともな会話ができるかどうか……判断力も思考力も低下します。場合によっては、家族の見分けもつかなくなるかも知れないそうです」

「それじゃ、その前に、ゆいと過ごさせた方がいいな」

「そう思います。とりあえず、次の入院まで自宅において、ゆいと一緒の時間を過ごさせようと」

「それで終わりか」

「……次に入院したら……退院は難しいかも知れません」

「敬吾さん」

憲作は、しばらく黙っていたあとで、ゆっくりと顔を上げた。

「長いこと……本当にありがとう。あんたが見捨てないでいてくれたから、雪ちゃんは幸せな十年を過ごせた。渋川さんとの約束も、果たせた。もし……もしもこれで……雪ちゃんが母親のところへいく日が来たら……あんた、戻ってください。あんた自身に。下澤貴之に。そして、あんたが惚れていた女のところに、帰ってやってください」

「僕には、ゆいがいます」

貴之は、それだけ言って、黙った。

第五章　折れた羽

1

天野言美は眠っていた。すうすうと、寝息が唯の耳にも聞こえている。

多美子が急に香港《ホンコン》に出張することになり、言美と二人だけの蓼科行になった。それが、とても不安ではある。

これまで、貴之を捜すことは多美子が主となって動いて来た。形の上でも、依頼人が唯で、貴之捜しは川崎調査事務所の仕事だった。そのため、どこで聞き込みをする時でも、質問は主に多美子がし、名刺も多美子だけが相手に手渡した。唯は、多美子の助手のような顔でさりげなく存在を隠していたのだ。もし、言葉を交わした相手と貴之とが直接繋《つな》がっていた場合、下澤唯、という名前を出していいのか隠した方がいいのか、それがわからないから。唯の名前を耳にして、貴之がどんな反応を示すのか、見当がつかなかったから。

今、唯の隣りにいるのは頼れる多美子ではなく、互いにほとんど知らない同士の、言美なのだ。

言美を小松崎鶸矢《ひわや》に会わせる、というアイデアは、唯が出したものだった。多美子は反対した。言美は、少なくとも、貴之の失踪とはまったく無関係な人間なのだ。ただ、言美が、夫と子供を惨殺された被害者であり、殺害犯は今、刑務所にいるが、早ければあとほんの三、四年で仮出所になる、そして言美は、それを待っている。そのことを知った唯は、言美に小松崎鶸矢の写真を見せた。小松崎鶸矢の希有《けう》な才能がとらえた、野生の生き物たちの、刹那《せつな》の「生」の輝き。復讐以外に生きる意味を失っている言美には、きっと、その輝きの眩《まぶ》しさがわかるだろう、唯はそう直感した。そしてその直感は当たった。言美は、写真の中の輝きに打たれ、感動に震えていた。その言美のまなざしに、唯は、突破口を見つけたと思った。小松崎鶸矢をサポートしている地元の知人たち、の中にはあの、ペンション経営者・大谷憲作もいるに違いない。そして大谷も小松崎も、貴之がどこにいるか、知っている。そして彼らは、決して、唯には貴之の居場所を教えてくれないだろう。だが、言美のあのまなざし、生きることの瀬戸際で、小松崎鶸矢の世界にとらえられ、そこに一縷《いちる》の希望を見いだした言美の目の前で、少なくとも、小松崎鶸矢は嘘をつけないのではないか。

ただの賭《か》け。それも、勝てる見込みの薄い賭け。


「そろそろ茅野ですよ」

唯は、言美の腕に軽く手をあてて、そっとゆすった。言美は薄目を開け、微笑《ほほえ》んだ。

「気持ちよかった……電車に乗ると眠くなるの、子供の頃から。でも、こんなに長く電車に乗ったのは久しぶりだから、電車で眠る気持ち良さを忘れてた」

「新宿からは意外と近い気がしますけど」

「あたし、ここ何年も、旅行なんかしてないから」

言美は、大きく両腕をあげて伸びをした。

「東京を出ることすらなかった。あなたに誘われなかったら、この先も旅行なんてしなかったかも」

「たまにはいいでしょう。気分が変わって」

「ほんと。こんなにウキウキした気持ちになったのって、本当に久しぶり。ありがとう、下澤さん。あたしのこと、連れ出してくれて」

「小松崎鶸矢さんの写真をわかってくれる人がいて、嬉しかったんです。天野さんと一緒なら、小松崎さんと面会しても、怖《こわ》くない、なんだかそんな気がして」

「怖く、ない？　小松崎鶸矢って、そんなに偏屈な人なのかしら。あの画廊の女性が、内気な人だみたいなことは言ってたけど」

唯は言美の問いには答えず、網棚から言美の分の荷物も下ろした。

「駅前のレンタカーに予約入れてありますから。電話で確認したけれど、路面の除雪はちゃんとしてあるみたいなんで、スピードを出さなければ問題ないみたいでした」

「まだ雪があるんですね、やっぱり」

「四月まで残るらしいですよ、上の方に行くと。でも、ここのところ降ってないし、比較的暖かい日が続いているから、路肩の雪にさえ気をつければ」

「もう三月もあと一週間なのね……やっと、春が来る」

言美の言葉には、しみじみとした余韻が感じられた。唯は、もう一度、言美の存在に賭けてみる気になった。


女神湖までは、昨年の十一月に往復した時の記憶で迷うことなく運転できた。除雪もほぼ完全にされていたし、路肩に高く積まれた雪は幸い、まだ溶け出していなかったので、運転に不安は感じなかった。茅野駅のあたりはそろそろ春の気配も濃くなりつつあったが、蓼科が冬の眠りから目覚めるにはまだ少し時間がかかりそうだ。白樺湖の氷はもう溶けかけているのか、湖上でのスケートはできません、と書かれた看板が道路脇に立てられていた。白樺湖を過ぎると、車の数がぐっと減る。よく晴れた空に、白く雪をかぶった蓼科山が映え、その後ろには、八ヶ岳の白い峰々も見えている。

「あ、タンポポ！」

助手席の言美が指さした方に視線を向けると、蕎麦屋《そばや》の前庭の、雪が除けられた花壇の中に、確かにちらりと黄色の花が見えた。

「随分、早いわ。まだこんなに雪が残ってるのに」

「あそこだけ日当たりがいいのかも知れませんね。地面の上には雪が積もっていても、土の中はもう、春なんですね」

「東京だと、真冬でも咲いてることがあるから、タンポポが春の花だって意識、なくなっちゃってた」

「都会は暖かいですから」

「でも、京都は寒いんでしょう？」

「ええ、寒いですよ。東京よりはずっと寒いです。盆地ですから、しんしんと、底冷えがするんです。気温だけ比べたら、関東地方でも京都より気温が低くなるところはありますけど……何て言えばいいのかな。京都の冬の寒さは……悲しくなるような寒さです。寒い、というより……冷たい」

「悲しくなるような寒さ」

言美は溜め息を漏らした。

「そんなところで、冬を越すなんて……怖いな。京都の人たちは慣れてるのかしら」

「辛抱して、乗り越える術《すべ》を身につけているんでしょうね、幼い頃からそうやって冬を耐えて育って。だから我慢強いというか、打たれ強いんだと思います、京都の人は。わたしは京都生まれではないので、今でもまだ、くじけそうになりますよ。寂しくて」


昨年、来た時に多美子と泊まったホテルの前を行き過ぎて、大谷が経営するペンションに向かった。宿は、大谷のペンションのすぐ近く、同じペンション・ヴィレッジの中の一軒に、言美の了解を得て、天野、の名で予約を入れてある。下澤の名前を使えば、何かの拍子に大谷に気づかれる可能性があった。

ペンション・ヴィレッジに入ると土の地道で、雪はまだしっかりと残っている。白樺や落葉松《からまつ》の林が続き、時おり、ガサッと音をたてて梢から雪の塊《かたまり》が落ちた。大谷のペンションの手前、赤い可愛らしい屋根のついた、ルバーブ、という名のペンションに車を乗り入れる。前庭には、一台の車も停まっていない。まだ子供たちは春休みだが、スキーシーズンにはもう遅いのかも知れない。スキー場に雪はあっても、昼の陽射しにあたれば溶けて、水気の多い、滑《すべ》りにくいゲレンデになるだろう。しかも、週の中日《なかび》、水曜日では、ペンションに泊まる客が他にいないのも不思議はない。できれば適当に客がたて込んでいた方が、目立たなくてよかったのだが。

玄関のドアを開けるとカウベルが鳴った。名前の通り、ルバーブのジャムが入った小さな瓶がいくつも、カウンターの上に並んでいる。オーナー夫妻の手作り品だろう。

「これ、何かしら」

言美が瓶を手にとった。

「ルバーブのジャムですね。たぶん、お手製でしょう」

「ルバーブ？　このペンションの名前ね」

「茎《くき》が赤くて、蕗《ふき》を太くしたみたいな植物です。漢方薬のダイオウの仲間だったと思います。イギリスではよく食べるみたいですよ。生でかじると、酸《す》っぱいんです。お腹によくて、お肉を食べる時に一緒に食べるといいらしいです。でも、わたしはジャムでしか食べたことないんです」

「日本でも栽培されてるのね」

「長野県では、昔から作っているみたいですね。気候がイギリスに似てるのかも知れませんね」

「日本も……広いね」

言美は、くすっと笑った。

「あたしの知らないことや知らないものが、いっぱいある。まだ食べたことないものも、見たことないものも」

「ええ。これからたくさん見たり食べたり、すればいいんです」

「そうね……これから、そうすればいいんだ」

「はい」

唯が微笑んで見せると、言美の顔にもぎこちない笑みが浮かんだ。

言美は、唯が最初に訪ねて渋川雪について訊いた時よりも、むしろ無表情になっている。あの時は、言美の顔には、作り込んだ仮面のような笑顔が貼付いていた。会話に合わせてその仮面はきちんと反応するので、注意して言美の顔を見つめていなければ、対峙《たいじ》する人には言美の心が見抜けない。が、じっくりと観察すれば、その目が、瞳がほとんど動かず、どんな会話にもまったく気持ちが動いていない様に気づく。言美の心は、冷凍された肉の塊のように、硬く冷たく、死んでいた。

今、言美は仮面を脱いで、少なくとも、自分の心を外気にさらしているように思える。無表情であるだけに、ごく稀《まれ》にうっすらと顔に表れる微笑みは、言美の心が少しだけ溶けて、わずかにぬくもったことを教えてくれる。たぶん、言美は、眠れない夜を早く終わらせるためにだけ、規定量の数十倍もの睡眠薬や精神安定剤を胃に流しこみ、救急車で病院に搬送されることを繰り返す地獄からは、脱出できるだろう。そしてそれを可能にし、言美を底辺の地獄からほんの少しだけ居心地のいい場所へと導いたのは、小松崎鶸矢の写真の力なのだ。最初から、そう計画していたわけではない。ただ、渋川雪について尋ねるために言美に出逢った時、その動かない瞳の奥にぽっかりと空いた暗い穴が、唯自身を引きずり込んでしまいそうに感じて、思いつきで、小松崎鶸矢の写真を見せに連れて行ったのだ。そして、唯が考えていたよりはるかに劇的に、言美は、小松崎の写真に心を動かされた。

最愛の者たちを奪われて、その復讐に、刑務所からいつか出て来る殺人者を自分の手で殺す、そのことだけを目的に生きている言美の人生。

ある意味で、その人生と出逢ったことは、唯にとって、衝撃だった。

誰かの人生と別の誰かの人生とを比較して、どちらがより幸福、どちらがより不幸、などと考えるのは、無駄なことだ。人生は、結局、それぞれひとつずつしかなく、他人のものを自分が体験することはできない。より幸福だと言われてもそれを自身で証明することはできないのだし、より不幸だと言われても、だからどうしたらいいのか、それは誰にも答えられない。私立探偵のような仕事をしていて、決して幸福とは言えないような人生もたくさん垣間見《かいま》見ることになったけれど、唯にとって、自分が背負っているものと引き比べて、自分よりまし、あるいは自分よりかわいそう、と思うことは、慰《なぐさ》めにも気晴らしにもならなかった。時が経《た》ち、探偵、という仕事に慣れていくにつれて、どんな人生を垣間見ても驚くということをしなくなり、ショックを感じたりもしなくなった。実際、言美の身の上すら、それを下調べの一環として多美子から聞かされた時には、気の毒に、と思いはしたものの、それ以上どうこう感じたりはしなかったのだ。気の毒に。ただ、それだけ。

だが、目の当《ま》たりにした生身の天野言美には、気の毒、などという言葉では表現しきれない、凄《すご》みと、哀しみと、痛みがあった。

なぜ小松崎鶸矢の写真が言美の心に何らかの影響をおよぼすと感じたのか、それは、直感としか言い様のないものだった。が、写真展の会場で、頬《ほお》に涙が伝《つた》っているのも気づかずに写真に見入っている言美の姿を見て、唯は、自分の勘は正しかった、と思った。

小松崎鶸矢は、貴之の失踪について、何か重大なこと、おそらく、核心となる事柄を知っている人物なのだ。あの、桜の写真は、絶対に貴之のものだ。なぜそのネガを小松崎鶸矢が持っているのか。そしてなぜ、自分の作品として発表したのか。簡単には明かして貰えないだろう。大谷も含めて、渋川雪の周囲には、貴之を元の生活に戻すまい、としている人々がいる。小松崎鶸矢もたぶん、その中のひとりなのだ。しかし、大谷も含めて、自分と貴之との間の障壁となっている人々が、決して悪人ではないことには、唯は、漠然とだが確信を持っている。中でも小松崎鶸矢は、あの、生と死のはざまで懸命に存在しようとしている、小さな森の生き物たちの姿をあれほど感動的にとらえることのできる彼は、天野言美の存在を前にして、必ず、心を動かしてくれるのではないだろうか。

2

夕飯まで時間があった。いきなり大谷を訪ねてみることも考えたが、久しぶりの旅行で言美が疲れているようだったので、唯はひとりで出かけることにした。

車で十分もかからずに、目的地のパン屋の駐車場が見えた。たかくら、と、特徴のある平仮名で書かれた看板の奥に、心がなごむようなオレンジがかった光が見えている。西の方向に傾いていた陽射しが、林の中を抜けて、ログハウス風の建物を照らしている。

車を降りて、天然酵母パンの店・たかくらの店内に入った。以前に来た時、話をした高倉幸枝の姿はなかった。アルバイトなのだろうか、まだ高校生くらいの女の子がひとりで店番をしている。店内には、トレイにパンを選んでいる客が二人ほどいた。並べられているパンは、もうあとわずかだ。相変わらず、人気のあるパン屋のようだ。

夜食が必要になるほど天野言美の食欲が旺盛だとはとても思えなかったが、大粒のブルーベリーがつやつやと美しいデニッシュを二つ、ごまが練り込んである生地が、小さなチューリップの花のような形に焼かれているパンを二つ選んでレジに運んだ。

「あの、高倉幸枝さん、今日はいらっしゃらないんでしょうか」

店員は、大きな目を縁取る長い睫毛《まつげ》を何度かぱたぱたさせた。

「奥さんは、夜はお店には来ないんです」

「あ、そうでしたか」

「奥さんにご用でしたら、この建物の奥に、高倉さんの家の玄関がありますけど。すみません、店内でも繋がってるんですけど、お客様はちょっと」

「わかりました。どうもありがとう」

「外に出て、右側の方に歩いてください。煉瓦《れんが》で道みたいになってます。あの、雪が溶けて滑るんで、気をつけてくださいね」

唯は、女性店員に会釈して店の外に出た。

赤い煉瓦が地面に埋め込まれ、小さな歩道になっている。素人《しろうと》の工事なのか、煉瓦の端が少し浮き上がっているが、なかなか味のある細工だ。

昔、まだ中学生の頃だったか、エルトン・ジョンのヒット曲、「グッバイ・イエローブリック・ロード」という曲の歌詞が不思議で、黄色い煉瓦の道、とは何の比喩《ひゆ》なのか、気になって調べたことがあった。英語の教師に訊いたところ、その教師はエルトン・ジョンを知らなかったのだが、たぶん、あれのことだ、と教えてくれたのが、『オズの魔法使い』だった。黄色い煉瓦の道は、ドロシーの冒険の道しるべであり、家まで連れて帰ってくれるガイドラインだった。そしてそれは、確かに、読みようによっては、子供がどれだけはめをはずして新しい世界を旅しても、やがては決まった道に沿って決まった人生へと戻っていく、その現実を、限界を示しているものにも読めた。ドロシーは、やがて家に帰る。子供たちはみな、いずれ、当たり前の社会へと戻って行く。

貴之は、黄色い煉瓦の道を踏み外して、どこかへ消えてしまった。でもそれはもしかしたら……貴之の、意志によるものだったのではないか。

貴之は、自分から、黄色い煉瓦の道にグッバイを告げたのではないか。

溶けた雪に濡れた煉瓦の上を、転ばないように一歩一歩進むうち、唯の頰には、熱い涙が流れていた。

無駄なのかも知れない、という、思い。

たとえ貴之と再会することができても、自分は拒絶されるのかも知れない。ごめん、と一言、それだけで、すべてが終わってしまうのかも知れない。

・

赤い煉瓦の小道が終わったところに、玄関ポーチがあった。建物の前半分が店、後ろ半分が居住スペースなのだろうと思っていたのだが、そうではなく、居住用の大きな家の前に、店用のログハウス風の建物が建てられている構造だった。渡り廊下のような細長い部分が店の方から居住用の建物の中へと続いている。ガラスのサッシ窓は、ブラインドが下ろされていた。

どうしようか。呼び鈴に指をかけてから、唯は迷った。大谷が来ている可能性があるし、そうでなくても、前に来た時、幸枝は唯と話したことを大谷に伝えているだろう。だが店の駐車場にも家の周囲にも、大谷が乗って来たと思われるような車は停まっていなかった。いずれにしても、幸枝ともう一度、話をしなくてはならないのだから、先に引き延ばしていても仕方がない。唯は呼び鈴を押した。家の中でチャイムが鳴り響いているのが聞こえる。遠くで、誰かが返事をした。ぱたぱたと小さな足音が近寄って来る。子供。唯は、思わず胸に手を当てた。あの少女。ゆい、という名前の……

　ドアが開いた。

　ゆい、という名前の少女が玄関に立って、ドアを開いている。

「あ、あの」

「おばさん！」

　ゆいは嬉しそうな顔になった。

「おばさん、わたしとおんなじ名前のおばさんですよね！　前に、お店の横の林で会った！」

　記憶力のいい子だ。

「……ええ。唯です。こんにちは」

「こんにちは」

「あの、お母さま、いらっしゃるかしら」

「お母さん？」

　ゆいは、困ったように首を傾げた。

「うーんと、どっちの？」

　唯は、勝負してみることにした。

「雪さんのほう」

ゆいは首を横に振った。

「お母さんはまだ病院です。おばちゃんお母さんならいます」

「……幸枝さん？」

「はい」

「それじゃ、おばちゃんお母さんを呼んで貰えますか」

「はーい」

ゆいが背中を向け、廊下の奥へと走り去った。

お母さんは病院。渋川雪は、入院しているのだろうか。

推測が裏付けられたこと自体に、驚きは湧かなかった。前に来た時、雪の中で舞い踊っていたゆいを見た時、貴之の子だ、と思った。貴之と渋川雪のあいだに生まれた子。

廊下に人影が現れ、近づいて来る。幸枝だった。唯の顔を見て、驚愕を一瞬顔に浮かべるが、すぐに唇を引き結んで、まるで戦いに挑むような表情になった。

幸枝はゆっくりと頭を下げた。

「先日は、どうも。あの、今日は何でしょう」

唯は、幸枝の後ろにいる少女に視線を向け、それから幸枝の顔を見た。

「少し、お話が」

「今、手が離せないんです。夕飯の仕度をしていて」

「わかりました。夜にまた伺《うかが》います」

「いえ」

幸枝はかたい表情で言った。

「こちらから出向きます。お泊まりですよね。どちらへ？」

「ペンション・ルバーブです。ご存知ですか」

「わかります。ホワイトウェイヴのすぐ隣りのペンションですよね。では、そうですね、十時頃にホワイトウェイヴの方でよろしいでしょうか」

「よろしくお願いします」

唯は、幸枝が次の言葉を発する前に背中を向け、ドアの外に出た。

幸枝はやはり、大谷をまじえて話をするつもりだ。つまり、今夜、貴之を自分から遠ざけている者たちと、直接、対決することになる。

唯は小さな溜め息をひとつ漏らして、車に戻った。

部屋に入ると、天野言美は、ベッドの上に服を着たまま横になり、すやすやと寝息をたてていた。そのからだにそっと毛布をかけてやり、唯は自分のベッドに腰かけた。

ペンションに泊まるのは何年ぶりだろう。学生の頃はよく利用したが、社会人になってからは、どうしても、ホテルを選んでしまうようになった。経済的に学生時代よりゆとりがある、ということだけではなく、ペンションに泊まっている客層と自分との間に、溝のようなものを感じるようになったからだ。ペンションは、若い女性のグループや家族連れが多く利用する。子供のいる家族連れには、洒落たホテルは居心地が悪く、ペンションがちょうどいい空間なのだろう。狭い部屋。小さなベッド。家庭料理の延長のような夕食。こうした、こぢんまりとした空間を心地よいと感じる人々に、唯は次第に違和感をおぼえていた。社会に出て、ひとりで働いて生活して、その孤独感が、家族に守られ、家族を守る人々への反発になっていたのかも知れない。だがもし、貴之との結婚生活が、あんなに突然崩れたりせずに、自分と貴之の間にも、ゆいのような子供が生まれていれば、子供の手をひき、ファミリーカーに乗り、こうしたペンションに泊まってレジャーを楽しむ自分がここにいたかも知れないのだ。

言美の寝顔は、とても穏やかだった。楽しい夢を見ているのだろうか。

言美が味わった心の地獄に比べれば、自分が背負ったものなど軽い、と、唯は何度も思おうとしている。が、それもできないでいる。自分より不幸な人を探して自分を慰めることのむなしさに、かえって息苦しく、自己嫌悪に押し潰されそうになる。

長い時間はかかったけれど、結局、貴之と自分とは別れることになるのだ、と、唯はもう一度思った。あの少女の存在を知ってもなお、自分の方により貴之を必要とする理由があるのだと叫ぶ勇気は、唯にはない。

夕食までにまだ小一時間あったので、入浴することにして廊下に出た。ペンションの風呂はたいていが家族風呂の大きさで、男女の別もないことが多い。入浴する時は、ドアに下がっている札を使用中にして、ひとりもしくは家族だけで使う。他に泊まり客はいないと思っていたが、浴室の前で、ちょうど風呂から出て来る若い女性とすれ違った。唯たちが到着した後でやって来た泊まり客かも知れない。

札をひっくり返し、家庭用よりひとまわりだけ大きな脱衣場で服を脱いで、浴室に入った。他の客が使用した直後なので、浴室には湯気がたちこめ、とても暖かかった。温泉ではないが、乾燥したハーブをガーゼの袋に詰めたものが湯船にいくつか浮かんでいて、ラベンダーやゼラニウムの香りに満ちている。大人三人が同時に湯船につかるのは無理だろうと思われる程度の小さな浴槽だったが、唯ひとりで使うには、そのくらいが心地いい。

軽く流すようにからだを洗い、湯船に身を沈めると、自分でも予想していなかったほどの疲労感が足先から全身を覆《おお》った。

長い、長い月日の果てに、貴之と別れる。別れたくなどないのに。このまま貴之を捜す旅を中断して、いつまでも、いつかあのひとは帰って来る、と信じながら年老いていく方が、案外、楽なのかも知れない。自分はたぶん、貴之を憎むだろう。これから先の人生で、憎み続けることになるだろう。貴之だけではなく、そのそばで、自分が体験するはずだった貴之との日々を横取りした、渋川雪という女のことも。そして……あの、白い肌をした、かわいらしい少女のことも。今、その憎しみが心にないのは、実感がないせいなのだ。そう、唯には実感がなかった。貴之が自分を裏切っていることは、貴之が生きているとわかった時点で覚悟していたつもりだった。けれどそれは、何かの形になって唯の目の前にあらわれる性質のものではなかった。貴之がどれだけ唯を裏切り、他の女と情を交わしたとしても、そのこと自体は、ただの過去でしかない、と意識の外に押しやることができるものなのだ。しかし、あの少女の存在は、ある意味、絶対、だった。どうにもならない、どうしようもない、事実、だった。

湯温はさほど高くなかったが、いつの間にか時間が経ち、いくらかのぼせて来た。唯は湯船を出て、低めの温度にしたシャワーでほてりを抑え、風呂を出ようとした。その時、足下に、銀色の小さなものを見つけた。

指輪だった。プラチナだろうか、青白く光る銀色の輪に、小さいけれど質のよさそうなダイヤモンドが一粒。その両脇に、メレダイヤが数粒ずつ飾られている。最近の婚約指輪によく使われるデザインだ。さっき、廊下ですれ違った女性の持ち物かも知れない。

着替えて髪をさっと乾かしてから、唯は、指輪を持ってフロントに向かった。ペンションはたいていが家族経営なので、フロントは無人のことが多い。時間的にも、夕食の仕度でいちばん忙しい頃だ。一度、呼び鈴を鳴らしてみたが誰も出て来なかったので、指輪を持ったまま一度部屋に戻った。言美も起きていて、テレビのニュースを見ていた。

「あ、ごめんなさい、時間が余ったので先にお風呂、入って来てしまいました。起こそうかとも思ったんですけど、とてもよくお休みだったので」

「いいんです。わたし、今夜はお風呂は入らないつもりでしたから」

「あら、ハーブが浮かべてあって、ペンションのお風呂にしては良かったですよ。からだがあったまるし、食事のあとで入ったら？」

「それが、生理になっちゃって」

言美は笑顔になった。

「ピルを飲むのをやめたので、用心はしていたんです。だから大丈夫なんだけど、お風呂はやめときます」

「ピル、飲んでらしたの」

言美は頷いた。

「わたしなんかとセックスしてくれる男なんて、もういないだろうな、とは思ってるんですけどね。でも、なんだか、排卵する、ってこと自体が怖くなっちゃって」

「馬鹿なこと言わないで。天野さん、まだすごく綺麗だし、若いのに」

「でも、陰気でしょ、わたし。こんな死神みたいな女、抱きたいと思う男なんていないわ」

言美は、ふふ、と笑った。

「だけど、下澤さんに会って、こうやって旅行にまで連れ出してもらって、随分、ましになったみたい。さっき鏡をのぞいたら、わたし、いくらかまともな顔してました」

「自信を持っていいと思いますよ。天野さんは、まだまだこれから、新しい恋愛をして、新しい自分に出会えます」

「そんなに簡単に、過去を忘れることなんてできない。下澤さんが、それはいちばんよく知ってるでしょ？」

唯は、言美の言葉の意味をつかもうとした。言美にはまだ、貴之のことは話していない。だが、言美は知っている。

「ごめんなさい」

言美は、唯の顔色の変化に気づいてか、目を伏せて肩をすくめた。

「新宿駅で、わたしがトイレ行ってる時、ケータイで話してらしたでしょう。盗み聞きするつもりはなかったけど、なんとなく……気になっちゃって。だって、やっぱり不思議だったんですよね。赤の他人なのに、下澤さんがこんなにわたしのこと……いくら小松崎鶏矢の写真にわたしが惹かれたからって……だから、何か事情があるんだろうな、って思って」

「そうですか」

唯は、ベッドに腰かけた。ふわん、とからだが揺れる。

「でも、あの時の電話だけでは、あまり詳しいことはわからなかったでしょう？」

言美は頷いた。

「下澤さんが、たかゆき、という名前の男性の行方を探していることしか。渋川雪のことを訊きに来たのも、その、たかゆき、という人が、渋川雪と一緒にいるからなんですよね？」

唯は頷いた。言美は、つられるように頷いて続けた。

「下澤さんの表情や、電話してる時の口調で、たかゆき、という人が、下澤さんにとってすごく大事な人だ、と思ったの。それでね、細かいことはわからないけど、たぶん下澤さんは、たかゆき、という人の消息を尋ねて小松崎鶸矢のところに行くつもりなんだ、とわかった。でも、それでどうしてわたしが誘われたのか、それはよくわからないんだけど……」

「今まで、お話ししないでいてごめんなさい」

唯は、腕時計を見た。夕飯まではまだ十五分あった。

「話し始めたら長くなるし、でも、要点はとてもシンプルだから、簡単に話させてください。たかゆき、というのは、わたしの夫の名前です。下澤というのも夫の姓。夫は東京の大手調査事務所で、企業の信用調査の仕事をしていたんです。夫は自分で調査事務所をつくるため独立の準備をしていて、大学時代を過ごした京都で仕事をしようと考えていた時で、わたしは当時、京都で働いていて。夫の大学の後輩が、わたしと大学の同級生で親友で、その人を介して知り合ったんです。結婚して、夫は京都で事務所を持ち、そこそこ仕事が来て、順調な生活をおくっていたのに……翌年、夫が突然、いなくなってしまったんです。手紙一通残さず、それどころか、引き受けていた仕事もほったらかし、かばんひとつ、洋服一枚家から持ち出さず、周囲の誰にも何も言わず……」

「つまり、自分から家を出たのではない、と」

「わからないけれど、自分の意志で家を出た形跡は何もなかった。心当たりはすべて探して、警察にも相談して、夫の仕事関係の人たちにも協力して貰って……でも何もわからないまま、十二年、経ってしまったんです」

「ご主人の仕事を引き継いで、私立探偵に？」

「ええ。引き継ぐ、というよりも、事務所を閉めたくない、それだけでしたけど。探偵の仕事なんてしたことがなかったし、何をどうしたらいいのか五里霧中でした。でも、夫が戻って来た時に、事務所がなくなっていたら仕事に困る、そう思ったら閉められなかったんです。でもそれだって、せいぜい、四、五年のことですよね。十二年も経ってしまったら、今さら夫が現れても、顧客の情報も事務所の人脈も、全然変わってしまっているし。この十二年の間に、夫がして来た仕事だってあるでしょうし。要するに、言い訳なんです。わたしの未練を、いかにもな形にして残しておく。そうでもしないと、わたし、待ち続けることができなかった……」

「十二年」

言美は、長く息を吐き出した。

「長い時間ですね。わたしなら……耐えられるかな」

「耐えるつもりだったのでしょう?」

唯の言葉に、言美は目をそらすように窓の方を見た。

「ごめんなさい、今は、わたしの話をしているんですよね」

唯は、言美の視線が戻って来るのを待って続けた。

「二年前に、突然、夫の消息について進展がありました。本当に偶然だったんです。下澤調査事務所は京都に事務所を構えているんですが、わたしひとりでは、私立探偵事務所が増えてしまって経営が苦しくて、東京の大きな事務所の下請け仕事をするようになったんです。その事務所は支部が新潟にあるので、新潟の仕事もよく引き受けます。それで、二年前の冬、新潟に行きました。市内のアパートで、女子高校生と駆け落ちした男を見張る仕事でした。駆け落ちしたのは確かなのに、男はひとりで暮らしていたんです。それで、女子高校生の親から、女子高校生の居場所をつきとめて連れ戻す仕事を依頼されたわけです。その子と男とが別れていたとしても、女の子が家に戻らないのは不自然です。それで……最悪の場合も想定しての調査になりました」

言美が身震いした。自分の家族に降りかかった、まがまがしい犯罪へと想像力がはたらいたのだろう。唯は慌《あわ》てて笑顔をつくった。

「あ、でも、結局、その女の子は無事に保護されたんです。その男が、女の子の裏切りを知って、腹立ち紛《まぎ》れに風俗店に売り渡していたんですが、未成年でしたから、事務所が少しおどしをかけたら、風俗店はさっさと女の子を返してくれました。依頼人の希望で、警察沙汰にもしませんでした」

「よかった……女の子は無事だったんですね」

「ええ。とりあえず自宅に戻り、普通に高校を卒業して付属の大学に進学しているはずです」

「その男性は？」

「わかりません。依頼人である女の子の両親からは、できるだけ事を穏便《おんびん》に済ませて欲しいと頼まれましたので、男性に対しては、事務所としては何も対応していません。男性が風俗店から受け取ったお金は、女の子の両親が風俗店に返金しています。男性は、新潟を出てどこかに行方をくらましてしまいました。でも、その後は、女の子の周囲に姿を見せていないようですし、もともと、さほどたちの悪い男ではなかったんです。むしろ、ある意味では被害者だった側面もあります。よくある話なんですが、女子高校生は父親のわからない子を妊娠していて、中絶するのに名前とハンコを貸してくれる大人の男を必要としていたんです。それで、生真面目《きまじめ》で純情だった男を騙し、駆け落ちしようと持ちかけ、旅に出た先で妊娠を打ち明けたわけです。女の子としては、数日外泊して、その間に中絶手術を受け、何食わぬ顔で自宅に戻ったら、その男のことは捨てるつもりでいたんでしょうね」

「今どきの子って、怖いのね。水商売の女だって、そんなあくどいのは少ないわ」

「善悪の判断をする力が弱い、というか、倫理観を持っていないんですね、たぶん。世の中のすべてが、自分に都合のいいように動くものと信じていて、そうならないのは、世の中の方が悪いと思う。若い時代は多かれ少なかれ、そういうものでしょうけれど。羊のようにおとなしい男、自分の言うことならなんでもほいほい聞いてくれると思っていた男に、手痛いおしおきをされて、彼女自身は、少しは懲《こ》りた、というところじゃないでしょうか。風俗店で働いていたこと自体についても、さほど罪悪感や悲壮感は持っていなくて、その店でナンバーワンが狙《ねら》えるところだった、と、わたしに得意げに話してくれましたよ」

唯が苦笑いして肩をすくめて見せると、言美も、苦笑いした。

「逆に、救われるわね。その女の子が、そういうふうだと」

「ええ。いずれにしても、私立探偵は警察でもなければ、教師でも母親でもありませんから。依頼人であるその子の親が納得しているのであれば、ことさら騒ぎたてる必要はありません。新潟での調査は、そんなわけで、まあ、いい形で終わりました。でもその途中でわたしが……夫を見かけてしまったんです。新潟港の、佐渡に渡るフェリーの乗り場で」

「佐渡。まさか、拉致《らち》事件と何か……」

「いいえ、たぶん、無関係でしょう。でも、佐渡、というのは考えもしなかった場所でした。夫が過去に佐渡や新潟と何らかの繋がりがあったという形跡は、まったくなかったんです。わたしが見た夫は、さほど昔と変化していませんでしたし、健康そうで、普通に生活をしている人の様子でした。それにちらっと見ただけだったので、あれが本当に夫だったのか、それとも他人の空似《そらに》だったのか、わたしにも判断が出来なかったんです」

「でも……びっくりしたでしょ？　何年も行方不明になっていた旦那さんを、偶然見かけるなんて」

「はい、驚きました。でも……驚きが去ると、不思議な気持ちになっちゃったんですよね。わたし、考えたら、夫がいなくなってからずっと、理由もないのに夫を信じ続けていたんです。夫が自分から姿を消したのではなく、何かのトラブルに巻き込まれたのだ、と。そして夫は、わたしのところに戻りたいと願っている。わたしに捜して欲しいと思っている。そう、無邪気に信じていました。でも、考えたら、そんなことあり得ないですよね。夫がわたしを裏切っていないならば、夫は生きていないはずです。生きているのならば、必ず、わたしを裏切っているんです。わたしが見た人が本当に夫なのだとしたら、彼は、わたしのところに戻るつもりはなく、まったく別の人生を自らの意志で歩いている、ということになるんです。その事実に突き当たって、わたし……わからなくなりました。本当に夫を見つけたいと思っているのか、それとも、待ち続けることに自己陶酔しているだけで、本当は、夫を見つけたくない、と考えているのか」

言美は、じっと唯を見つめていた。唯も黙ってその視線を受け止めた。

「自己陶酔でも、生きていくために必要なら、それでいいんじゃないですか」

言美が言って、とても、さびしそうに笑った。

唯は頷《うなず》いた。

「その通りです。わたしは、自分が待ち続けたこと、待つ女を演じ続けて来たことを恥じてはいません。馬鹿だと言われたら返す言葉はないけど、そうやって待ち続けていたから、なんとか生きて来られたんだ、そう思っています。もちろん、もっと前に、新しい恋に落ちて、貴之の失踪宣告を出して自由の身になり、別の人生を歩いていたら、それがいちばんよかったんでしょうけど」

「そういうのって、運ですよね。たまたま恋に落ちることができればきっと、何もかも目の前の光景が違って見えるんだろうけど。落ちる時はあっさり落ちるのに、落ちたいと切望していると相手が現れない。恋って、意地が悪いわ」

「ほんと」

二人は笑った。

「とりあえず、自分が見た人が本当に貴之である可能性はあるのか。それを調べるために、東京の調査事務所の所長さんに協力を依頼しました。所長と言っても、女性で、わたしより少し年上で、わたしの気持ちをとてもよく汲《く》んでくれる、友人なんです。わたしは新潟に何のつても持っていなかったので、新潟に人脈があるその人に調べて貰えば確実だと思ったから。その結果、貴之と新潟の接点が、たったひとつだけ見つかったんです。貴之がまだ東京の調査事務所に勤めていた頃、土地の境界の問題で仕事を依頼されたことがあったんです。その依頼主の故郷が新潟、佐渡でした。それが、渋川雪さんの母親でした」

「たったそれだけ？」

「ええ、たったそれだけです。でも」

唯は、大きくひとつ、溜め息をついた。

「結果的に、それが当たりだったみたいです。望みとしてはそう大きくないと思いながら、渋川さん母娘《おやこ》の消息に調べを入れてもらうと、雪さんの母親が入院していた病院に、貴之らしい男性と雪さんとが、連れ立って見舞いに来ていたという事実が浮かびました」

「じゃ、渋川雪とあなたの旦那さんが一緒にいるというのは、ほぼ確実なんですね」

「そうなると思います。彼らは佐渡でペンションを開いていた、雪さんのお母さんの友人を頼っていた形跡があり、その人は、佐渡を出て、今はこの女神湖でペンションを経営しています」

「まさか、ここの？」

「いえ。でも、このヴィレッジの中にあります。その人が、夫と雪さんの消息を知っているのは間違いありません。でもその人は、昨年訪れた時も、本当のことは教えてくれませんでした。とても口が堅そうな人だし、理由はどうあれ、長い年月、夫と雪さんをフォローして来たのだとしたら、その人から真相を聞き出すのはかなり難しいでしょうね。それで突破口を探していたところ、小松崎鶸矢の存在が問題になったんです」

「どうしてですか」

「先日の銀座の写真展、あれに出されていた写真の一枚が、夫が撮影したものだったんです。まだ夫が……貴之がわたしの夫として生活していた時に、京都で撮影した桜の写真です。ネガも夫が持っていたはずのものです。なのにどうして、あの写真を小松崎鶸矢が、自分の写真だとして展示していたのか」

「それは間違いないんですか？」

「間違いありません。夫はもともと、カメラに趣味があったんです。素人でしたけれど、筋がいい、と、プロの写真家に褒《ほ》められたこともありました。でも、その写真は、コンテストなどに応募したこともなかったはずで、なぜあれが小松崎鶸矢の手元にあったのか、わたしにもわけがわからないんです。ただ、それによって、夫の消息について知っているのは、ペンションを経営している大谷という人だけではない、小松崎鶸矢もまた、貴之をわたしから遠ざけている人々の一員なのだ、ということは確信できました」

「それで、小松崎鶸矢に会いに……」

唯は頷いた。

「ごめんなさい、天野さんをお誘いしたのは、衝動的な思いつきでした。でもね、わたし、わかるんです。天野さんは本当の意味で、小松崎鶸矢の芸術を理解できる、数少ない人のひとりだと」

「そんな……わたし、絵画とか写真とか、そういうものを見る趣味はなかったし、知識もないし……」

「でも、感動してらしたでしょう？　小松崎鵜矢の世界に、天野さんの心は共鳴していた。それで、思ったんです。天野さんだったら、小松崎鵜矢の心の中に入り込み、真実を語らせてくれるかも知れない、って」

「それは買いかぶりです。そんなこと、あたしには無理よ」

「でも、会いたいでしょう？　会いたくはないですか、小松崎鵜矢に。あの写真を撮った人に」

「それは……会いたいと思うけど」

言美は下を向いて、足にひっかけたスリッパを動かした。

「ごめんなさい、わたしの問題はわたしの問題です。天野さんは、ただ、小松崎鵜矢に会って、写真に感動したことを伝える、この旅の目的は、それだけですよね」

唯は言って、腕時計を見た。

「わたしの問題については、ひとまず、忘れてくださいな。それより、夕飯の時間です。食堂に行きましょう。さっきお風呂場で、落とし物を拾ったので、それも届けたいし」

「落とし物？」

唯は、掌《てのひら》に握っていた指輪を言美に見せた。

「あら、きれい。でもこれ……エンゲージ・リングかしら」

「たぶんそうですね。わたしの前に、若い女性がおひとり、入浴していらしたんです。その人の落とし物だと思います。さっきフロントに行ってみたけど、夕飯の仕度で忙しいのか、誰も出て来なくて。どっちにしても宿泊客なら、食堂に来ますよね」

「きっと、なくしたことに気づいて探してるでしょうね」

「ええ。顔は憶えているので、大丈夫です」

食堂はさほど広くはなかったが、満室の時でも全員が一度に食事できるだけのテーブルと椅子があった。その分、その夜の宿泊客が二組だけ、というのが、ランチョンマットの置かれたテーブルが二つしかないのですぐに判って、なんとなくうら寂しい雰囲気になっている。しかも、唯と言美のテーブルには二枚のランチョンマットが敷かれているが、もうひとつのテーブルには一枚しか出ていない。さっきの女性客はひとり旅のようだ。

二人が椅子に座ると、オーナーの妻が可愛らしい若草色のエプロンを付けて厨房から出て来た。

「お飲み物はどういたしましょう？　メニューはそちらに書いてありますので」

ランチョンマットの上に、手すきの厚手の和紙に、綺麗な文字で書きつけられた献立があった。地元産の鱒《ます》の薫製がオードヴル、魚料理はわかさぎのエスカベシュ、メインは高原牛のローストビーフ、デザートは地元産ブルーベリーのムース。飲み物のリストには、フランス産のワインと山梨産のワインが数種類ずつと、長野産の林檎《りんご》と葡萄《ぶどう》のジュースが並んでいる。唯は山梨産のワインを選んだ。言美も同じものにする。にこにこと頷いて厨房に戻ろうとしたオーナーの妻に、唯は声を掛けた。

「あの、これ、お風呂場で拾ったんですけど」

唯の掌に載った指輪を見て、オーナーの妻は、あら、と驚いた。

「まあ、これ、婚約指輪かしら。オモチャじゃありませんよね」

「そうですね、大切なものじゃないかと思います。わたしの前に、女の方がお風呂に入っていらしたので、その方が落とされたんだと思うんですが」

オーナーの妻は合点して頷いた。

「お泊まりの猪瀬《いのせ》さんですね。わかりました、もういらっしゃると思うので、渡しておきます」

「お願いします」

オーナーの妻が厨房に戻り、やがて盆を持って現れると、食事が始まった。プロの料理、という感じではなかったけれど、手作りの、素朴で真面目な味の料理だった。地元の高原野菜がふんだんに付け合わせとして盛られていて、瑞々《みずみず》しい野菜の味でひと皿ずつ満足ができた。グラスのワインも、いつのまにか二杯目になり、言美の、いつも少し蒼《あお》ざめているような頬にも、ほんのりと紅みがさした。二人は、小松崎鵜矢のことも貴之のことも話題にはせず、当たり障《さわ》りのない映画の話をした。それでも、料理と酒のおかげで会話は思いの外はずみ、笑い声も絶えなかった。オーナー夫妻から見れば、唯と言美とは、ふだんから一緒に旅を楽しんでいる親友同士のように見えたかも知れない。

猪瀬、という女の泊まり客が食堂に現れたのは、唯たちがメインの料理を食べ終わる頃だった。歳は二十代の終わりくらいだろうか。人目をひく美人というわけではないが、楚々《そそ》とした印象のある、肌のきれいな女性だ。ひとり旅を好むタイプには見えなかったが、そうした外観の印象と中身とは、必ずしも一致しない。オーナーの妻が飲み物の注文をとるついでに、指輪のことを尋ねているのが、聞くともなしに耳に入って来る。が、猪瀬というその女性は、指輪は自分のものではない、と言っているようだ。唯は意外に思いながらも、そのまま食事を続けた。いずれにしてもペンションの建物の中にあった落とし物だから、オーナー夫妻が保管するしかないわけだ。前の泊まり客が落としたものである可能性もある。風呂場のどこか、目立たない隅の方にタイルがはがれたところでもあって、そこにひっかかっていれば、落としてから何日もしてから、何かの拍子に流れて現れることもあるだろう。だが、本物のダイヤのはまった指輪だとすれば、落とし主がすぐにペンションに連絡して来ないのはおかしい、と言えばおかしいのだが。

デザートまで残さず平らげ、コーヒーを飲むと、満腹で二人とも、自然と顔がほころんだ。

「なんだか、夢を見てるみたい」

言美が、コーヒーの香りを楽しみながら呟いた。

「わたし、こんなことできるなんて……もう二度と、こんなふうに旅に出て、誰かと楽しく食事をして、そんなことができるなんて、思ってなかった」

「夢にしたら、ささやか過ぎますよ」

唯は言って、二人はまた、顔を見合わせて微笑んだ。

3

食事が終わるともう八時半をだいぶまわっていた。十時少し前には幸枝に会いに行かなくてはならない。オーナーに一時間ほどしたら外出すると告げ、フロントの前に設けられた喫煙スペースに座って、雑誌をめくって時間をつぶすことにした。言美は、満腹したらまた眠くなった、と言って部屋に引き上げた。言美がこれまで背負って来た重荷を考えると、久しぶりに絶望的な日常を離れて気持ちがゆったりとして、眠くなる、というのはよくわかる気がした。貴之が消えてから一、二年のあいだ、唯も日々、絶望と焦燥《しょうそう》の中でからだを強《こわ》ばらせて生きていたことがあった。あの頃は、医師に処方して貰った睡眠薬を飲んでも、明け方まで寝られない日々が続いた。繰り返し襲って来る不安と闘うため、ヘッドホンを耳にあてて大音量で音楽を聴いたり、強い酒をあびるように飲んで日々を過ごしていた。気持ちがほぐれる瞬間がなく、鏡を見ると、自分の顔から表情が消えていて恐怖をおぼえた。地獄だった。

それでも、自分はまだ、貴之がどこかで生きていていつか戻って来てくれる、それを信じることができた。だが言美は、愛する者たちを永遠に奪われ、そこにかすかな望みを繋ぐことすらゆるされない世界に放り出されたのだ。この数年間、おそらく言美は、薬なしでゆっくりと眠る、という経験をしていないだろう。その言美が、電車の中でも部屋のベッドでも、すやすやと眠っている。そして、皿の上のものを残さず食べる食欲を取り戻し、なお、まだ眠りたいと微笑んで言った。それだけでも、良かった、と素直に思う。たとえこの旅が、唯にとっては何ら希望に繋がることなく終わったとしても、少なくとも言美は、重荷のいくらかを背中からおろして眠る自由を取り戻したのだ。

言美の殺意が、こんなことで消えるとは、唯も考えてはいない。言美が、夫と子供の命を奪った犯人が刑務所を出て来る日を待ち続けて生きている事実は、唯の力では変えようがない。だが、言美にはまだ、残された時間がある。言美が復讐したいと思っている男が出所して来る日までの残された日々、言美の心が少しずつでも雪解けに向かって穏やかさを取り戻してくれれば、奇跡が言美の人生に訪れ、再び、誰かを愛し、その愛する者の為に生きよう、復讐を捨てようと思う時が来るかも知れない。

多美子に、おせっかいだと笑われても、唯は、言美の心に自分の心を重ね合わせてしまう自分を抑えることができなかった。たとえば、この旅が終わった時、言美が、自分のことを友人だと考えてくれるとしたら。それだけでもいい、と唯は思う。唯自身、本当は、友達が欲しかったのだ。親友と呼べる人間は、貴之の後輩であり、大学時代の同級生だった兵頭風太しかいなかった。だがその風太とも、ここ二年ほどは顔を合わせていない。風太の妻が、唯と風太との間を誤解していると察してからは、自分の方から風太を避けるようになっていた。ややこしいことにならないように、という保身の気持ちももちろんあった。が、それ以上に、自分の中に、風太に頼りたい、風太に、女として自分を見て欲しい、という気持ちが、ほんのわずかでもある、と自覚したからだ。それは、唯にとって、ある意味、意地だった。たとえ貴之が自分を裏切っているのだとしても、自分は、裏切らずにいる。貴之の不実をなじる資格を、持ち続けたい。

多美子に言わせれば、この上なく愚《おろ》かで、嫌な女、なのだ。自分は。

ふと雑誌から顔を上げると、猪瀬という名の泊まり客が、ぼんやりと喫煙室の壁際に立っていた。その視線の先には、飾り棚の上の、剝製《はくせい》にされた白っぽい鷹があった。

「羽が折れてる」

女性が呟いた。と思うと、顔をこちらに向けて、真っすぐに唯を見た。

「羽が折れてるんです、この鳥」

唯は呆気にとられたが、女性のまなざしがあまり真剣なのに気圧《けお》されて、立ち上がり、飾り棚のそばに寄った。

「あ、ほんとですね。でも……これは、剝製になってから折れたものではないみたい。もともと折れていたんじゃないかしら」

「どうかされました？」

オーナーの妻が、掃除用具を手に近寄って来た。

「どうしてこの鳥、羽が折れているんですか」

女性は、切なくなるほどの熱心さでオーナーの妻に訊いた。

「ああ、これね。これは、うちの人が昨年の冬に林で保護した鳥なんですよ。ノスリ、という鷹や鷲の仲間だそうです。でも色が変わっているでしょう。ケアシノスリ、とかいう白っぽいノスリじゃないかとうちの人は言ってるんですが、ケアシノスリはとても珍しい鳥らしくて、電話で大学の先生に問い合わせたら、今度見に来ると言われたんですよ。この羽は、うちの人が保護した時にすでに折れていたんです。何かのアクシデントで梢にでもぶつかったのか、それとも、人に石でもぶつけられたのか」

「そんなひどいことをする人がいるんですか！」

オーナーの妻は、苦笑いした。

「野生動物にひどいことするのは、たいてい、人間ですから。しばらくは生きていて、肉をやると食べてくれたし、なんとか元気になるといいね、と言ってたんですけどね……二週間、もたなかったんです。とても綺麗な鳥だったので、地元の剝製師に頼んで、作って貰いました」

「かわいそうに……羽が折れるなんて。鳥なのに」

「ほんとですね。鳥にとって羽が折れるというのは、他のどんなことよりも辛《つら》かったでしょうね。飛べなくなって林の中を歩き回るしかなくて。狐でも現れれば、それでおしまいですから。おふたりとも、お寒くないですか。わたしたちは慣れてしまっているのでこのくらいの気温だと、もう暖房もいらないかな、という感じですけど。お寒ければ、ヒーター、入れますよ」

「いえ、大丈夫です。厚着していますから」

唯が言うと、猪瀬は、手にしていたコートを少し持ち上げた。

「あの、わたし、お散歩して来ようかと」

「あら、でも真っ暗ですよ。ヴィレッジを出ればお店も開いてるし、街灯もついてますから大丈夫ですけれど、懐中電灯をお貸ししましょうか」

「あ、持っていますから」

「そうですか。それじゃ、お気をつけて行ってらっしゃいまし。前の道を真っすぐ降りると広い道路に出ます。そこに喫茶店もありますよ。ここの鍵は十一時に閉めますので、それまでには戻っていらしてくださいね」

「わかりました」

猪瀬は頭を下げ、カウベルを鳴らして外へ出て行った。唯は、オーナーの妻が奥に消えるまで考えていたが、決心して一度部屋に戻り、デイパックとジャケットを手に、急いで、猪瀬のあとを追った。

外に出ると、春はまだ浅く、風が冷たい。唯はジャケットのジッパーをしっかり上げて、デイパックから懐中電灯を取り出した。十時に幸枝が来るまで、まだ三十分以上ある。

かなり急ぎ足で、雪の残った地道を歩いて行くと、前方に小さく、暗闇の中を歩いている猪瀬の後ろ姿が見えた。思った通り、猪瀬は灯りを持っていない。オーナーの妻に懐中電灯を断った時、猪瀬はバッグの類《たぐ》いを何も持っていなかった。そして彼女が手にしていたコートのポケットには、懐中電灯が入っているような膨らみが見えなかったのだ。不自然だった。そして、もうひとつ、不自然なことがあった。猪瀬の右手の薬指に、指輪をはめていた白い筋が見えていたのだ。

ただの勘だった。それでも、唯の心にきざした不吉な予感は、暗闇の中を歩いて行く猪瀬の背中を見つめて歩き続けているうちに、どんどんと大きくなっていく。唯は、遂に走り出した。

「猪瀬さん！　あの、待ってください」

猪瀬が振り向いた。その時、唯の前を何か黒いものが横切り、唯の足が何かにぶつかった。唯ははじき飛ばされ、一瞬、目の前が暗くなった。

「大丈夫ですかっ！」

誰かの大声が耳から脳に入りこんで来て、唯は目を開けた。見知らぬ男が唯を抱き起こしている。

「すみませんっ、人が歩いて来るなんて思ってなくて。怪我《けが》してますか、足ですか！　痛みますかっ！」

首を横にすると、路肩の雪に突っ込むようにして転がっているバイクが見えた。どこかのペンションに繋がる路地から出て来たバイクと接触してしまったらしい。猪瀬の背中を追うのに夢中になって、懐中電灯を下に向けてしまっていたのに気づかなかったせいだろう。迂闊《うかつ》だった。

「大丈夫です。ブーツにちょっと当たっただけみたいですから」

唯はからだを起こし、足を動かして見た。打撲の痛みはあるが、骨に異常はない気がした。

「でも念のため、医者に行ったほうが。後ろに乗ってくれれば僕、夜間診療してるとこ知ってます」

「ええ、でも、医者は明日にします」

「もし骨がどうかしていたら」

「今、ちょっと急いでいるんです。あの、わたしの前の方を歩いていた、白いコートの女性、見ませんでした？」

「白いコートの……あ、そう言えば、先の方に誰か歩いていたような気はするけど」

「その人に追いつかないと。あの、バイクに乗せていただけるのでしたら、お願いしたいんですが。その人をすぐにつかまえないとならないんです。徒歩ですから、そんなに遠くに行ってはいないと思うので」

「あ、そうですか、それはいいですよ。僕、家に戻るとこでしたから。じゃあ、ちょっと待っててください」

男は倒れているバイクを起こし、予備のヘルメットを取り出して唯に手渡した。

「いちおうかぶってくれますか。このへん、ノーヘルでも止められたことなんかないけど、まだ雪が残ってるし」

唯はヘルメットをかぶり、顎《あご》の下でベルトを締めた。

男の背中に腕をまわし、タンデムの姿勢で跨《また》がる。幸い、エンジンはすぐにかかった。

「白いコートでしたよね！」

男が叫んだので、唯も、そうです、と叫び返した。

「いないですよ！　もう県道に出ちゃったみたいだ！　どっちに行ったのかな！　右に出ますか、左に出ますか！」

「湖までは遠いんですか」

「いや、すぐです」

「それじゃ、湖の方に行ってみてください。地元の女性ではないんで、たぶん、湖を目指していると思うので！」

湖畔にはペンションや軽食を出す店が点在し、散歩道も整備されている。女神湖はとても小さな湖だったが、わずかな街灯では反対側の岸は見えず、かすかに湖畔のあかりを映す水面が黒く輝いていた。

「どこかに、いると思うんです！　ゆっくりまわっていただけますか！」

「わかりました」

バイクはスピードを落とし、ゆっくりと湖畔に沿って進んだ。

「あれかな？」

男のくぐもった声が聞こえた。いつのまにか、雲間から出た月が、とても大きく湖にその姿を映している。

白い月の光が黒い水面を照らし、その光の中に、月よりも白いコートが見えた。

女は、両手を横に広げていた。湖のへり、ボートをつなぐ小さな桟橋のいちばん端に立って、まるで鳥のように、その腕は大きく、広げられている。

「降ります！」

唯が叫ぶと同時にバイクは停まり、唯は転がり落ちるようにして走った。顎の下のベルトをゆるめる暇もなく、白い鳥のように、羽を広げた鳥のようにして、湖のへりに立つ女めがけて、ひたすらに走った。

白い両手がゆっくりと羽ばたくように揺れる。

「だめっ！　やめなさいっ！」

唯は叫んだ。

叫んだ。

が、白い羽はゆっくりと空中に弧を描き、女の姿は、水音と共に消えた。

唯はヘルメットを投げ捨て、そのまま走った。そのすぐ後ろから、バイクの男が追いついて叫ぶ。

「だめだ、あんたじゃだめだっ。心臓、停まりますよ！　僕が行く！　インナーが防水なんです！」

男は唯の腕を摑んで後ろにひきずり倒すと、素早くダウンジャケットを脱いで、足から水に飛び込んだ。唯は悲鳴をあげた。白い月の光の中、黒い水の表面が激しく波立つ。いきなり、水の上に人間の頭が現れた。

「早く、この人、引っ張り上げてっ！」

唯ははいつくばり、白い布に手を伸ばした。そのまま渾身の力を込めて引っ張ると、白いコートの袖が水から浮き上がる。背後にいくつかの足音と、怒声と、何か指示を出す声とが聞こえた。

「毛布持って来い！　火だ、火も！」

「うちで湯、沸かしてるから、うちに連れて来てくれ！」

いつのまにか増えた何本もの腕が、白いコートをそれぞれ摑み、人々の力で、女のからだが水から引き揚げられた。バイクの男性も自力で這い上がり、差し出された毛布にくるまって蹲《うずくま》っている。

「息はあるか！」

誰かが叫んだ。唯は反射的に、女の口に手をかざし、心臓に耳を押し当てた。誰かが脈をとっている。

「大丈夫だ、呼吸してる！　水も飲んでないみたいだ！」

「猪瀬さん、わかりますか、猪瀬さん！　しっかりして！　しっかりしてくださいっ！」

女が薄く目を開けた。

唯を見た。

唯は、女の白いコートにくるまれた腕をそっと、自分の胸に抱いた。

「あなたの羽は、ほら、折れてなんかいませんよ」

唯が囁《ささや》くと、女は、かすかに、頷いた。

＊

「下澤さんがご無事で、何よりでした」

幸枝は、人のよさそうな顔をほころばせた。

「わたしは水に入っていませんから。でも、あの男性が、高倉さんのご親戚の方だったなんて」

「田舎ですから、親戚ばかりなんですよ、地元の人間は。真次《しんじ》は夫の従兄《いとこ》の子なんです」

「あんな冷たい水に飛び込まれて……わたしのせいで、本当にご迷惑を」

「とんでもない。真次はスキーのインストラクターと、山岳ガイドの仕事をしています。人命救助のプロなんですよ。あなたが飛び込んでしまわなくて本当に良かったと言ってました。真次がいつも着ている下着は、防寒防水の特別なものなんです。雪山で遭難した人たちの捜索の手伝いなんかもする子ですから。それにしても、いきなり入水《じゅすい》自殺だなんて。まだお若いのに」

「勘が当たって良かったです。灯りも持たずに、夜の散歩に出ると言ったので、何かおかしい、と思って。自分が落とした婚約指輪も、自分のものではないと、受け取るのを拒否していましたし」

「恋愛に躓《つまず》かれたんでしょうか」

「わかりませんが。ご両親と連絡がとれたので、明日の朝には病院に来ていただけるみたいです。親御さんの顔を見れば、気持ちも変わるのではないかと思います」

「下澤さん」

幸枝は、ストーブの前に座っている唯の手を、そっと握った。

「わたしのついた嘘は、もう、おわかりなんですよね」

唯は頷いた。

「……あのお嬢さんが、あなたの姪御《めいご》さんであることと、それに、下澤貴之の居場所をご存知ないことと。それから……渋川雪さんと貴之とが、一緒にはいなかった、ということと。高倉さんがつかれた三つの嘘については、それが嘘だということを、わたしは確信しています」

幸枝は、泣いていた。声を出さず、その頬は涙で濡れていた。

「話してください」

唯は言った。

「わたしには聞く権利が、知る権利があると思うんです。下澤貴之は……あの人は、わたしの夫です。今でも」

幸枝は、静かに、頷いた。

第六章　回転木馬

1

「大谷敬吾。敬うに吾、と書きます。ペンションの大谷さんの、甥《おい》にあたる人でした。二十年前、八ヶ岳の赤岳で行方不明になりました」

「遭難、されたんですか」

　幸枝は頷《うなず》いた。

「山岳部の学生が冬山登山していて、雪崩《なだれ》に巻き込まれたんです。その救助に向かい、急変した天候の為に捜索隊からはぐれて……二次災害でした。敬吾さんは、真次と同じように、ガイドとして働いていたんです。蓼科や八ヶ岳の自然を何より愛する、とても素朴でいい青年だったそうです。敬吾さんの母親は、最愛のひとり息子の死を信じなかったんです。遺体も見つかっておらず、その気持ちは痛いほどよくわかります。事故による行方不明の場合、失踪人宣告は一年で受けることができるんですが、敬吾さんのお母さんは、頑として敬吾さんの死を認めず、戸籍の上では、敬吾さんはずっと生存し続けることになりました。数年してそのお母さんは亡くなったそうですが、親戚の者が気をきかせて、相続手続きなども書類の上で問題がないように整えてしまったため、大谷敬吾、という人間は、姿形がどこにもないのに、書類の上には存在する、そういう状態になってしまったんです」

「それじゃ、その人の戸籍を貴之が……」

唯は、座ったままで眩暈をおぼえた。貴之にはもう、別の戸籍が、別の人生があったのだ。貴之は、社会から逃げて隠れて生きていたのではなかった。ちゃんと戸籍を持ち、堂々と暮らしていた。そこに、その選択を受け入れた貴之の意志に、唯は、自分の望みが断たれたことを感じた。

貴之は確固たる自分の意志で、別人になった。下澤貴之という人生を捨てて、大谷敬吾になったのだ。

「将来を考えて、父親の住民票がどうしても必要だったんです。たぶん、雪さんが他にどうしようもなくて、家出して以来連絡をとっていなかったお母さまに頼り、そのお母さまが大谷さんに頼んだんでしょうね。でも雪さん自身の住民票もいろいろあって動かすことはできず、ゆいは……わたしの子として生まれました。わたしの健康保険証を持って、雪さんが産婦人科で妊娠証明をとり、母子手帳を手に入れたんです。出生届もここで出しました。戸籍上は、ゆいはわたしの長女なんです」

幸枝は、長く細く、溜め息を漏らした。

「ゆいが一歳になった頃でしたか、ゆいは大谷敬吾、つまり貴之さんの養女になりました。そういったことすべて、わたしは話として聞いていただけで、ゆいにも、雪さんや下澤さんにも会ったことはありませんでした。すべて、主人と大谷さんとで取り決めて進めたことだったんです。正直、最初、わたしはあまりいい気持ちではありませんでした。でも、わたしと主人との間には子供がいませんでしたから、たとえ書類の上だけのことであっても、自分に娘ができるというのが、なんとなく嬉しくて。法律に違反していることに対しては主人に反対もしたのですが、結局、押し切られてしまいましたし、自分でも、心のどこかで、わくわくした気分がなかったわけでもないんです……ゆい、という女の子は、とにもかくにも、わたしの子供としてこの社会に誕生しました。いつか、その子に会うことができるかも知れない、自分の娘にはできなくても、その子の成長にかかわれるかも知れない、そう想像するのは、楽しいことだったんです。でも……思いもかけないことに、半年ほど前、ゆいをわたしのところで預かることになって。雪さんが病気で入院してしまい、男手ひとつでは大変だということと、ゆいが通っていた小学校でいじめにあって、不登校になってしまったことが重なったんです。ゆいは、想像していた以上にかわいらしい子で、わたしにもすぐになついてくれました。わたしもあの子が大好きになりました。でも、雪さんの病状が一進一退ということで、ゆいはとても淋《さび》しい思いをしています」

「ご病気、重いんですか」

「ええ……たぶん。詳しいことは聞いていないんですが……」

「貴之とは話を？」

「していません」

幸枝は困惑したような笑みを顔に浮かべた。

「わたしは下澤貴之さんには、ほんの数回しかお会いしたことがないんです。雪さんと、大谷敬吾として生きることになった男性とは、ずっと他の土地で暮らしていたそうです」

「他の土地、ですか。新潟でしょうか」

「いえ、福井だと聞いています」

「福井……」

そんなに、近く。

唯は、言葉をなくしていた。京都と福井。隣り合わせた土地だった。そんなに近くに、貴之はいたのだ。

「二人のことについては、主人と大谷さんとですべて進めていたようです。わたしも、あえてうるさくは訊《たず》ねませんでした。どう言えばいいのか……とにかく、ゆいを守る為だ、と言われてしまうと、承諾する以外になかったんです。戸籍の上だけのことだとしても、ゆいは、わたしの子供だったわけですから」

「貴之と雪さんがどうして逃げていたのか、なぜ、別人として生きなければならなくなったのか、その理由も訊ねなかったんですか」

懸命にこらえても、唯は、自分の声が割れ、涙と悔《くや》しさとが滲《にじ》むのを止めることができなかった。目の前にいる幸枝という女性が、あまりにも主体性がなく、あまりにも無邪気に思えたのだ。が、それは同時に、この女性の、強さ、なのかも知れないとも思った。夫を信じると決めたら何も考えずに信じる。そこには、他に何の理由も必要がない。この女性は夫を愛しているのだ。

「……主人からの説明では、雪さんが、たちの悪い人たちに追われている、ということだけでした。ごめんなさい、随分と無責任に聞こえるでしょうね。でも、ゆいをわたしが産んだことにした時点で、わたしも夫も犯罪者になってしまった。その負い目がある以上、主人が話してくれたことを信じて、それ以上は考えないようにする以外に、わたしには道がありませんでした」

「でも」

唯は、目の前にいる女性を、高い高い塀のように感じ始めていた。おそらく大谷たちは、わざと、この女性には二人がどこで暮らしているのか、一切、教えなかった。幸枝は嘘をつき通すことのできるような性格ではない。幸枝の夫は、いずれ唯か、あるいは雪を追う者の手が身辺に迫った時、もっとも陥落しやすそうな幸枝に何も教えないことで、逆に、幸枝が防波堤になるようにした。と同時に、幸枝をかやの外に置くことで、万が一の時に、トラブルの渦中からはずれるようにと考えもしたのだろう。

「でも……パンの味が」

「はい？」

「たかくらで売っているパンです。あの味に、憶《おぼ》えがあるんです、わたし。まだ二人で暮らしていた頃、夫と琵琶湖へドライヴに出かけて、マキノ、という高原に店を出している小さなレストランで食べたパンなんです。その店のパンは、当時からとても人気があって

……」

「たまたま、じゃないでしょうか。うちのパンは、自家製の天然酵母を使って焼いていますが、元にしている果物は、地元産のベリー類なんです。商売として使うには、酵母の状態が安定しにくいのであまり向かないのですけれど、香りがとてもいいパンになります。自家製の天然酵母には干しぶどうを元にするのが、いちばん一般的ですが、店によって、それぞれ、いろいろなものから酵母を作ります。うちでも夏場の暑い時は、ベリー類を元にした酵母で焼くと劣化が早いので、干しぶどうのものも使います。パンの中に入れるものによっては、長野の林檎《りんご》から酵母を作ることもあります」

「でもそれじゃ、なおさら、他の店とは風味が違いますよね」

「ええ。ただ、微妙な差をのけて考えれば、天然酵母のパンにはすべて、独特の歯ごたえというのかしら、もっちりとした食感があって、ドライイーストを使うパン屋さんのパンとははっきり違うものになるんです。その点では、ドライイーストを使わない、という共通点だけでも、おおまかに言えば同じ系統の味になりますから。パンの香りは、焼き立てと時間が経ってからとでまた変化しますし……」

「わたしは……自分の舌に自信があるわけではありません。でも……その琵琶湖のレストランのパンは、他のどんな、天然酵母のパン屋さんのものともはっきり違っていたんです。それと同じ味が、確かに、たかくらのパンにはするんです。たかくらのパンは、すべてご主人が焼いていらっしゃるんですか？」

「ええ、基本的には。でも、酵母の種継ぎは、鶸矢《ひわや》さんがやってます」

「鶸矢さん？……それってあの、写真家の」

「あら、ご存知なんですね。ええ、小松崎鶸矢さん、です。あら、ごめんなさい、小松崎、というのは、わたしの実家の姓なんです。実は、戸籍上は、夫はわたしの家に婿養子に入ったことになっています。ですから、ゆいも、小松崎ゆい、として生まれ、それから大谷家の養女になった形です。鶸矢、というのは、なんと言えばいいのかしら、写真家として作品を発表する時のペンネームですね。野鳥の鶸がとても好きで、そういう名前にしたそうです。本名は、勇三《ゆうぞう》さんです。わたしの従兄にあたる人なんですが、北海道に住んでたんです。でも、とても不幸な事故に遭われて……ご両親と、奥さんと、生まれたばかりの赤ちゃんとで車に乗っていて、酒気帯び運転のトラックと正面衝突してしまいました……鶸矢さん以外は、皆さん、ほぼ即死だったそうです。鶸矢さんだけは、バスの下にめり込んだ形になった運転席に挟まれていて、奇跡的に命をとりとめたんですけれど……下半身が動かなくなってしまって、ずっと車椅子です。誰も家族のいない身になってしまって、しかも車椅子生活では、あまりに不自由だろうから、と、わたしから連絡して、こちらに来て貰いました。生活の方は、事故の賠償金などがあるのでなんとかなっているんですけど、仕事をしないでいると気が滅入るからと、夫を手伝って、たかくらのパンを作ってくれているんです。でも今では、写真家としての才能の方が広く知れ渡ってしまいましたよね。本人も、自分には勇気もないのに勇三、という名前は荷が重かった、鶸矢の方が似合っている、と言うので、わたしたちも、鶸矢さん、と呼んでいます」

　また、だ。また、小松崎鶸矢。

　たかくら、のパンの味は、マキノ高原で食べたあのパンの味に、確かに、似ている。そして、それは、貴之が好きだったパンの味でもある。そのパンの酵母を、小松崎鶸矢が作っている。

　そして小松崎鶸矢は、貴之の撮った写真を、自分の名前で作品展に出した。

「小松崎さんに、会えないでしょうか」

　唯は、思い切って言った。

「本当は、大谷さんかあなたのご主人が、すべてを話してくだされば、と思います。でも、それは無理ですよね？　渋川雪さんがご病気となれば、なおさら、大谷さんも高倉さんも、貴之をわたしのところに返すことはできないと考える。あなたがこうやってわたしに、知っていることを話してくださるのは、あなたの知っていることが本当に、今、話していただいたことだけだからです。そして、わたしの夫が今、どこにいて、何をしているのかは、あなたもご存知ないのでしょう?」

「ええ。知りません」

「ですから、わたしは自分で捜します。突き止めます。それでしたら、あなたにご迷惑はかかりません。下澤貴之は、今でも戸籍の上ではわたしの夫です。わたしには、夫の行方を知る権利があります。でも、お約束します。たぶんあなた方は、ゆいちゃんとわたしが接触することをいちばん怖れていらっしゃるのでしょう。わたしがゆいちゃんに、真実を告げてしまうことを、なんとしてでも阻止したいと思っていらっしゃるのでしょう。だから、お約束するんです。ゆいちゃんには、もうこれ以上、わたしからは近づきません。夫のことも、わたしの素性も、絶対に話しません。それを約束する代わりに、小松崎鶸矢さんと直接、お話がしたいんです」

「でも……なぜ鶸矢さんと?　あの人が、下澤貴之さんと何か関係があるんですか?　そんなことはあり得ないと思いますよ。あの人は、わたしの従兄です。主人の親戚ではありません」

「なぜ会うのか、その理由は今は言えません。ごめんなさい。わたしが小松崎鶸矢さんに会うと知ったら、大谷さんやあなたのご主人が、先回りして、貴之に繋がるものを、それがなんであれ、隠すか消すかしてしまうかも知れない。わたしの気持ちはわかってください。これでも、わたしは自分を抑えています。それが貴之の意志であったとしても、何ひとつ説明されずに、十二年もの間、ほったらかしにされたわたしの気持ちを、どうかくんでください。わたしにそのつもりがあれば、警察に駆け込んで、強引に何もかも、暴《あば》いてしまうことだってできるんです。でもそんなことをして、あのゆいちゃんや、入院している渋川雪さんを、必要以上に苦しめたくはない。わたしはただ、貴之に会って、貴之の口から、なぜ失踪したのか、そしてなぜ、わたしのところに帰らず、連絡もとらないまま、別人となって生きて来たのか、その理由が聞きたい、今はただ、それだけなんです！　段取りをつけてくださいとは言いません、ただ、どこに行けば小松崎鶍矢さんと話ができるか、それを教えてくれるだけでいいんです。そして……できれば、それをわたしに教えたことを、ご主人に黙っていていただければ。決してご迷惑をかけないようにしますから！」

唯の言葉の強さに、幸枝は戸惑った顔でしばらく考えていたが、やがて、ゆっくりと頷いた。

「わかりました。……わたしから聞いた、と言わないでいただけるのでしたら、鶍矢さんのアトリエの場所をお教えします。車でないと、不便なところですが」

「車はあるので、大丈夫です」

幸枝は頷いて、バッグの中を探し始めた。唯は、背負ったままでいたことも忘れていたデイパックを慌てておろし、中から筆記用具とメモ帳を取り出して幸枝に手渡した。幸枝は、生真面目に、略図を描いてくれた。その丁寧な仕草を見ていると、こんな女性にわずかでも、夫を裏切らせるようなことを強要していることに、心がちくちくと痛んだ。それでも、自分がこの人の夫や大谷から受けている仕打ちは、もっと怒りをこめて対処してもいいはずのものなのだから、と、無理に自分を納得させる。だが、不思議なほど、高倉と大谷に対する恨み、憤り、といったものは唯の心に、なかった。結局は、貴之の意志がすべてを決めたことなのだ。貴之にあたしを裏切る気持ちがなければ、大谷がどれほど綿密に完璧に計画を立てたとしても、十二年もの間、貴之が別人として暮らして来ることはできなかっただろう。

ある意味、勝負はついているのだ。貴之はあたしを捨てた。たとえあたしが、貴之と対面して、そのことを責めたとしても、それで貴之を取り戻せるわけではない。

唯は、無力感で泣き出しそうになりながら、幸枝の描いてくれた略図をメモ帳から破り、畳んで、握りしめた。

2

病院を出た時はもう、朝の光が、路肩で固まっている雪に反射してまぶしかった。自殺をはかった女は、まだ目覚めていないが、命の心配はなくなったと担当医師が言ったので、ペンションに戻ることにした。ゆっくりと、女神湖の上を吹く早春の風を吸い込みながら歩いて戻った。二十分程度の時間だったが、肺の中の空気がすっかり入れ替わり、新しい血が全身を駆け巡っているような爽快《そうかい》な気分になれた。仕事柄、徹夜には慣れているので、さほどの疲れも感じない。目に入るものすべて、肌で感じるものすべてが、清冽《せいれつ》で、一本気で、この高原の湖には、何か魔法の力でも潜んでいて、心の澱《よど》みを綺麗に消してくれるような気さえする。

貴之のことなど、もうどうでもいいじゃないの。唯は、自分の心の中で、その朝、もうひとりの自分が新しく生まれたことを感じていた。その新しい自分は、一刻も早く何もかも終わらせて、自由になりたい、と望んでいる。

出逢って五年後に、貴之はいなくなった。そしてそれから十二年が過ぎた。貴之のいた人生は、あたしの歴史の中で、たったの五年なのだ。その五年の為に十二年も費やして、まだなお、何を犠牲にしようとしているのか。病床にいるという渋川雪や、その娘であるあの少女が貴之を必要としているのならば、くれてやればいいのだ。少なくともあたしは、貴之なしでこの十二年をちゃんと生きて来られたのだから。

唯は、ペンション村に入る道をゆっくりと歩きながら、ひとりで笑い出していた。

ここまで来て、あともう、ほんの一歩で貴之に逢える今になって、あたしはやっと、諦《あきら》めようとしている。もっと早く諦めていれば、もっと楽に生きて来られたかも知れないのに。あたしって、愚図《ぐず》だ。

踏みしめる土には、真冬の固さはもう、ない。ゆるんだ残り雪の下から、黒い土の色がところどころ見えている。まだ林の縁には、除雪ブルドーザーが寄せて固めた雪の塀が冷たくそびえているが、その奥の白樺の枝からは、雪がほとんど消えていた。気温が上がり、そして樹木が活動を開始して、樹液がさかんに循環するようになると、枝の雪は見る間に消えていく。湖の氷も、岸に近いあたりはすっかり溶けていた。

下界ではもう、春もそろそろ本番を迎える。梅も桃も咲き始めただろう。この高原では、まだ、花々が開くには少し間がありそうだったが、それでも、国道沿いの日当たりのいい場所にはタンポポだって咲いていた。

何もしなくても、時は巡る。春が来て夏が来て、秋が来て冬になる。冬が溶ければまた春が来る。うつろいながら、すべてはじわりと回転している。この世界のすべてのものが、ゆっくりと、大きな輪を描いてまわっている。

自分と貴之とは、並んだ木馬に乗っていた。そのまま何事もなければ、回転が停まるその時まで、木馬は二つ、並んだまま、そして二人も、並んだままでいられただろう。だが途中で、貴之は、別の木馬に跨《また》がった。回転は続く。終わりの日が来るまで続く。そして、回転木馬の上で、それぞれの木馬の距離は決して変わることがない。貴之が、自分の隣りにあった木馬から、他の木馬に移ってしまった時、自分と貴之の間には、もう決して縮《ちぢ》まらない、永遠の、固定された距離が生まれた。

そして、回転が終わるその日まで、自分の手は、貴之の心に届かないのだろう。

貴之が、それを望んだのだ。


「下澤さん！」

ゆるい登り坂になっているペンション村の道路の先に、エンジ色のダウンジャケットを羽織って手を振る、言美の姿があった。

「天野さん！　ごめんなさい、ほったらかしにしてしまって」

唯はうっとりとなった。スプーンを差し込んで上下に割り、車山高原で売られているという地元のはちみつをたっぷりと塗る。とても贅沢《ぜいたく》で、なぜか涙が込み上げて来るような味だった。

「当日予約、というのは、珍しいと言えば珍しいんですけど、観光案内所からの連絡でしたから、そう不思議にも思いませんでしたしね。女性でも、ひとり旅をして気のむくままに列車に乗って、という人は、増えていますから。ペンションって、女性にはとても安全な宿でしょう？　我々のようなオーナーが一緒に寝泊まりしていますから、何かあってもすぐ警察に通報できますし、お客さんの数が限られるので、お互いに顔を憶えてしまいますものね、そう悪いことはできません。暗くなってから食事のために外出する必要もないし。ですから、ひとり旅の女性を特別警戒する、っていう意識はなかったんですよ」

「計画的な自殺なのかどうか、わからないと思うんです」

唯は、熱いコーヒーで徹夜の疲れを洗い流しながら、考え考え、言った。

「覚悟の上の旅だったのかそれとも、ただ、傷心を癒《いや》したいと旅をしていただけなのか。指輪の件が、どうしても、ひっかかるんです」

「指輪、ってあの、下澤さんがお風呂場で拾われた？」

「ええ。あの指輪は、エンゲージ・リングでしたよね」

「そうですねぇ……確かに、一粒ダイヤでしたね」

「ファッションで一粒ダイヤを身に付ける人も、今はけっこういるかも知れません。ただいずれにしても、一粒ダイヤの指輪をつけたままでお風呂に入る人って、いるでしょうか。脱衣場に落ちていたのならともかく、わたしがあれを拾ったのは湯船のすぐそばです」

「はずすのを忘れたとか？」

　オーナーが言ったが、オーナーの妻が即座に首を横に振った。

「忘れて入っちゃったとしても、湯船につかる前に気づくわよ。かけ湯はするだろうし、お化粧をお風呂で落とす人だって多いし。気づいたら、そのままにしておくなんて考えられないわ。だってあの指輪、けっこう、高価そうだもの」

「イミテーションじゃないかな。イミテーションだから、つけっぱなしでも平気だったのかも」

「それでも、意識していて落としたなら気づいて拾うでしょう。第一、あの人、指輪は自分のものじゃない、と言ってたわ」

「指に、指輪をはずした痕がくっきり残っていました。たぶん、あの指輪は彼女のものです。それでわたし、思いついたことがあるんです。わたしが指輪を拾い上げたのは、湯船の近くの排水口のところでした。あの排水口の、ゴミ除けの金具は、縦にスリットが入っていましたけれど、割合に幅が広いみたいでしたね」

「ええ、あの下にもうひとつ、ザルみたいな金具があって、細かいゴミや髪の毛は下で受けるんです。上の金具は、もっと大きなものが下に落ちないようにしてるだけです。ザルだけだと、一気に湯が流された時、ザルの上に溜まった髪の毛や小さなゴミが、また外に流れてしまうんですよ」

オーナーの説明に、唯は頷いた。

「キッチンシンクのゴミ受けのついた排水口と同じですね。でも、あの金具の下にザルがあることは、外からはわかりませんよね。もしかしたら、猪瀬さんは、わざと指輪を排水口から捨てたんじゃないでしょうか」

「どうしてそんな……」

「すべては想像です。間違っているかも知れません。猪瀬さんは、指輪をはめたままで脱衣場に来てしまったことに気づいた。もともと彼女は、その指輪をどうしたらいいのか、悩んでいたんじゃないかと思うんです。指輪を贈ってくれた相手に返そうか、それとも捨ててしまおうか……持ち続けようか。迷ったまま旅に出て、その旅で、指輪をどうするか決めようと考えていた。それはつまり、自分の恋愛の結末をどうつけるか決める、という意味です。指輪をしたままで風呂場に来てしまったと知った猪瀬さんは、ふと、その指輪を水に流してしまうことを思いついたんじゃないでしょうか。それで、排水口のスリットに、指輪をわざと落とした。ところが、彼女のあとでわたしが入浴して、湯を流したので、ザルに受け止められていた指輪が、一時的にザルに湯がたまったことで浮き上がって、何かの拍子にスリットから外に流れ出た。それをわたしが見つけてしまった」

唯は、コーヒーをすすり、ゆっくりと言った。

「つまり……彼女を自殺に追い込んだのは、わたしなのかも知れません。わたしがあの指輪を拾ったりしなければ……」

「そんなこと、何の関係があるの？　下澤さん、考え過ぎよ」

言美は言ったが、唯は、首を横に振った。

「考え過ぎなのかも知れないけど、猪瀬さんが回復されたら、確認してみたいんです。もしわたしの想像通りだとすると、猪瀬さんは、排水口に流したはずの指輪が戻って来てしまったことに、何より、強いショックを受けたんじゃないかと。あの、すみません、昨夜、猪瀬さんの食欲はどんな感じでした？　お食事がとてもおいしくて、わたしたちはすっかり満腹してしまったのですが……」

「そうですねえ」

オーナーの妻は、眉を寄せた。

「あまり食欲があるようには……お肉は半分ほど残してありましたし、デザートは、いらないとおっしゃって。でも、女性で小食な方は珍しくないですし……」

「まあ、顔色は悪かったな」

オーナーは顎鬚を引っ張りながら言った。

「貧血気味なのかな、と思ったくらいだから」

「ああ、そうね、あなた、プルーンのジュースを朝食に出そうか、って言ってたものね」

「チェックインの時から、健康はつらつ、というふうじゃなかったけど、夕食のテーブルに座った時には、顔から血の気がひいてるみたいに見えたよ。でも、下澤さん、それが指輪のせいだと言うのは、やっぱり飛躍が過ぎるんじゃないですか。あの指輪が本当に猪瀬さんのものなのかどうかもわからないし。いずれにしたって、あなたのおかげで彼女は命をとりとめたんだから、あなたが責任を感じることはないですよ。僕は午後にでも病院に行ってみます。下澤さんたちはどうされますか。大谷さんから伝言も聞いてるんだけど」

「すみませんでした、ほんとに」

「いや、高倉さんから携帯に電話が入ったから、事情はすぐわかったみたいですよ。でも下澤さん、大谷さんとお知り合いだったんですね」

「ええ。前に来た時に、少し」

「大谷さんが、ここをチェックアウトするならホワイトウェイヴの方に移ってくれてもいい、と言ってましたが」

「こちら、今夜は満室なんですか」

「いや、大丈夫ですよ」

「でしたら、荷物を移動させるのも大変ですし、このままこちらに、今夜もお世話にならせていただいていいですか」

「もちろん、うちは歓迎です。あ、費用はいいですよ。大谷さんが、もしここに続けて泊まるなら、大谷さんの方で宿泊代を持つって言ってましたから」

「そんなこと、いけません。わたしがちゃんと払います」

「そんなに気にしなくていいんですよ。ホワイトウェイヴとうちとは、しょっちゅう、いろんな融通をきかせ合ってるんですから。ほら、あの人も佐渡で長くペンションをして、こっちに移ってまだ日が浅いでしょう。実はうちも、前は千葉の方にいたんです。ここは友人がやってましてね、その友人が腎臓病になっちゃって、もうペンション経営はきついからって、安く譲ってくれたんです。そんなんで、他所者《よそもの》同士、大谷さんとは仲良くやらして貰ってます。どうせ週末までは満室になりませんから、大谷さんに実費だけ貰って、こちらで歓待させていただくことにしますよ」

「費用のことは、ほんとに。大谷さんにご迷惑をおかけするわけにはいかないんです。普通に宿泊させていただければ、それで」

「いずれにしても、下澤さん、少し休んだ方がいいわ。ゆうべ徹夜でしょう?」

言美が心配そうに言うと、オーナーも立ち上がった。

「そうですね、休まれた方がいい。もし入浴されたいのでしたら、お風呂の用意もしますよ」

「いいえ、大丈夫です。ほんとにもう、気をつかわないでください。余計なことをしてご迷惑をかけたのはわたしなんですから」

「とんでもない」

オーナーは、強く首を振った。

「あなたがいなかったら、今ごろは、猪瀬さんの遺体が女神湖に浮いてました。溺死体が浮くなんて、女神湖のイメージダウンだし、この近辺に泊まってリゾートを楽しんでいるお客さんたちだって、気分を害します。それに噂《うわさ》が怖い。うちのペンションで死んだ、なんて間違った噂がインターネットででも流れたら、これから春になって観光シーズンなのに、大変な目に遭うところでしたよ。あなたのおかげで、うちも、ペンション村やこのあたりのホテルも、みんな助かったんです。大谷さんが費用を持たなくても、あなたから宿泊料はいただけないですよ」

唯は、あまり料金のことで言い争うのも行儀が悪い気がして、あとでまた説得しよう、と考えながら、いちおう、頭を下げた。大谷が宿泊費を持つ、という話を聞いた時にはとても驚いたが、オーナーの説明を聞けば、大谷につまらない下心があるわけではないのだな、と理解できた。自殺者が出るのを未然に防いだということに対して、オーナーも大谷も、本気で自分に感謝しているのだろう。

徹夜には慣れていたので、自分ではさほどの辛《つら》さはなかった。できればすぐにでも、小松崎鶏矢のアトリエに向かいたい。だが、言美が賛成してくれないだろう。言美は、自分は観光して来るから寝ていて、と言って、出かける仕度をしていた。

「観光って、どのあたりを？」

「オーナーの鈴木《すずき》さんが、諏訪まで買い物に出るんですって。せっかくだから、諏訪大社とか見てみたいな、と思って。買い物が終わったら、また車に乗せて連れて帰ってくれるって言ってくださって。下澤さんの活躍のおかげで、あたしまで、なんだか特別待遇してもらっちゃって、悪いみたい」

「車に同乗させて貰うだけなんだから、そんなに気にすることないと思いますよ。ペンションの場合、車のない宿泊客をオーナーが送迎するのなんて、珍しくないでしょう」

「でも、諏訪まではけっこう遠いでしょう？」

「そうですね……茅野からでも四十分はかかったから、諏訪までだと、雪もまだあるし、一時間では着かないかな。諏訪大社は、学生の頃に一度、行ったことあります。さすがに歴史のある神社で、なかなか迫力がありますよ」

「帰りは夕方になっちゃうかしら。下澤さん、お昼ご飯、奥様に頼んでおきましょうか」

「いえ、いいです。朝ご飯、あんなにいっぱい食べちゃったから、夕飯までお腹、空かないと思います」

「下澤さん、目が覚めても、今度はひとりで出歩いたりしないでくださいね」

言美は真剣な顔で言った。

「あたし、下澤さんの役に立ちたいの。ご主人の失踪の真相、突き止める役に立ちたいんです」

「天野さん……」

「役に立つ、と思ったから、ここまで連れて来てくれたんでしょう？」

言美の目は、痛いほど輝いていた。

「わかってるの。下澤さんは、何もかも知ってる。あたしがどんな女なのか、ちゃんと知ってる。猪瀬って人のこと、ほんの少し見ただけで、自殺するかも知れないって感じたんだもの、あなたはそういう人なのよ。人の心の、傷んでささくれて、ただれているところがあなたには見える。ね、見えるんでしょう？　あたしが何をしようとしているのか、わかるんでしょう？」

「天野さん、わたしはそんな」

「いいんです。わかっていいの。わかって、欲しいの」

言美は大きく頷いた。

「あたしは、夫と子供を殺されました。犯人は死刑にならず、まだのうのうと生きています。犯行時錯乱していて、自分のしていることがわかっていなかった、計画的な犯行でもなく、突発的なものだった。そんな理由で、減刑になったんです。そのことが嘘だとは思ってない。本当のことなんでしょう。犯人は、逆上して、わけがわからなくなって、あたしの夫と子供を殺したんでしょう。でも、だからどうだって言うの？　あたしにとっては、計画的だろうと突発事故だろうと、錯乱していようといまいと、病気だろうとなかろうと、そんなこと、何の関係もないわ！　あたしにとっては、ただ、何の落ち度もなく悪いこともしていなかったのに、最愛の家族を惨殺された、そういう事実があるだけなのよ！　あいつが死刑になったって家族は帰って来ない。そんなこと、わかってます！　わかってるけど、でも、他にどうすれば、無念が晴れるの？　少しでも気持ちが軽くなるの？　あいつがのうのうと生きていると思うだけで、あたしの心は、どろどろに煮えたぎって、その煮えた心であたし自身が火だるまになっちゃうのよ！　だからあたしは、殺します」

言美は言って、大きく、息を吐いた。

「他に、この地獄から這い出る方法がわからないから。あいつを殺したらあたしまた別の地獄に落ちるだろうけど、それでもいい。少なくとも、仇《かたき》をとってやった、そう思うことで、殺された家族に対して、何もしなかったわけじゃないんだよ、って言い訳できるもの。あたしは、そういう女なんです。人を殺すことをずっと考えている。ずっとずっと考えている。あいつが外に出て来たら、殺す。今のあたしには、他に道が見えないの。でもね」

言美の頬に、涙が流れた。

「小松崎鶸矢の写真を見た時、ほんの一瞬だけ、幻みたいに、見えた気がしたの。もうひとつの、道。別の、未来が。あなたはそれを見抜いたんだわ。だからあたしをここまで連れて来てくれた。あなたのご主人の行方を、小松崎鶸矢は知っている。あの写真家が、きっと、すべての鍵なのよね。だからあなたは、小松崎鷚矢に逢うためにここに来た。でも、あなたに本当のことを言ってくれるはずはない。その気があるなら、昨年あなたがここに来たと知って、すぐにあなたに連絡していたはずだもの。あなたは、小松崎鷚矢に本当のことを言わせる為に、あたしを連れて来た」

「天野さん……ごめんなさい……」

「いいんです」

言美は微笑んだ。

「それで、いいんです。小松崎鷚矢と直接逢えば、きっと、あたしには別の道が見える。そして、あの写真を撮った人ならば、そんなあたしの前で、嘘なんかつけない。人の命を奪いたいと切望している女が、命の重さを知りたくてあの写真にすがっているんですもの、命の重さを写し続けている芸術家なら、あたしに向かって、つまらない嘘なんか、つけるもんですか。きっと、あたしは、小松崎鷚矢の心をかき乱すことができると思います。あなたの知りたい真実を、写真家は、必ず、教えてくれる。教えずにはいられなくなる」

自分では疲れていないと感じていたのに、ベッドに横になると、すぐに眠りの底へと引きずりこまれ、ふ、と気づいた時には、部屋の時計が午後三時を示していた。言美はもう帰って来たのだろうか。すぐにでも小松崎鶸矢のアトリエに駆けつけたい、という気持ちは強かったが、ひとりでは小松崎鶸矢のところへ行かない、と約束した以上、待つしかない。

3

身支度を整えて階下に降りると、フロントの前には荷物を持った男女数人がいて、鈴木の妻、真理《まり》が、チェックインの手続きに追われていた。三時というのは、ペンションやホテルのチェックイン開始時刻なのだ。男女のグループは、年齢に幅があるようだった。三十代から五十代といったところか。何人かは、首から立派な双眼鏡をぶら下げている。バードウォッチングの同好会か何かだろうか。まだ春は浅いが、それでも、小鳥の声は白樺の林の中に聞こえていた。

手続きをしながら、真理が唯に気づき、手招きした。そばに寄ると、フロントの後ろのドアを指さす。

「中に。軽く、お昼用意してありますから」

唯は恐縮したが、忙しそうな真理に向かってくだくだと遠慮していても邪魔になるだけなので、頭を下げてドアを開けた。事務室のようなスペースと、その奥には、広い厨房がある。厨房の窓からは、食事をするダイニングルームが見えていた。

事務スペースのテーブルの上に、保温容器に入った紅茶と、サンドイッチが用意されていた。ただの宿泊客なのに、猪瀬というあの女性の自殺を失敗させたことで、妙な英雄視をされるのも困るな、と、少し思う。言美が言うように、自分は、不幸な女の心には敏感なのかも知れない。だがそれは決して、自分が優秀な探偵だからではない。ただ単に、自分と同じ匂いのする存在が気にかかる、それだけのことなのだ。

サンドイッチはとてもおいしかった。卵の味もハムの味も濃い。やはり地元の産物なのだろう。

「ごめんなさいね、ほったらかしにしてしまって」

真理が部屋に入って来た。

「とんでもない。お忙しい時間なのに、すみません」

「今だけなのよ。今夜は、あなたたちと、今のグループだけだもの。でもあちらは七人だから、夕飯の時はちょっと賑《にぎ》やかになり過ぎるかも知れませんね。もし静かにお食事なさりたいなら、時間、ずらしてもいいですよ。あの人たちは六時半からだから、八時には食べ終わる頃だわ。七時半頃、食堂に来ていただいたらちょうどいい感じかも」

「それでは二重手間でしょう」

「ぜんぜん。今夜はセルフサービスのメニューだから」

真理は言って、おどけるように肩をすくめた。

「泊まり客の人数が多い時はよくやるんですけど、メインはチーズフォンデュなの。チーズは地元の牧場産で、パンは、たかくらのパンだから、とってもおいしいんですよ。白ワインも勝沼《かつぬま》産だし、キルシュの代わりに、夫が漬け込んださくらんぼのリキュールを使うんです。お砂糖をぎりぎりまで減らして、くせのない焼酎で漬け込んださくらんぼ酒なの。毎年作ってるけど、料理に使えるようになるのは三年物からなんです」

「なんだかすごい。おいしそうですね」

「うちでいちばんの人気メニューなんですけど、お客様に出す時はたかくらに頼んで、うちのチーズフォンデュにいちばん合うような特製のパンを焼いてもらうんで、少しばかりだと頼みにくいもんだから、ある程度、お客様が泊まっている日しかできないんです」

「とても楽しみです」

「じゃ、七時半でいいですね」

「ええ、お願いします。さっきの皆さん、バードウォッチングのグループなんですか」

「あら、双眼鏡に気づきました？　なんだかね、鳥以外でも、なんでもウォッチングする、なんて言ってましたよ。インターネットの何かの集まりで知り合った人たちなんですって。いいわよね、今は。男女も年齢も関係なく、趣味の合う人同士で連絡を取り合うことが簡単に出来て。山遊び同好会なんだそうです。本格的な山歩きは疲れるのでしたくない、そんな体力もない、でも自然は好きで、ちょっと自然が綺麗なところを散歩して、鳥を見たりどんぐりを拾ったり、そんなことをしましょう、っていうグループなんですって。あ、そうそう。大谷さんからさっき電話があって、もし下澤さんが起きられて、体調の方がいいようなら、少し話ができないだろうか、って言ってたんですけど、どうします？　ここに来て貰うなら、電話しておきますけど」

「いいえ、それではご迷惑ですから」

「別に構いませんよ、夕飯まで時間あるから、ダイニング使って貰ってもいいし。その方がいいんじゃないかしら、ホワイトウェイヴは今、クロスカントリースキーの大学チームが泊まってるはずだわ、練習合宿で。この時間だとまだトレーニングで外にいるかも知れないけど、もうぼちぼち、戻って来るだろうし。大学生が十数人もいたんじゃ、賑やか過ぎて話ができないでしょう」

「すみません……何から何まで」

「いちいち謝らないでくださいな。ペンションってのは、お客様に家族や友人にするみたいなサービスができるから存在価値があるんですよ。下澤さんだけ特別扱いしてるんじゃなくて、このくらいは、どなたにだってしてることですから」

真理は朗《ほが》らかに言って、事務机の上の受話器を手に取った。


ダイニングのテーブルで、真理がいれてくれた紅茶のお代わりを飲んでいると、ほどなくして大谷が現れた。とってつけたような挨拶を交わしている間に、真理は、厨房に通じる窓ガラスを閉め、ドアもきっちりと閉めて姿を消した。広いダイニングルームに、大谷と二人きりになると、胸が締めつけられるような圧迫感があった。

大谷憲作は大柄な男で、雪焼けした顔に大きな目が印象的だ。穿《は》き古したジーンズにネルシャツ、足にはスノーブーツ。めくられたシャツから覗《のぞ》く腕は、太く、逞《たくま》しかった。この男を本気で怒らせて暴力でもふるわれたら、怪我《けが》では済まないかも知れない。

だが、瞳の輝きはどこか優しく、唇がふっくらとしているのも、性格の明るさを示している気がする。

悪人ではないはずだ。唯は、おびえそうになる自分の気持ちを引き立てた。この人は、悪人ではない。あたしを苦しめたくて、貴之を隠しているのではない。他にどうしようもなかった、どうしようもないと思ったから、あたし、という存在がこの世界のどこかにいることを、あえて、無視しただけなのだ。

だが、あたしは、確かにここにいる。

下澤貴之の法律上の妻として。

「昨年、川崎さんと見えた時に、下澤唯さんだと名乗っていただいていれば、もっと早く、あなたと直《じか》に話をする気になったんですが」

大谷は、静かに言った。

「いえ、いいんです。責めているわけではありません。あなたを責められるような、どんな理由も権利もわたしにはない。あなた方に信用して貰えないのは当たり前です」

「お訊ねしたいことはたくさんあります。でも、今は、とにかく大事なことだけ確認させてください。貴之は……わたしの夫である下澤貴之は、生存しているのですね？」

大谷は、深く、頷いた。

唯の胸に、説明のつかないものが一気にこみあげ、とめることができず、唯は号泣していた。

大谷は何も言わず、ただ、頭を下げて、唯が泣きやむのを待ち続けた。唯は泣きやもうと懸命にこらえたが、あとからあとから、嗚咽《おえつ》が漏れてまた泣き声へと変わってしまう。子供のように泣きながら、唯は、自分の泣き声を自分の耳で聞き、自分で呆《あき》れていた。感情のコントロールなど、もうできない。できっこない。あたしはこの程度の、弱い人間だったんだ。まるで子供みたいに、こんなにみっともなく泣いて、泣いて、泣いて。その泣き声が滑稽《こっけい》で、今度は笑いが込み上げて来る。泣いているのに、心のどこかは笑っている。大笑いしている。

貴之は生きている。この十二年、元気で、のうのうと、楽しく暮らしていたのだ。なのにどうして、そんな男をここまで待って、追って、こんなに心配して、心がばらばらになるほど苦しんでいなければならなかったのか。

熱病にでもつかれたように、唯は、ヒステリックに上体をゆすりながら、泣き続け、笑い続けた。だがやがて、下腹のあたりから強い倦怠《けんたい》感が湧き起こり、背中を支えていられなくなって、テーブルにつっ伏してしまった。

「大丈夫ですか、下澤さん！」

大谷の腕が唯の背中にあてられ、そっと、上下する。その熱を薄手のセーターの上から感じて、唯は、少しずつ、呼吸を取り戻し、まともな意識を取り戻していった。

「ごめんなさい」

唯は、伏したままで横を向き、ゆっくりと呼吸した。ゆっくりと吐いて、ゆっくりと吸う。それを繰り返し、やがて頭の中の霧が晴れるように、気持ちはすっきりと落ち着いた。

「ほんとに……ごめんなさい。取り乱してしまって」

「……無理もありません」

大谷の声は、涙声だった。

「我々の……わたしのせいだ。こんなにあなたを苦しめて……わたしの罪なんです。すべて、わたしが、わたしが……」

「違うと思います」

唯は、呼吸を整えながら、からだを起こし、椅子に座り直した。

「本人が、夫がそう望んだ。責任があるとすれば、夫自身に、です」

「いや、それは違うんです。彼は巻き込まれた。そして、彼が何もかも知った時には、もう……」

「ゆいちゃんがいたんですね。だから、後戻りできなかった」

大谷は黙って頷いた。

「それでも、わたしのところに戻らずに、ゆいちゃんとそのお母さんを守ろうと決めたのは、夫自身です。わたしは、もう……他の誰も責めるつもりなんかありません。貴之に逢って、貴之を責めます。なじります。それから……京都に帰ります」

「下澤さん……」

「法律的なことにかかわる気もありません。京都に戻って貴之の失踪宣告を申請します。それでわたしも、独身に戻れます。でも、その前に、貴之ときちんと話したいんです。逢って、顔を見て、話したいんです」

「わかっています……当然のことです」

大谷は、言ってから、テーブルに額をつけた。

「わかっているんですが、この通り、どうか、もう少しだけ時間を、時間をくれないでしょうか」

「どうしてですか？　わたしは、無理に貴之を連れ戻すつもりはないんですよ。ただ、逢いたい、それだけなんです」

「雪ちゃんが」

大谷は、顔を上げた。その日焼けした頬に、いく筋も涙が流れていた。

「雪ちゃんが……死にます。もう助からないんですよ。もう……」

「そんなに」

唯は、喉に何か大きな塊を呑み込んだような息苦しさに、空咳《からぜき》をした。

「……そんなに、お悪いんですか。入院していらっしゃるとはお聞きしたんですが……」

「癌《がん》です」

大谷は、がっくりと肩を落としたまま、絞り出すような声で言った。

「……下澤さんには、大谷敬吾の戸籍が用意できたんですが、雪ちゃんは、ずっと渋川雪のままでおったんです。雪ちゃんの住民票を移せば、誰かに居場所を知られてしまう。だから健康保険証を使うことができなかった。もともと丈夫な子で、この十数年、出産の時以外には医者とは縁もなかった。それで、ついつい、具合が悪くても病院に行かないままでいて……下澤さんは、金なんかいくらかかってもいいから病院に行けと、雪ちゃんにきつく言っていたらしいんですが、雪ちゃんはずっと、病院に行ったけどなんともなかった、風邪だ、疲れだ、と嘘ばかりついていたようです。突然倒れて、救急車で……もう、からだ中のあちこちに転移していて、どうにもならないと。それでも東京まで連れて行って、癌の専門医にもあちこち診《み》せたらしいです。結局……その時点で余命半年と言われました。もう……それからすでに五ヶ月が経ちます……」

唯は、愕然とした。たった……ひと月。自分よりも若く、ゆいのような娘のいる女性が、あとひと月ほどしか生きられない……

「週末に、雪ちゃんは退院します。そしたらゆいと一緒に家族三人、一日でも長くいさせてやりたい。次に入院したら、たぶんもう、雪ちゃんは生きて退院することはできないんです。敬吾さん……いや、下澤さんには……雪ちゃんが逝ってしまったら、もとのあんたに戻って、あんた自身の人生に戻ってくださいと言いました。けどそれまでは……一緒にいてやって欲しいと頼みました」

大谷はすすり泣いていた。さっきとは立場が逆転し、唯はただ、おろおろしながら、すすり泣く大谷を見つめていた。

「雪ちゃんの母親は、わたしにとって、命の恩人なんです。あの人が病気で亡くなる前に、わたしの手を握って、雪を守ってやってください、と頼まれた。わたしはその時、命がけで守る、と約束した。雪ちゃんが神様に召されれば、わたしと渋川さんとの約束もそれで終わります。それまで……長くてもあと一、二月、貴之さんと逢うのは待って欲しいんです」

「貴之は……夫は……優しい人です」

唯は、大谷の顔を見つめながら言った。

「とても優しい……だからきっと、わたしと逢ったからと言って、気持ちを変えたりはしない。最後まで、雪さんのそばにいると言うと思います」

「それでも……あの人は……敬吾さんは嘘がつけない。それでなくても、死と向かい合って過敏になっている雪ちゃんが、あなたが現れたことを知ったら……あなたと敬吾、いや、貴之さんが逢ったことを知ったら……激しく動揺します。あの子はカンの鋭い子で、すぐにパニック状態になるんです。それでなくても、最後の体力を振り絞って生きている状態です。興奮してからだに障《さわ》ったら……それだけ、ゆいにとっては、母親と一緒にいられる時間が短くなってしまうんです。……わかってください。こんなお願いが、あなたにとっては理不尽で、とんでもないことだ、というのは、もう、重々承知しているんです。そこをなんとか、なんとか、お願いいたします。なんとか……なんとか……」

大谷はまたテーブルに額をこすりつけ始めた。唯は、立ち上がり、大谷の肩に手を当てた。

「もう、やめてください」

唯は言った。

「逢わせていただけないということは、どこにいるかも教えてはいただけない、ということですよね。……それでしたら、もういいです。いつか、逢わせていただける時が来るまで、あなたにはお願いしません。でも……でも、貴之に、雪さんが亡くなるまで逢わない、という約束を今ここですることは、わたしにはできません。ここに来るまでに、わたしもわたしなりに、苦しんで来ました。雪さんの存在がわかった時から、いっそ、眠ってそのまま目が覚めなければいいとまで思うほど、苦しみました」

大谷が顔を上げた。その目には、おびえに似た色があった。

「わたしに天使になることを望まないで。期待しないで。夫やあなた方、雪さんも幸枝さんも高倉さんも、みなさんがわたしに対してした仕打ちは、とても、とても残酷なものだったんです。そのことは忘れないでください。そして、わたしに何かを頼んでも、いくら、いくら頭を下げて頼んでも、すぐにはいはい、と承知できるほどにはもう、わたしの心は、丈夫ではないんです。十二年苦しんで、もうすっかり、ぼろぼろなんです。わたしにも考える時間が必要です。雪さんが生きているうちに貴之に逢うことが、わたしには必要なんです。雪さんが死んでしまってからでは、貴之の心の底にあるものを聞き出すことはできない気がするんです。それでも、それが雪さんの命を縮めると言われてしまえば、諦めなくてはならないのかも知れない。そのことを、もう少し考えさせてください。もう少しだけ」

唯は、自分の声がひどく冷たい気がして、その冷たさに情けなくなり、また涙を流した。

＊

大谷が帰ったあとも、唯はしばらく、放心してダイニングに座っていた。何かを察したのか、それとも、大谷から概略を聞いて知っているのか、真理はダイニングに入って来なかった。

唯が我にかえった時、フロントで男性が声をあげているのが耳に入った。真理の名を呼んでいる。

唯はダイニングを出た。フロント前の小さなホールは、ダイニングのドアを開けたところにある。

「あら」

声をあげていたのは高倉真次だった。

「高倉……さん」

「あ、こんにちは。からだ、大丈夫ですか」

「わたしは、特にどこも怪我したわけでもないですし。それより、高倉さんこそ、よろしいんですか、もう」

「ただ濡れただけですよ、僕だって」

「でも、あんなに水温の低い湖に飛び込んで……」

「長い時間じゃないですからね。あのくらいはまったく問題ないです。吹雪の中で食糧も足りないとこで、三日もビバークすることを思えば、ちょっとしたアクシデントってとこです」

「あの、猪瀬さんはどうなんでしょう。病院、いかれました？」

「ええ、さっき寄って来ました。意識は戻ってるそうです。でもなんか、ショックでボーッとしているとかで、面会はもう少し待った方がいいだろうと言われました。あ、そのことで、警察の人から伝言があるんだけど、真理さんは？」

「さっきまで厨房にいらっしゃいましたよ。どこに行ったのかしら」

「あ、じゃ、裏だな。今夜、チーズフォンデュだって言ってませんでした？」

「ええ。七名のグループがお泊まりだとかって」

「チーズフォンデュの時は、真理さん特製のピクルスが出るんですよ。それも何種類も。他にも、ニジマスの酢漬けとか、きのこの薫製《くんせい》とか、ずらっと並ぶんです。北欧の、なんとか言う、バイキングみたいなの」

「スモーガスボード？」

「そう、それそれ。あんな感じでね、オードブルとサラダが取り放題になるんです。裏庭に、ピクルスとかジャムとか、果実酒を保存してる小屋があるんですよ。真理さん、そこにいるんだ、きっと。いいなあ、俺、今夜、ここで飯、ごちそうになっちゃおうかな。たかくらのパン、ここに運ぶ役を買って出たら、ついでに食ってけ、っていつも言ってくれるから」

「それじゃ、ご一緒しません？　わたしと友人とは、七時半からのお食事にしていただいたんです」

「わ、いいんですか。じゃ、俺、真理さんに許可もらって来て、それからたかくらにパンを取りに行こうっと。あ、そうそう。あなたにもいちおう、伝えておいた方がいいですね。あの、湖に飛び込んじゃった女性、どうも、警察が捜していた人だったらしいんですよ」

真次の無邪気な顔を、唯は思わず、凝視した。

「警察が捜していたって……何かの事件に関係していたんですか」

「どうも、そうみたいですね。ただの自殺未遂なのに、長野県警の刑事が来てましたよ。俺にはあんまり詳しく教えてくれなかったけど、なんか、指名手配される寸前だったみたいです……殺人事件の重要参考人として」

唯は、風呂場に落ちていたダイヤの指輪を思い出した。

猪瀬と名乗っていたあの女性は、指輪を風呂の排水口に捨てた。それなのに、指輪は排水口から溢れ出て、それを唯が拾ってしまった。

やっぱり、と、唯は思った。

あの指輪なのだ。彼女に死を決意させたものは。彼女は、あの指輪を捨てた、と思っていた。もう二度と、目にすることはないと。だが指輪は戻って来た。その指輪に、彼女は、罪を暴こうとする死者の執念を感じ取ったのだ。

「被害者は、彼女の婚約者」

唯は、無意識に声に出していた。

「ええっ、どうして知ってるんですかっ。新聞か何かに出てました？　俺、地元の記事しか読まないからなあ。どこで、いつあった事件なんですか？」

「ごめんなさい、知らないのよ、わたしも。ただ……なんとなくそんな気がしただけ」

「すごいなあ。いや、警察の人からちらっと聞いただけなんですが、彼女、婚約者を殺した容疑がかかってるみたいです。それで、警察が、明日、署の方でもう一度、ここに泊まった経緯とか聞きたいって。真理さんには伝えておきますけど、下澤さんはどうされます？　明日はチェックアウトですか」

「まだ何も……予定は決めていないんです」

「警察の人が、今夜にでも電話するって言ってたから、明日は署に来てくれって言われるんじゃないかな」

「実はまだ、こちらで逢いたいと思っていた人に逢えなくて。あの、高倉さんは、写真家の小松崎鶸矢さんのアトリエに行かれたこと、あります？」

「ありますよ。あそこ、ちょっとわかりにくいんですよね。車で奥まで入ろうと思ったら、ぐるっとまわりこまないとならないし。あ、行くんなら、バイクで送りましょうか。どうせ帰る途中だから」

「あ、いえ……友人と一緒に行くつもりなので。今、諏訪まで観光に出ているんです。もう戻るんですけど」

「そうですか。じゃ、俺、真理さんに許可もらって、たかくらのパンを取りに行きますね」

「小松崎さんって、たかくらのパン作りも手伝っていらっしゃるそうですね」

「そうみたいですね。もともと、たかくらは、別荘族の朝ご飯用にパンを作ってたんです。でも昔は、もっとふわふわしたパンだったな。鶸矢さんが女神湖に移って来てからですよ、今みたいな独特の味のパンを作るようになったのは。鶸矢さんが、酵母の育て方とか、粉のこととか、教えてくれたらしいです。なんかね、鶸矢さんから聞いたことあるんだけど、昔、旅行先の琵琶湖の近くで食べたパンの味が忘れられなくて、趣味でいろいろと作っていて、やっとあの味を再現できたんだとかって」

「琵琶湖の……近く」

唯は、半ば呆然としながら繰り返した。

「琵琶湖の近くで食べたパン……本当に、そう言ったんですか……」

「ええ、そう聞きましたよ。琵琶湖の近くで、パンがおいしいと評判のレストランがあったって。昔、大好きだった女性と、そこで食事をした時のことが忘れられないって」

4

言美が諏訪から戻って来るまで、唯は、ベッドの上に寝転がったまま、頭の中をぐるぐるとまわっている考えを持て余していた。

あり得ない、という結論には、何度も何度も行き着いた。が、それでも、その突拍子《とっぴょうし》もない考えを捨て去ることが出来なかった。

六時少し前に言美が戻って来て、諏訪の町で買い込んだ様々なものを広げて見せてくれた。山で採《と》れたきのこや山菜の佃煮《つくだに》、手打ちの蕎麦《そば》、高原の果物のジャムやはちみつ、蕎麦を使った菓子のいろいろ。御柱《おんばしら》祭のビデオや写真集、民話の本などもある。まるで、修学旅行中の中学生のように、無邪気に、他愛のない土産物《みやげ》を眺めて嬉しそうに笑っている。言美は、変わりつつあるのだ。最愛の夫と子供を理不尽な犯罪で奪われ、誰も待つ人のいないアパートの部屋でひとり、憎い犯人が刑務所を出て来る日を待ち続けるだけの人生が、今、終わりを迎えつつある。言美は新しい人生に踏み出すのだろう。この旅が終わる頃には。

買い込んだ土産物を持って、昔の友達を訪ねるのだと、言う。言美の口から、友達、という言葉が出ただけで、唯には大きな驚きだった。唯は、自分の頭の中に渦巻いている奇妙な考えを言美に話す勇気がわかず、はしゃぐ言美を眺めて微笑んでいるしかなかった。

チーズフォンデュの夕食には、高倉真次が「たかくら」から持ち帰ったパンが出された。一口、口に入れて、唯は自分の想像が当たっていることをまた確信した。だが同時に、それがあり得ないことだ、というのも充分、わかってはいた。

「このパン、おいしい」

言美がまた、無邪気な笑顔をこぼれさせる。そうして笑っていると、言美はとても魅力のある顔をしている。若い真次は、十以上も年上の言美の笑顔に、ずっと見とれたままだ。

「なんだろう、噛めば噛むほど、じわっと甘味が感じられて」

「自家栽培の天然酵母でふくらませているんですよ。夏は自生のベリー類から、冬は、自家製の干しぶどうから作ってるんです」

真次の説明に、言美は目を輝かせて質問する。

「酵母って、菌なんですよね」

「果物の皮とか、酒粕《かす》とか、ヨーグルトとか、なんにでもついているんです。それを上手に培養してやって、増やして使うんです。たかくらのおじさんに教えて貰ったんだけど、自然の酵母を培養すると、一緒に他の菌も増えてしまうんで、その加減が難しいそうですよ。ほら、ヨーグルトに入ってる乳酸菌、あれが増え過ぎると酸《す》っぱくなっちゃったり。でもその乳酸菌があるから、単体のイーストを使うパンと違って、複雑な旨味《うまみ》が出るらしいです。この季節だと、干しぶどうから培養した酵母と、酒粕から培養した酵母の二種類、使ってるんじゃないかな。酒粕の方は、諏訪の地酒の醸造元から買ってるんですよ。酒粕からとった酵母は、あんパンとかふわっとした甘いパンに使ってて、このフォンデュに合うような皮の硬いパンは、干しぶどうの方だと思います」

「酵母によって、そんなに違いが出るのね」

「すごく変わりますよ。だからたかくらのパンは、季節によってラインナップが変わるんです。それから粉も、たかくらでは、数種類を使い分けてます。北海道産、岩手産、それに地元のいわゆる地粉ってやつ、それから、カナダ産の小麦粉も。それぞれグルテンの含有量が違うし、風味が違うんで、それと酵母を組み合わせるのも楽しいって、おじさんは言ってます。実はね、僕にも、パン屋をやれってうるさいんですよ。長野は水がいいし空気もいいから、酵母が機嫌良く育つんだそうです。パン作りには適した土地だ、って」

「おやりになるつもりは、ないんですか」

「うーん」

真次はあたまをかいた。

「僕はどうしても、外に出ていたいんですよねえ。実際のところ、スキーのインストラクターじゃぜんぜん食べていかれないんですけど。山岳ガイドの方は、ほとんどボランティアみたいなもんだし」

「スキー人口が減っている、って、何かで読みました」

「激減、って感じですよ。僕が小さい頃なんか、シーズンの連休ともなればリフトが長蛇の列で、リフトに乗るだけで三十分待ち、なんてのもあったんですよ。今では、連休中でも、せいぜい五分も待てば乗れます」

「やっぱりスノーボードに押されているんですか」

「いや、違いますね。スノボーも、レジャーとして楽しむ人はもう減り始めてます。ブームは終わった感じがありますよ。観るスポーツとしての人気はどんどん上がってるんですけどねぇ、ハーフパイプなんか、普通の人たちのスポーツじゃないですからね、危険だし。それに若い人たちって、基礎から習うのが苦手なのか、スノボーでちゃんとインストラクターにつく人は中年以上の人と子供だけなんです。みんな自己流でやり始めちゃう。

だから上達しないんですけどね。スキーだとボーゲンなら一日でなんとか滑れるようになるし、そんなに上達しなくても初心者ゲレンデで遊べますが、スノボーはある程度上達しないと、やっても面白くないんです。あんまり傾斜がゆるいとこじゃ滑れないんですよ。で、自己流でやって、上達しないから、つまんなくてすぐにやめちゃう。僕もいちおう、興味半分でスノボーもやってるんですが、スノボーのインストラクターはスキーより仕事がないくらいです。まあそんなんで、スキーじゃ食べていかれないし、いい歳して親がかりってのもみっともないんで、おじさんはパン屋をついでくれってうるさく言うんです。ゆいちゃんが高倉の家に戻って来て、パン職人でも養子にもらってくれれば、おじさんも満足なんだろうけど。あ、ゆいちゃん、ってのは、高倉の親戚筋の子なんです。事情があって高倉家に預けられていた子で、美少女なんですよ、なかなか。とっても素直ないい子です。でも……かわいそうに……」

「逢いました」

唯は、笑顔になるよう努力しながら言った。

「妖精みたいに、雪の中で踊ってました。ほんとにかわいい女の子ですね」

「将来は美人になるだろうなあ。あんなにかわいいのに、母親がもうじき……あ、余計な話ですね、すみません」

「幸枝さんに伺《うかが》いました。あのお嬢さんのおかあさんがご病気で、重いとか」

「そうなんです。……たぶん、もう長くないだろうって。末期癌なんですよ。ゆいちゃんは、福井で育って、お母さんの病気がわかった時に東京に越したんだけど、東京の学校になじめなかったみたいで不登校になっちゃってるんだそうです。それで、お母さんも入院してて大変だし、って、また高倉で預かってるんだけど、都会にいるよりこっちの方がいいみたいで、東京には帰りたくない、なんて言ってるんだよなぁ」

「仲良しなんですね」

「うん、まあ、小松崎にも高倉にも、ゆいちゃんの遊び相手になりそうな年齢の子がいませんからね、これでも僕がいちばん歳が近いんですよ」

真次は、ははは、と笑った。

「ちょうど一回り違うんだけど、そのくらい歳の離れたカップルは世間にいくらでもいますからね、僕、ゆいちゃんが大人になったら名乗りをあげようかな、なんてちらっと思ったりすることもあるんです。でもだめだ、やっぱり僕、パン屋は無理だ。それにゆいちゃんには父親がちゃんといますからねぇ」

「お会いになったこと、あるんですか。ゆいちゃんのお父さんに」

唯は、無理して食べ物を口に運びながら、静かに訊いた。

「いや、僕はないんです。あんまりこっちには来ないみたいで。仕事がすごく忙しいらしいですね。でも大谷さんとは親しくて、大谷さんの話では、とても真面目ないい人みたいですよ」

「あの、小松崎鶸矢《ひわや》さん、ってどんな人ですか？」

唯は驚いた。自分が口を開くより早く、その質問を発したのは言美だったのだ。

「銀座で写真展を観たんです。ものすごく感動してしまって。それで、蓼科の自然をこの目で見たいと思ったんです」

「ああ、それで」

真次は嬉しそうな笑顔になった。

「いいでしょう、鶸矢さんの写真。最高ですよ。実はね、鶸矢さんが写真家として認められるようになったのって、あ、なんか自慢になっちゃうんだけど、僕が強引に、鶸矢さんの写真をコンテストに出しちゃったのがきっかけだったんです。鶸矢さんは幸枝さんの従兄《いとこ》で、北海道に住んでた人なんですけどね、不幸な事故で家族を失ってひとりぼっちになっちゃって、幸枝さんが呼んでここで暮らすようになったんです」

「ちらっとお聞きしました、幸枝さんから」

「そうですか。でも、もともと人付き合いが得意な方じゃないらしいのと、事故のせいで車椅子生活ですから、外に出るのが億劫《おっくう》だったのか、こっちに来てしばらくは、僕らともほとんど交流がありませんでした。僕は幸枝さんに頼まれて、食べ物の買い出しを引き受けたりしてたんですが、そのうち、鶸矢さんがたかくらのパン作りを手伝うようになって、そしたらたかくらのパンがすっごく変わって、今では別荘族だけじゃなく、車で一時間もかけて諏訪から買いに来る人がいるんですよ。そんなこんなでなんとなく親しくなったんですが、ある日、鶸矢さんのアトリエで自分で現像した写真を見せて貰ったんです。それがあんまり素晴らしかったんで、鶸矢さんはそういうことはしたくないって言ったんだけど、僕、その中の一枚を地元のコンテストに勝手に出しちゃったんですよ。あとで鶸矢さんからはかなり怒られましたけどね、結局、それが最優秀になって、それからあの人の写真がいろんなところで認められるようになったんですよ」

「小松崎さんは、わたしたちが突然訪問したりしたら、機嫌を悪くされるでしょうか」

言美の言葉には熱がこもっていた。

「わたし、どうしても、小松崎さんにお会いしてみたいんです。あの写真を撮った人と、お話がしてみたいんです」

「はあ」

真次は曖昧に頷いた。

「それは……嫌だとは言わないと思いますけど。ただ、ほんとにシャイな人なんですよね。写真展に入選した時だって、車椅子で出かけては迷惑をかけるからと言い張って、どうしても出ようとしなかったくらいで。東京のギャラリーの人からも、個展の最終日くらいは顔を出してくれると、ファンの人たちも喜ぶと思うから、と何度もお誘いがあったんですよ。車椅子を固定できる専用の自動車を用意するとまで言って貰ったんだけど、自分は素人《しろうと》だ、そういう場にはふさわしくない、その一点張りでしたから。いや、決して、人付き合いが悪い偏屈な人だ、というんじゃないんですよ。僕ら身内の者にはとても親切だし穏やかで、冗談なんかも言いますから。ただ、たぶん、人間よりも動物とか植物の方が好き、それだけなんだろうなあ。とても不幸な事故で家族を一度になくされていますからね、そういう気持ちになっちゃったのかも知れない。僕たちとしては、できるだけ、鶸矢さんの心が穏やかでいてくれることを願う、そういう気持ちなんです。決して、あなた方のことが迷惑だと言いたいんじゃないんですけど、その……無理強《むりじ》いはしたくない、というか」

「わたしも……家族を失いました」

チーズをからめたパンを手にしたままで、言美が言った。思い詰めた声ではなく、どこか、あっさりと清々《すがすが》しい物言いだった。

「未成年のね、強盗に殺されちゃったの。夫と子供。小遣い銭欲しさに、空き巣に入ったの。突然帰宅したのが男だったんで思わず刺した、なんて言ってたけど、男だろうと女だろうと刺すつもりだったに決まってる。子供が泣いたんで子供も刺したって……でも未成年だったし、逆上してわけがわからなくなっていた、計画的な殺人ではなかったって……死刑判決は出なかった。犯行の前から精神科に通ったりしてて、そのせいで、普通の刑務所にさえ入ってない。医療刑務所にいるのよ、ずっと。労働の義務もない。好きなだけベッドで寝てるだけ」

真次は口を半開きにしたまま、無言で言美を見つめた。唯は、言美の手から握ったままのフォークをとり、そっとテーブルの上に置いた。

「自分がどうして生きているのか、その理由が欲しくなって、だから、復讐するんだ、って自分に言い聞かせてました。あいつがいつか、外に出て来る日が来たら、あたしが殺す、って。でもね、それが憎しみによるものなのか、それとも、他にすることがない、考えることがないから復讐のことばかり考えようとしているのか、自分でもよくわからないんです、もう。わたしはいくじなしで、本当は、怖いのよ。それはわかってました。でも、だったらわたし、なぜ生きているのか、それがどうしても、自分で答えられないの。

小松崎さんの写真を見た時、その答えがみつかりそうな、そんな予感がしたんです」

真次は黙ったまま、目を閉じた。真面目な青年なのだ、と、唯はその横顔を好ましく見た。赤の他人のことであっても、親身になって考えずにはいられない、誠実な心。

唯は、若い真次の横顔の中に、自分がとうの昔になくしてしまったものがあるような気がして、その鼻梁《びりょう》のあたりから目を離すことができなかった。


「僕、頼んでみます」

真次はやがて、目を開いて言った。

「鶸矢さんは、偏屈でも意地悪でもないんですよ。いろいろ言わなくても、ただ、鶸矢さんの写真に感動した人が東京から来ている、と言えば、アトリエに呼んで貰えると思います。それでもし、鶸矢さんが難色を示したら、あの」

「今わたしが話したことは、すべて、本当のことです。小松崎さんに伝えていただいてかまいません」

言美は、しっかりと言って、白ワインのグラスに口をつけ、微笑んだ。

＊

「明日は、小松崎鶸矢さんに会えそうね」

ベッドに半身を入れ、言美は、満足したように言った。

「わたし、確信してることがあるの、下澤さん」

「確信していること……何でしょう」

唯は、右手の中指を見つめていた。爪の先がわずかに割れている。

「たぶん、下澤さんの長い旅は、ここで終わるわ」

唯は顔を上げた。言美はもう、枕に頭をつけていて、その表情は読み取れない。

「予感がするのよ。あなたの旅は終わる。……あなたは、ご主人を見つける」

唯自身も、そう感じていた。言美の予感はたぶん当たるだろう。

あたしの旅は、これで終わる。

「あなたのおかげです、天野さん。あんなこと……わたしの為に言ってくださったのだとしたら……」

「下澤さんの為じゃないです。わたし自身の為に、言ったことよ。わたしね、本気で思っているの。小松崎鶸矢に会えば、きっと、答えが見つかる、って。ねえ下澤さん、わたしに人が殺せると思う？　できると、あなた、思う？　いいの、無理して答えないで。わたし自身、ずっと自問自答していることなのよ。わたし、自分でもよくわからない。自分に人間が殺せるのかどうか、わからない。でも、殺すんだ、と思うことでしか、こんなに苦しい思いをしながら、惨《みじ》めに生きている理由がないんだもの。なんでもいい、その理由をわたし、ほんとは、手に入れたいのね。天国にいる夫とあの子は、こんなわたしのこと、臆病《おくびょう》者だって笑ってるわ、きっと」

「いいえ」

唯は、化粧水を垂らしたコットンを頬に押し当て、そのひんやりとした感触を味わいながら、そっと言った。

「ご主人もお子さんも、きっと……そうやって、悩んでいる天野さんのこと、はらはらしながら見守っているのだと思います。天野さんが、何か答えを摑《つか》んだ時、お二人もほっとされるんじゃないでしょうか」

「そうかな」

言美は、優しい笑い声をたてた。

「そうかもね……わたしって、とってもドジだったから。夫もいつも言ってた。おまえはほんと、どんくさいよ、って。だからほっとけないんだ、って。ずっと水商売してて、それなりに世間の荒波に揉《も》まれたつもりでいたのに、夫と出逢った時に思ったのよ。あ、わたし、ほんとは何も知らなかったんだ、って。わたしね、高校中退なの。高校に入った時に渋谷で遊ぶことおぼえちゃって、そのまま夜の街で生きるようになっちゃった。ロストバージンは十六の時で、それから二十歳になるまでに、何十人って男と寝たわ。セックスなんて、ラジオ体操みたいなもん、そんな感じだった。十八の時、渋谷のキャバクラにスカウトされて、とにかくお金が欲しかったからがむしゃらに稼いだのよ。指名とって同伴もして、三ヶ月でナンバーワンになった。で、稼いだお金でね、ブルガリとかショーメとか、買いまくったわ。だからお金なんて一円も残らなかった。今考えると、ほんと滑稽《こっけい》よね。ニキビが顔に出てるようなガキが、何がショーメよ、ブルガリよ、ねえ」

言美は楽しそうだった。

「子供の顔を化粧でくまどって、毛皮着てブルガリ指にはめて。笑える生き物だったわ、あの頃の自分って。でもね、夜の商売が自分に合ってることは感じていた。たまたま指名してくれたお客が、実はクラブに女の子斡旋するの仕事にしてる、スカウトマンってやつでね、もう少し大人の店で働いてみないか、って言われて、それで赤坂に移ったの。それからちょっと欲が出て、水商売に本腰入れるようになって、ようやく自分の居場所がみつかったって言うのかな……花模様に移った頃は、もうニキビもなくなって、着物なんかも様になるようになって、ああ、自分はこの世界でずっとやっていくんだな、そう覚悟も出来て。いろんなことがあって……いいことも悪いことも……でも、夫にプロポーズされた時、なんだかそれまでの人生すべてが色あせて見えたくらい、目の前の光景が違って見えたの」

「……恋を、されたんですね」

「うん」

言美の声に、眠そうな揺れが混じった。

「そう。……恋をしたのね。恋をして、何もかも、新しい色を帯びた。結局、最後にはすべてを失ったけど……恋をしたことは後悔してない。あの人に出逢ったことは……少しも……後悔してない」

すぐに寝息が聞こえて来た。唯は、部屋のあかりを消し、ベッドサイドの小さな電灯の下で、折れた爪を切った。夜に爪を切ってはあかんかった。唯は思い出し、爪切りを見つめる。貴之は、そうした言い習わしの類いはまったく信じない人だった。風呂上がりだと爪がやわらかくなっていて切りやすいよ、と、いつも夜のニュース番組を観ながら、ぱちん、ぱちんと爪切りを使っていた。風呂上がりの貴之のからだからは、ほんわりと湯気が立っていて、濡れた髪が黒く光っていた。ちゃんと拭《ふ》いてよ、と、唯がその髪にタオルをかける。貴之が笑う。唯はタオルで貴之の目を覆う。おーい、テレビ、観えないぞー、と貴之がまた笑う。

恋をしたことは後悔してない。あの人に出逢ったことは、少しも、後悔してない。けれど。

ドアに、弱いノックの音が聞こえた。

「あの、もうお休みですか」

オーナーの声だ。唯はドアを開けた。

「連れはもう休みましたけど、何か」

「下澤さんに、ちょっとお願いが。あの、今から外出できますか。ご無理でしたら、明日にして貰うように言いますが」

「構いませんけど……もしかして、警察から何か?」

「ええ、そうなんですよ。すみません、こんな時間に。やっぱり明日にして貰いましょう」

「いえ、いいんです。どうせまだ、眠くなりそうもありませんでしたから。ちょっと下で待っててください、すぐに着替えて下りますので」

自殺未遂した猪瀬と名乗る女のことだろう。彼女は殺人事件の容疑者らしい。警察に提供できるような情報などは何もないが、彼女が湖に飛び込むとなぜ知っていたのか、警察はその点に興味を抱くに違いない。

階下に下りると、制服に防寒コートを羽織《はお》った警官がいて、唯を見て丁寧に頭を下げた。

「こんな時間に、申しわけありません。茅野署の方まで、ご足労願うことになるんですが」

「それは構いませんけれど……猪瀬さん、意識を取り戻されたんですか」

「さあ、詳しいことはわたしも知らんのです」

「脳波の検査が思わしくないんだそうですよ」

オーナーが沈痛な口調で言った。

「呼吸が停止していた時間がいくらかあったみたいですね」

「すぐに人工呼吸したんだけどなあ」

真次も来ていた。

「飛び込んでから、五分は経《た》ってなかったはずなんだけど」

「真ちゃんは、できるだけのことをしたよ。気にすることはない。あの人は、自分で湖に飛び込んだんだ。本気で死ぬつもりの人間を助けることは、難しいよ」

オーナーの慰《なぐさ》めに、真次はかろうじて頷いた。だがその表情は、気の毒なほど暗かった。あなたのせいじゃない。唯は、真次の肩を抱いて言ってやりたいと思った。何もかもすべて、あの人が自分で選んだことなんだから、と。

茅野署に着くと、暖房がしっかりと入った会議室のような部屋に案内された。春の入り口にさしかかっているとは言っても、山国の夜はまだ、凍《こご》える。時刻は十一時をまわっていた。長細い会議用のテーブルの上に、保温ポットと、伏せた湯飲み茶碗の載った盆が置かれ、その横には、ラップをかけられた、青菜を混ぜ込んだ握り飯がきれいに並んだ大皿もあった。青菜は地元の野沢菜《のざわな》漬けだろうか。

唯と真次、それにペンションのオーナー、鈴木が、一列に並んで座り、向かい側に、初老の男と三十代くらいの男が座る。二人とも私服だった。初老の男は紺色のジャンパーを着ていて、刑事というよりは、地元の釣り用具店の店主、といった雰囲気だ。

「えー、長野県警捜査一課の角田《すみだ》といいます。隣りの男は、同じく、松島《まつしま》です。ほんとにすみませんでしたね、こんな時間になってしまって。もっと早く、ご連絡するつもりでいたんですが。いろいろ手間取りましてね……少し、ややこしい話なもんですから。ええっと……これまでお聞きになっていることと重複するかも知れませんが、話を整理する為に、もう一度、ご説明させていただいて構いませんか」

「よろしくお願いします」

鈴木が頭を下げた。

「正直なとこ、何がなんだか、よくわからないんですよ」

「ごもっともですな。鈴木さんにとっては、まさに災難で。ええっと、何から行こうかな、まず、あの自殺未遂の女性ですね、彼女の身元からお話ししましょう。ペンションの宿泊名簿には、猪瀬美智子と書かれていたようですね」

「はい、ご本人が書きました。我々も、猪瀬さん、とお呼びしていました」

「猪瀬美智子、というのは偽名で、彼女の大学時代の親友の名前だったようですな。なんでも、バス旅行で交通事故に遭い、お気の毒に、若くして亡くなられたとかで。大変に仲が良かったみたいですから、やはり、彼女は、覚悟を決めて女神湖に来た、と考えていいかも知れません。それで、死者の名など名乗ったんでしょう。彼女の本名は、木津美香子《きづみかこ》、年齢三十一歳。高橋新一《たかはししんいち》さんという男性と、半年前に婚約しています。その新一さんが、先々月の初めから行方がわからなくなり、新一さんの実兄、お兄さんですね、その人が警察に相談にいらっしゃった。弟と連絡が取れなくなったが、婚約者の美香子が、海外に出張中だと言い張って、捜索願を出すことに同意しないのはおかしい、という内容でした。出張中なのが嘘であることは会社に問い合わせてすぐにわかったんですが、実は新一さん、会社をクビになっていたんですね。いわゆるリストラで、退職金三割増しの条件で退社していました。美香子は、警察に呼び出された時、何も知らなかった、自分は海外出張だと信じて疑っていなかったのだ、と言ったそうです。実際、難しいケースでした。結婚を間近に控えてリストラされたというのは、確かに、婚約者に打ち明け難いことだったに違いありませんからね。ちなみに、高橋さんご兄弟の親御さんは、いずれもすでに故人だそうで、新一さんにとっては、身内と呼べるのはお兄さんだけのようです。とにかく、美香子は、何も知らなかったと言い、それを否定する証拠もありませんでした。状況からみて、前途に絶望した新一さんが、自暴自棄《じぼうじき》になって自分から失踪した、という可能性は高かったようです。それで警察は手をひいたわけですが、兄の高橋幸一《こういち》さんは、自費で探偵を雇い、新一さんの失踪前後のことについて調べたわけです。すると、とんでもない事実につきあたった。実は新一さんには、婚約者の美香子の他にもうひとり、交際していた女性がいたようです。しかしその女性は既婚者でした」

「なるほど」

鈴木が頷いた。

「それで、美香子さんが失踪にかかわっている可能性が強まったわけですね」

「いや、まあそれだけではね、なんとも。あ、失礼しました、みなさん、お茶でよろしいですか」

角田が目配せすると、松島が慌てて立ち上がり、湯飲み茶碗を並べ始めた。

「よろしかったら、夜食もどうぞ。我々用に茅野署の人が用意してくれたもんですが、なかなか旨《うま》いですよ」

「野沢菜ですね」

唯が訊くと、角田は嬉しそうにラップをはずして握り飯を手にとった。

「本漬けです」

「本漬け？」

「色が悪いでしょう、黒っぽくて。これが本物の野沢菜漬けなんですよ。観光客は緑色の方を喜ぶんで、今では浅漬けの方が有名になってますが、本来は、塩で漬け込んでそのまま発酵させるんで、こんな色になるんです」

「高菜漬けと同じなんですね」

「風味は違いますがね。酸味と旨味が出て、こっちの方がずっとおいしいですよ」

「土産物屋で売ってるやつは、着色料で緑色にしたものも多いんですよ」

　鈴木が補足した。

「あれはまずい。あんなものを買って帰って、なんだ、本場の野沢菜漬けなんてこんなもんか、と観光客に思われるのは悔《くや》しいですよ」

「まあねぇ、この黒いやつの方が旨い、って、もっと全国に宣伝せんといかんのでしょうなあ。どうですか、おひとつ」

「わたし、夕飯を食べ過ぎてしまったんです」

「僕は貰ってもいいですか」

　真次が屈託なく手を伸ばした。

「うん、旨い。塩加減も抜群」

　真次の感想に、角田が破顔《はがん》した。

「若い人はたくさん食べるから気持ちいいよね。高倉真次さん、でしたね、あなた、山岳ガイドさんだとか？」

「夏場だけです。スキーのインストラクターが本業なんですが、夏は仕事がありませんから」

「しかし、防水防寒下着を普段から着用しているというのは、なかなか、心構えが違いますな」

「いや、あれは、そういうんじゃないんです」

真次はもぐもぐと口を動かしながら照れていた。

「あれね、スノボーとかする時に下に着るやつなんですよ。あったかいし、伸縮性がよくてバイク乗る時に便利なんで、よく着てるんです。それだけなんです。たまたまです」

「あなたのその、たまたまのおかげで、木津美香子は助かったわけですから、たまたま、も捨てたもんじゃないですな。えっと、どこまで話したかな、婚約者の新一さんには別に女性がいた、と。その事実が明らかになったので、幸一さんとしては、弟が自分の意志で失踪した、という点に納得がいかなくなったわけです。その女性の話では、新一さんとはもう何年にもわたる交際を続けていて、新一さんが結婚を決意したのも、その女性がどうしても離婚する気がないと言ったからだ、ということだったようなんですね。プライバシーの問題があるので名前はお教えできないんですが、その女性は大変な資産家の奥さんで、しかも、お子さんがあるようなんです。そうした状況では、愛より打算を選ぶのもま

最後の一言は皮肉なのだろう。警視庁に対する、長野県警からの。だが角田は、笑いながらもなぜか、唯の顔から視線をはずさなかった。それに気づいて、唯も角田の目を見返した。探偵仕事をしていれば、警察とトラブルになることもたまにはある。調査対象者が自殺して警察に呼ばれたこともあるし、犯罪のアリバイにからんで、調査報告書を見せろと迫られたこともあった。警察に対して反感などはないし、刑事に親友だっている。が、ひと睨《にら》みされて萎縮《いしゅく》するほどには、警察など怖くないと思っているのも本音だ。

「木津美香子が自殺未遂したことで、証拠はなくても、何が起こって誰が犯人なのかは、ほぼ、判ったと言えると思います。えっと、下澤さん、でしたね、昨夜茅野署のものにご説明いただいたようですが、木津美香子が自殺するかも知れないと思われた理由は、彼女が思い詰めた様子に見えたこととそれから……婚約指輪をはずした痕跡が指にくっきりとあったのに、風呂場で拾った指輪を自分のものではないと否定したから、となってますね。これがね、正直なところ、ちょっと我々には呑み込めないんですが。ええっと、あなた、ご職業は……私立探偵さん、ですよね？」

真次が驚いた顔で唯を見た。唯は、その真次に軽く頷いて見せてから答えた。

「そうです。京都で開業しています」

「しかし今回は、プライベートな旅である、と」

「その通りです。連れもおります」

「重ねて訊きますが、仕事でいらしたわけではないんですよね？　木津美香子さんの身辺を探るとか、あるいは身辺を警護するとか、そうした目的で彼女を尾行していたわけではないんですね？」

「違います」

「刑事さん、あの」

鈴木が、おどおどしながら口を挟む。

「それは本当だと思いますよ。えっと、まず、下澤さんたちは予約のお客様です。その木津さんを尾行していたのだとしたら、前もってうちに予約を入れるなんて出来なかったでしょう？　確か、予約をいただいたのは、一週間以上前ですよ。で、あの猪瀬、いや、木津さんはですね、予約していらっしゃらなかったんです。茅野駅前の観光案内所からの紹介で、昨日の夕方にいらっしゃいました。もちろんうちに泊まったのは初めてのお客さんですし、観光案内所からの電話も、女性客をひとり泊められるか、今からで夕飯が出せるか、という問い合わせでしたからね、木津さんの方からうちを名指ししてたわけじゃないと思います」

「なるほど。それは説得力がありますな」

角田は、何か書きながら頷いた。

「では、その点は下澤さんのおっしゃる通りだとしまして、ええっと……思い詰めた様子だった、この点は、具体的にはどういう？」

「鳥の剝製を見て、なんだかとても、動揺していたというか……」

「鳥の剝製？」

「白い、小さな鷹みたいな鳥の剝製が飾ってあるんです、ペンションのホールに」

「ノスリの仲間ですよ。珍しい種類かも知れないんで、大学の先生たちが今度、調べに来ることになってます。禁猟区で撃たれてたんです。白い色が面白くて、知り合いに頼んで剝製にして貰ったものです」

鈴木の言葉に、角田は、うんうんと言いながら書き物を続ける。

「墜落した時に親羽が折れたみたいで、飛べなくなって衰弱してました。保護してすぐ、死にました」

「その剝製の羽が、折れていることに、木津さんは気づかれたんです。それで、羽が折れては飛べないから可哀想だと……涙ぐんでいました。剝製の鳥なわけですから、もともと、飛べない鳥です。なのに、羽が折れていたことにすごく心を動かされていたみたいで」

「それが、不自然だと？」

「心が弱っている時、人は、涙もろくなるんです。ほんのささいなことで、わっと泣き出したりします。悲しみに対して過敏になるんです。その前に指輪のこともあったので、恋愛のトラブルで傷ついた女性なのだ、と想像しました」

「自殺するかも知れない、と？」

「そこまでは……でも、女性のひとり旅で、夜になってから外出するというのも気になって」

「素晴らしい、職業的勘、というやつですね。いや、ほんとに、あなたの勘が当たって警視庁は感謝していますよ。木津美香子が死んでしまえば、新一さんの失踪は、永遠に、失踪のまま事件にはならないわけですからね。遺体をばらばらにして生ゴミに出しちゃったとすれば、もうとっくに、焼却されてこの世から消えてる」

　角田の言葉は、わざと無神経に発せられた。唯の気持ちをかき乱すのが目的なのだ。

「もうひとつ、指輪のことなんですが」

　角田は、もう一度、唯の目を見据えた。

「鈴木さんにご提出いただいたあの指輪です。あなたはあれを、風呂場で拾ったとおっしゃった。そして、自分の前に入浴した木津美香子が落としたものだと思うと、鈴木さんに渡した。だが美香子は、自分のものではないと否定した。……その点は、まだ確認がとれていませんが、指輪のサイズは美香子の指と合致しています。警視庁の方で、新一さんが婚約指輪を買った銀座の宝石店に確認している最中です。明日にははっきりすると思います。まあたぶん、間違いなく、美香子が新一さんから貰った指輪なのでしょう。その点はいいんです。しかし、ですね、実は、病院に搬送されてすぐ、美香子が昏睡状態に陥る直前に、看護師が美香子の口から、おかしな言葉を聞いているんです」

「おかしな……言葉？」

角田は頷いて、ひと呼吸ついてから、言った。

「悪魔が追いかけて来た。悪魔が、指輪を持って追いかけて来た。……木津美香子は、そう何度も口走ったそうです」

5

「わたし、悪魔に見えたんですね」

ペンションに戻り、起きて来た言美や真次と共に鈴木がいれてくれたそば茶をすすりながら、唯は呟いた。指輪がなぜ、風呂場にあったのか、唯は自分の仮説を警察に話したが、もちろん、本当のところは木津美香子に確かめなければわからない。だが、一度下水に流れた、と美香子が信じた指輪が再び目の前に現れた時、美香子は思ったのだろう。自分が殺した男が、地獄の底から指輪を投げ返して来たのだ、と。そしてその指輪を美香子に届けた自分は、美香子にとって、地獄からの使者だったのだ。

それは、とても象徴的な出来事に思えた。自分、という存在は、もしかすると、いつも、そうした存在なのかも知れない。私立探偵として生きて来たこの十二年の間に、何度も何度も、今度のようなことをして来たのだ。報酬を得る仕事として。隠しておきたい誰かの秘密を暴《あば》き、それを密告し、その人の人生をいやおうなくねじ曲げ、計画を台無しにして来た。美香子が二度と目にしたくないと思っていた指輪を、その眼前にひょいと出してしまったように。そしてまた、渋川雪にとっても自分は、今、悪魔の使いのような存在としてここにいる。

「わたしのしたことは、木津美香子という女性にとって、悪魔の仕業《しわざ》に思えるようなことだった」

「あの女性の命を助けたんですよ、あなたは」

鈴木は強い口調で、たしなめるように言った。

「あなたが非難されるいわれはないですよ」

「でも、助かりたいと思ってはいなかったでしょう……彼女は」

「それはどうかな」

鈴木は、鬚《ひげ》の生えた顎《あご》をさすりながら首を振った。

「自殺を考える人の半数以上は、心のどこかで、助かりたいと思っていると、何かの本で読んだ記憶がありますよ。彼女だって、他にもっと確実に死ぬ方法はあったのに、あなたがあとをついて来ていると知っていながら湖に飛び込むなんて真似《まね》をした。心の底では、助けて欲しい、死にたくない、と思っていたのかも知れない。いずれにしても、下澤さん、あなたは何ひとつ責任を感じることはありません。木津美香子は、自分の犯した罪の重さに殺されようとしていたんです。それだけのことです」

「死刑にはならないよね」

真次が、そば茶をふーふーと吹きながら、誰にともなく言った。

「ならないよ」

鈴木は、何かに怒っているかのような声で答えた。

「日本の今の裁判では、死刑になるのは、ほとんど複数の人を殺した場合だ。被害者がひとりなら、よっぽど残忍な殺し方をしない限り、死刑判決は出ないと思うよ」

「計画的な犯行だったかどうか、という点にもよりますが、今回のケースでは、動機に同情の余地があると判断されると思います。……十数年の実刑判決、というところではないかしら。もちろん、遺体を生ゴミとして処理してしまった点は、冷酷で、社会的影響も大きい、と判断されますから……木津美香子の裁判での態度によっては、無期懲役もあるでしょう」

唯の言葉に、真次は、ほっとしたように息を吐いた。

「寒い思いしてせっかく助けたんだもんな……死刑にはなって欲しくないですよ」

「そうかしら」

唯の向かい側に座って、それまで黙っていた言美が、ぽつりと言った。

「……人の命を奪ってしまったんだから、自分の命で償《つぐな》う以外にないと思うけど」

「天野さん」

思わず口を開いた唯の言葉を遮《さえぎ》るように、言美は顔を上げて一気に言った。

「その殺された男の人にだって、親はいるでしょう？　その親御さんにしてみたら、いくら息子に落ち度があったからって、殺さなくてもよかったじゃないか、って、すごく、すごく悔《くや》しいと思う。婚約者がいて人妻と交際していた、それは確かに悪いことかも知れない、責められるべきことかも知れない。でも、だからって、殺されなくてはならないような罪ですか？　命を奪われても仕方ないほどの落ち度ですか？　わたし……わたし、納得できないんですよ。過失ならともかく、殺そうと思って殺したのなら、あるいは、死ぬかもと思っていながらやったことなら、やっぱり、自分の命で償うべきだと思うんです。死刑になるべきだと思うんです。……どうして、なんで、人の命を奪っておいて、死刑にならないで済むのか、そっちの方が理解できない……納得できない……」

言美の声は、最後が滲《にじ》んで聞き取れなくなっていた。鈴木と真次は、困惑した表情で言美を見つめている。唯は、茶碗を盆の上に置いた。

「そば茶、ご馳走さまでした。香ばしくてとてもおいしいですね」

「あ、ええ、カフェインが入ってないから、この時間に飲んでも大丈夫ですしね」

「ほんとに、信州って素敵なところですね。おいしいものもたくさんあるし。あの、本漬けの野沢菜も、お土産にぜひ買って帰りたいです」

「ああ、それでしたら、混ぜ物をしてない、本物の野沢菜を漬けてる店を紹介しますよ。お二人とも、明日は発たれますか？」

「ええ、そのつもりです。でもあの……場合によっては、あと一泊させていただくこともできますか」

「それは構いません。今日のグループのお客さんは明日、発たれますし、週末でも満室にはなりませんから。お二人の部屋はあのままお使いいただいていいですよ。ただ夕飯の仕度の都合があるんで、明日の昼にはわかってるとありがたいんですが」

「明日、朝食のあとで行ってみたいところがあるんです。それが済んだら、泊まらせていただくかどうか、決まると思います。あの、真次さん、明日の朝、十時でいいですか」

「あ、例の、鶸矢《ひわや》さんの件ですね。いいですよ、じゃ、十時に迎えに来ます」

「よろしくお願いいたします。それではわたしたち、これで休ませていただきますね。天野さん、お部屋に戻りましょう」

唯に促されて、言美は頷いた。言美が泣いていたのは誰の目にもあきらかだったが、鈴木も真次も、何も訊ねなかった。

「馬鹿ね、あたし」

言美は、ベッドの上に腰かけて、ひとりで小さく笑った。

「くだらないこと言っちゃった」

「くだらなくなんてありません。簡単に答えを出すことはできないけれど……大切な問い掛けだったと思います」

「あなたはどう思うの？　あなたは……人殺しが死刑になるのは当たり前だとは、思わない？」

唯は、言美の顔を少しの間、見つめた。それから、ゆっくりと、息を吐き出した。

「卑怯な逃げ方をします。ごめんなさい」

唯は言った。

「でも、わたしのようなことを気にする人間が、ひとりぐらいいてもいい、そう思っています」

「どういうこと？　何が気になるの？」

「日本の死刑って、絞首刑なんですよね」

「……よく知らないけど、そうなんだ」

「その瞬間……死刑囚の足の下にある板がはずれる、その瞬間……誰かが装置を操作しているわけですよね。そうでなければ、死刑装置は動かない」

「死刑執行人、ってこと？」

「何と呼ぶのか、どんな人たちがそれをしているのか、勉強不足なので知らないんです。でも……誰かが操作するから、死刑は執行される。その操作をする人のことを……その人の気持ちを、わたし、どうしても、考えてしまうんです。それが仕事だとわかっていても、その人は……自分には何の関係もなく、自分に対して何をしたわけでもない人を……殺すわけです」

「だってそれは……嫌ならそんな仕事、辞めればいいんじゃない？」

「その通りです。でも……自分がしなければ他の誰かがすることになる。だから自分がするしかない。そう思ってしているんじゃないか……そんな気がするんですよね。人殺しだから、悪いやつだから、死刑が当然。本当のことを言えば、その論理が間違っているとは、わたし、思っていないんです。でも……その死刑を執行することに携《たずさ》わる人々にとっては、見知らぬ人間を殺すことになる。それが仕事だから罪はない。当たり前です。当たり前ですけれど……だったら、これまでの世界中の歴史の中で、それが仕事なんだから、それが法律なんだからと繰り返されて来た無数の残虐行為のすべても、罪はない、ということになるんだろうか。……そう考えると……怖くなるんですよ。法律で人を殺す、というシステムが、とても……とても怖くなるんです。もし、運命の巡り合わせで、わたし自身がその仕事に就いてしまったとしたら……そんなふうに考えると……」

「つまり」

言美は、少し大きな声で笑った。

「自分でしろ、ってことね？　愛する者を殺されたら、自分で復讐すべきだ。法律に頼って、自分の手を汚さずに、その役割を他人に押し付けるのはおかしい、そう言いたいのね？　賛成よ、まさに、その通りだわ！」

言美は手を叩いた。

「ありがとう、下澤さん。結局あなた、あたしのしようとしていることに、賛成してくれたわけね？　わかったわ、わかったわよ。ええ、もちろん、ずっとそのつもりだったんだもの、あたし、自分でやります。気の毒な公務員に、殺人なんかさせないで済むように、自分で復讐します。それなら……それなら文句、ないんでしょう？」

「天野さん」

唯は、言美の方に手を伸ばした。言美はその手を避けるような仕草をしたが、結局、唯に手を握られ、動きを止めた。

「憎しみの連鎖を断ち切る為に、人は、法律を作ったんじゃないでしょうか。法律がなければ、人間はいずれ、憎み合い、殺し合う。そんな人間の弱さをどこまで、法律で克服できるのか、わたしにはわからない。わからないけれど、あなたがその手で憎悪の輪をまた繋《つな》げてしまえば、たくさんの悲しい輪が、あちらにもこちらにもできてしまうとは思いませんか。そして……理由はどうあれ、あなたと同じ苦しみを味わう人が、たくさん、たくさん生まれます」

「輪は……断ち切るわよ。あたしのこの手で。復讐した後であたし、死ぬから」

「そして残された人……わたしや、あなたのことを心配していた人たち全部に、生涯忘れることのできない悲嘆と後悔を残していく」

「そのくらい」

言美の両頬にどっと涙が流れた。

「そのくらい……我慢してよ。あたしはもっと……辛《つら》かったんだもの」

「いやです」

唯は静かに言った。自分の頬も濡れていることに、その時、気づいた。

「いやよ、天野さん。うち、そんなん、いやです。それやったら、もう絶対、この手、離しません。殺されても、離しません」

言美の掌は熱かった。発熱しているのかと思うほど、熱かった。

「離さないで」

言美の声は、細く震えていた。

「手、離さないで……お願い。あたし……本当は怖いんです。怖いの。自分に人が殺せるかどうか……殺したあとで、ちゃんと死ねるのかどうか、考えると眠れない。だから……

だからここに来たんです。小松崎鵺矢の写真が、あたしを助けてくれる気がして。でも、でも、あなたに助けて欲しい。今、わかったの。あたしを助けてくれるのはあなたしかいない。この手を離さないでいて……あたし……ほんとは、ほんとはね、誰も殺したくないの」

「離しません」

唯は、握ったままの手を大きく振った。

「あなたを人殺しになんかしない、絶対に、しません。こうやって、いつまでもいましょう。いつまでも……天野さんの心の中に棲《す》んでる鬼が、諦めて出て行くまで、いつまでも」

言美が唯の胸に飛び込んで来た。はずみで唯は、ベッドに倒れ込んだ。唯の胸に顔をこすりつけ、言美が泣きじゃくる。唯も、何か言葉にしようとしても唇が震えて言葉にならない。そのまま言美の頭を抱え込み、ふたりで泣いた。泣くことしか、できなかった。

終章

窓を開けた途端に、季節が変わったのを感じた。たったひと晩で、この高原にも遂に、春が来たのだ。

風がぬるみ、植物の匂いが鼻をくすぐる。さらさらと水が流れる音が、幾重《いくえ》にも重なって聞こえている。あちらでもこちらでも、一斉に雪がとけ始めたのだ。

それでも、目に付く世界が白い色から解放されるまでには、まだ一ヶ月はかかるだろう。この土地では、冬は最強の暴君だ。人も花も虫も木々も、逆らうことはできない。

が、春は不屈だ。丁寧に執拗《しつよう》に、暴君をなだめすかして、遂には退場させてしまう。

唯は、窓に向かって大きく深呼吸を繰り返し、季節が変わったその朝の空気を楽しんだ。

朝食のあと、荷物をバッグに詰め、チェックアウトも済ませて真次を待った。もう一日泊まる可能性はあるが、このまま女神湖を去ることになってもペンションに迷惑をかけないようにした。目覚めた時から、言美はほとんど言葉を発しなかった。唯もまた、あえて言美に話しかけたりはしなかった。二人とも、黙ったままで、それでも、そばにお互いがいることをどれほど心強く感じているか、それを互いに目で伝え合って、静かに朝の時間を過ごした。

今日、唯も、そして言美も、再び人生の岐路《きろ》に立つ。そして明日からは、いずれにしても、新しい人生が始まる。

真次は、いつもと同じ笑顔を脱いだヘルメットの下から現した。

「やっと、春が来ましたね」

真次の言葉に、オーナー夫妻も頷《うなず》く。この土地で暮らす人々は皆、今日という日を祝日だと感じているのだろう。

「やっぱり皆さん、そう感じられるんですね。わたしも今朝、窓を開けた時、風の匂いが違っているように思いました」

ペンションの玄関を出て車まで歩く間に、唯が言うと、真次は大きく頷いた。

「その通りなんですよ。風が変わるんです。季節って、風が運ぶものなんです。東京や大阪なんかにいると、そのことをなかなか実感できないですけどね」

「都会で暮らされたこともおありなんですか」

「ごく短い間だけです。大阪には、大学を出た年にいちおう、就職して。会社勤めはさほど苦にならなかったんですが、とにかく、町の匂いに耐えられなかった。人の匂いしかしないんですよ。大阪は極端に緑が少ないんで、植物が空気を浄化できないんです。でも、ああいう、人間の匂いが濃密な状態の方が心が落ち着くという人もいるでしょうね。人の少ない田舎にいると、身のおきどころがない感じがして嫌だ、と、大阪時代の知人なんかは言ってますから」

「人にはそれぞれ、その人にとって居心地のいい場所があって、それはみんな違った場所だ、ということですね」

「下澤さんは京都でしたよね。やっぱり京都がいいですか、どこよりも」

「ええ」

唯は、嚙《か》みしめるようにゆっくり頷いた。

「そう思います……歳を重ねるごとに、そう感じるようになりました」

「あ、僕はバイクで行きます」

「どうぞ乗ってください。運転はわたしがしますから」

「いや、ほんとにいいんです。僕、十一時から山岳ガイドの勉強会に出ないとならないんですよ。おふたりを案内したら、僕は先に失礼させていただきますから。えっと、僕が先に走りますから、ついて来て貰えますか。途中までは一本道でわかりやすいんで大丈夫です。最後のところだけ、標識とかないところで曲がるんで、注意しててください」

真次はバイクに跨がり、大きな音をたててエンジンをかけた。唯は運転席に座り、言美は助手席に腰を落ち着けた。言美の顔色が少し蒼《あお》く見える。緊張しているのだ、と思った。そして唯自身も、ハンドルを握った時、自分の指先が細かく震えていることに気づいた。深呼吸し、ハンドルを握り直し、イグニションに手をかけた。

真次の言葉どおり、途中までは茅野方面へと山を降りる道を走った。カーブが連なる場所でも、真次はゆったりとした動作でバイクを操り、まったく危なげのない運転で、適当な距離を保って唯たちを先導してくれた。やがて別荘地の案内表示が見えたあたりで、真次が左手で林の方を指し示した。唯は軽くクラクションを鳴らして、了解を告げた。だが実際に真次が左折した位置を見て、唯は、真次に案内して貰わなければ絶対に迷っていただろうな、と思った。そこには確かに道があるが、別荘の持ち主の名前が書かれた案内板もなく、しかもカーブの先にあるので、路肩に積み上げられた雪のため、道に入るところがどこなのか、走りながらではまったくわからない。真次のバイクが曲がったその軌跡を追って、唯も左折したが、ハンドルをきりながらそれでも半信半疑だった。

舗装はされていないが、ローラーか何かで雪は固められていたので、車を走らせるのにさほどの困難は感じなかった。しかし、道が細い。もし対向車が来たらどうしたらいいのか、唯は左右の路肩を見ては、離合できそうな場所を記憶にとどめようとした。だがそれは杞憂《きゆう》だった。対向車も後続車もなく、道は林の中を大きく回り込むようにして続いて行く。わずかながら上りになっているのも感じられる。視界に入って来るのは、雪を枝にのせた落葉松《からまつ》と白樺の木々ばかりで、方向感覚が次第になくなっていく。唯は、まるで夢の続きを見ているような気持ちになっていた。貴之を追いかけて追いかけて、白い林をどこまでも走って行く、夢。そんな夢を見たことがあるかどうかは思い出せないのに、なぜかフロントガラスの中の光景は唯にとって、夢の続きだと思えた。だが前方を走る真次が、今度は右手を高く挙げたのを見て、もうすぐ自分は夢から覚めるのだ、と、唯は思った。

そこに、ログハウスがあった。別荘地にはよく見られる、輸入物のログハウスだ。さほど大きなものではないが、永住も可能な立派な家だった。真次は、その家の前庭にバイクを停め、停車した唯の車に向かって歩いて来た。

「駐車場って特にないですけど、このへんに寄せて停めておけば大丈夫ですよ。滅多に来客なんかない人ですから、小松崎さん」

真次は、バイクの後ろのボックスを開け、中から紙の袋を取り出した。たかくらの店名が印刷されているのが見える。幸枝からパンを言付かって来たらしい。

唯は車を停めると、外に出て、言美と並んでその場から真次を見守った。前庭は広々としていて、白樺が数本、無造作に生えている。雪は半分ほど端に寄せてあるが、几帳面《きちようめん》に雪かきをしているふうでもない。玄関にたどり着いた真次は呼び鈴を押し、口を寄せるようにして何か喋ったが、雪に音が吸い込まれるのか、もそもそとしか聞こえなかった。だが、真次は、振り向いて唯たちに指でＯＫと合図した。小松崎鶸矢は在宅しているのだ。唯の心臓がどくんどくんと激しく鳴った。

ドアが開いた。真次が手招きする。唯は言美の顔を見た。言美が小さく頷く。そして、唯の手を握る。唯もその手を握り返した。それから、そっと手を離し、言美の前を玄関に向かって歩いた。

開いたドアの内側に、車椅子に座った男がいた。顔の下半分は顎鬚に覆《おお》われ、目には薄い色のついたレンズのはまった眼鏡をかけている。

「下澤さんと天野さん。銀座の個展で鶸矢さんの写真を見てすごく感動したんですって。たまたま、旅行で、ルバーブに泊まってらしたんですよ。あ、下澤さんは、ほら、一昨日、ルバーブの客が自殺しようとしてるのに気づいて僕と一緒に助けた、あの方です」

「幸枝さんから電話で聞いたよ。真次くんも無茶するよな、自分まで死んじまったら元も子もないぞ」

「仕方ないですよ、あの時は。レスキューなんか呼んでたら間に合わなかったもの。まだ水温が低いから、心臓麻痺《まひ》起こしちゃう。あ、これ、幸枝さんからです。春向けにいちごから酵母を育ててみた、って言ってましたよ。味見して感想を聞かせてください、って。あの、僕、じゃ、そろそろ行かないと」

「なんだ真次くん、あがってお茶でも飲んで行きなさいよ」

「十一時から勉強会なんですよ、山岳ガイドの。すみません、また夕方にでも遊びに来ます」

「おいおい、困るよ。君がいなくなっちゃったら、俺ひとりじゃ、女性のお相手は難しいよ。しかもおふたりとも初対面なんだぞ」

「大丈夫ですよ、二人とも、鶸矢さんの写真のファンなんだから。それに、写真のこと以外にも何か相談があるそうです。じゃ」

真次はまるで逃げるようにして、唯と言美を残して前庭を去って行った。もしかしたら幸枝から、何か聞いているのかも知れない。

唯はあらためて、小松崎鶸矢を見た。そして、全身から力が抜けてしまうほどの失望を味わっていた。

間違っていた。自分の想像は、見当はずれなものだった……

「ま、とにかく、どうぞ。靴は脱ぐ必要ないです。欧米式にね、この家は靴のままで歩き回れるんですよ」

段差のない、フラットな造りだ。玄関から廊下もなくいきなり広々としたリビングになっている。そして奥にはキッチンが見えているが、やはり仕切りも壁もない。さらに見回すと、大きな写真パネルが部屋の端に置かれていて、その向こう側にはどうやら、ベッドが置いてあるようだった。車椅子のまま、何不自由なく動き回れる、理想的なフルフラットのワンルーム。

鷚矢はゆっくりと電動車椅子を進め、唯と言美はそのあとについてリビングの中ほどにある大きなソファまで歩いた。二人が腰をおろすのを見届けてから、鷚矢はゆっくりと車椅子を移動させ、フロア続きのキッチンへと移動した。高さがあまりない、車椅子に座ったままでも中の物が取り出せる冷蔵庫が置かれている。業務用のように大きな冷蔵庫だ。このあたりには大きなスーパーなどはないし、鷚矢にとって買い物は骨の折れる仕事だろう。高倉家の関係者が買い物を引き受けているとしても、そう頻繁に頼むこともできないだろうし、必然的に、買いだめのできる大きな冷蔵庫が必要になるのだろう。そう結論しながらも、唯は、ひとりで暮らしているにしては冷蔵庫が大き過ぎる、とこだわっている自分を持て余していた。想像は妄想だったのだ。事実、目の前にいる小松崎鶸矢は、貴之にまったく似ていない。

でも……それでも、何かがまだ、唯の心の中でくすぶり、駄々をこねていた。自分は確かに、何かに気づいている。だが、それが何なのか、はっきりと摑《つか》むことができない。

鶸矢は、ガラスのピッチャーを冷蔵庫から取り出した。そのまま食器棚の方へ移動する。同じように高さのない、だがとても洒落た食器棚だ。

「あ、わたしがします」

唯は思わずソファから立ち上がり、キッチンへ向かおうとした。だが鶸矢は、優雅な仕草で唯を制した。

「どうか、そのままで。悪く思わないでいただきたいのですが、この車椅子は電動なので、そばに人がいると気をつかうんですよ。この家に慣れていない方だと、僕が予想しないような動きをするかも知れないでしょう？　もちろん、スピードは出ない設計ですし、制動は完全です。しかし機械は機械、僕は、電気で動くものを心の底から信用することのできない、偏屈な男なんです」

鶸矢は笑いながら、銀色の盆の上に三個のコップを並べ、コルクのコースターも用意し、さらに、菓子缶のようなものを開けて、陶器の皿にクッキーを並べた。

「今でもひとりの時は、手動の車椅子で生活する方が楽です。でも電動にも慣れておかないと、いろいろと不便なことがありましてね。訓練のつもりで、週に三日は電動を使うことにしているんです」

ピッチャーから注がれた上品な金茶色の液体は、冷えたそば茶だった。清々しいそばの香りが、すっと胸の中まで洗っていくようで、唯は、一気に半分ほども飲み干してしまった。喉がひりひりするほど、緊張していたのだ。

「近い内にお会いすることになると、思ってました」

鶚矢がゆっくりと言った。

「あなたが……下澤唯さん」

唯は、深く頷いた。

「幸枝さんからも、大谷さんからも電話を貰いました。正直、僕はほとんど事情を知らなかったので、とても面食らいましたよ。しかし、あなたの期待を裏切ってしまったのではないですか。ご覧の通り、僕は、下澤貴之氏ではありません」

言美が驚いて唯を見た。唯は顔を伏せた。涙がこぼれ落ちそうだった。

「そのことについてはひとまず、おくとして……あなたは……？」

鵜矢の問いに、言美が答えた。声が少し震えていた。

「わたしは天野です。天野言美といいます。銀座で小松崎さんの写真を見て、それで、ぜひ、お会いしたいと思って……下澤さんに連れて来ていただきました」

「わたしが無理に天野さんをお誘いしたんです。……わたしひとりで小松崎さんにお会いするのが……怖かったものですから」

「いえ、わたしの為にそうしてくださったんです」

力を失ってしまった唯に代わって、言美が前に乗り出すようにして一気に喋った。

「銀座で小松崎さんの写真を見て、わたし、ものすごくショックを受けました。でもそれも、下澤さんが、見てみるといいと誘ってくださったんです。どうしてだか、小松崎さん、想像がおつきになりますか」

「いや」

鵜矢は、注意深い口調で、だが穏やかに言った。

「わかりません。わたしは占い師ではないですから、初対面の人についてあれこれ想像する力などないです」

「そうですか……そうですよね」

言美が小さく笑った。

「ごめんなさい、脈絡のない話し方になってしまって。でも、考えをまとめようとすると何も言葉に出来なくなってしまいそうなので、このまま続けます。我慢していただけますか」

「もちろん。というよりも、喜んで続きを聴かせていただきます」

「つまり」

言美は、ちらりと唯を見る。唯は言美の頭が動いたのを感じてそっと顔を上げ、励ますように頷いた。

「つまり……わたし……殺したいほど憎んでいる人間がいて……本気で殺すつもりでいるんです」

鶏矢が身じろぎした。が、何も言わなかった。

「その人間は、わたしの夫と娘を殺しました。金が欲しかった、それだけの理由で。未成年でした。でも健康で、働こうと思えば働ける男です。両親も揃《そろ》っていて、それなりに愛されて育っていたらしいんです。なのに、怠《なま》けることをおぼえてしまい、学校からも社会からもはみ出した。そのままずるずると怠け続けて、親に追い出され、遊ぶ金と、合成麻薬を買う金が欲しくなった。それで……そんな理由で、強盗を働いたんです。夫と娘を殺し……まだ幼い女の子なのに……刃物で滅多刺しして……それでわずかな金を盗んで逃げ、何事もなかったように遊び歩いていたそうです。取り調べでは嘘ばかりならべたて、裁判では泣きながら反省していると芝居をしていましたが、その裏で、友人に手紙で、どうせ未成年だから死刑にはならないとうそぶいて。そういう人間なんです。二人も殺したのに……判決は無期懲役でした。でも無期懲役なんて……模範囚なら十年かそこらで仮出所ですよ！　しかも、事件の前に精神科に通院歴があったとかで、今も普通の刑務所ではなく、医療刑務所にいるらしいです。あの男のことです、刑務所の中でも芝居をして、病人を演じているに違いありません。そしてそれにあきたら模範囚のふりをする。もしかしたら三十歳になる前に刑務所から出て来て、大手を振ってそのへんを歩き回るかも知れないんです！　わたしには……そんなこと……耐えられない。耐えられるはずがないじゃないですか！　わたしの夫と娘は、もう二度と、おいしいものも食べられない、綺麗な景色も見られない、笑うことも泣くこともできない。なのにその二人の命を奪った人間は、出所していくらでもおいしいものを食べて、旅行に行ったり映画を観たりできて、ばかみたいに大口開けてゲラゲラと笑うこともできるんです！　結婚して子供を持つことだって、できるんですよ！　こんな不公平、受け入れられるはず、ないじゃないですか！　ゆるせない。絶対に、ゆるせない。どうやったらゆるす気になれるのか、それがわかるなら教え

言美の言葉は嘘ではない。唯自身も、小松崎鶸矢の構図には、そうした意図的なものが含まれていることは感じていた。が、言美の目はそうした写真ばかり追いかけていたのだろう。唯の印象は、言美のそれとはかなり違っていた。小松崎鶸矢の写真には、言美が指摘したような構図のものもあるが、それとは別に、命の誕生を連想させる構図のものも多い。雛《ひな》が巣立ったあとの空っぽの小鳥の巣を、なんのてらいもなく写したものや、蝉の抜け殻が樹木の根に点々と付いている横を、美しい青色のトカゲが通り過ぎていくもの。雪の中から何かの芽がふいて、その周囲だけくるりと雪が溶けている写真は、とてもありふれた構図なのに、なぜか、見つめているだけで泣きたくなるほど、小さな芽が愛おしく見える。

「銀座の個展に選んだ作品も、天野さんが指摘されたような構図ばかりではなかったと思います。いえ、いいんです。大切なことは、天野さんの目には、死が暗示された作品しか映らなかった、ということなんですよ。わたしには理解できます……家族を失ってこの土地にやって来た頃のわたしの心は、目は、天野さんと同じでした。わたしのカメラは、死を追い求め、死の姿を探し続けていました。けれど最初の頃、わたしはただひたすら、生を奪われる運命の姿を追いかけていたんです。天野さんのご指摘の通りです。天野さんが見抜かれたのは、そうしたわたしの、過去の心です」

「過去、なんですか」

言美は問い詰めるように言った。

「今はもう、死に興味はないんですか！　死んでしまった人たちのことは……忘れてしまえたんですか……」

「忘れることなど決してできないことは、あなたが誰よりよくご存知のはずですよね」

鶸矢は優しく言って、また静かに車椅子の向きを戻した。

「けれど、時は、こうしているあいだにも、少しずつ少しずつ、わたしを押し流していくんです。どこへでしょうか？　そう……死へ、ですよ。この土地で暮らし、一年の半分近くを雪に埋もれているこの土地で四季をおくるうちに、わたしはやっと、そのことに気づきました。何もしなくても、人は、生まれたその瞬間から、死に向かって歩き始めていきます。春の第一日目が、次の冬への第一歩となるのと同じです。しかしそれでも、春は無駄ではない。夏は無意味ではない。秋は無価値などでは、まったく、ない。芽吹き、育ち、花を咲かせ実を結び、その実が落ちてまた雪に覆われる、その繰り返しの中で、無数の命が次の世代へと受け継がれていくわけです。当たり前のことです。子供でもわかることです。しかし、それを心の底から実感して生きている人間は、ごくわずかです」

鶸矢は、真っすぐに言美を見つめ、色の入った眼鏡をはずした。皺に覆われた優しげな目の中に、厳しいほど輝く瞳があった。

「事故で脳に損傷を受けた後遺症で、戸外ではサングラスをかけていないと、眩《まぶ》しくて何も見えなくなってしまうんです。瞳孔がうまく閉じてくれないんですよ。でも、不思議だな、天野さん、あなたの顔は、こうして直接見た方がよくわかる。あなたの表情も……その奥にある何か、も。復讐に何かの意味があるのかどうか、わたしには答えられない。わたし自身、何度も何度も復讐を考えました。が、結局、実行は出来なかった。酒を飲んで運転していた事故の相手のドライバーを殺す場面は繰り返し、頭の中で思い浮かべたけれど、行動にうつす勇気はなかった。あなたにその勇気があるのであれば、そしてあなたが、そうしなければ自分は生きていかれない、と考えるのであれば、誰にもあなたを止めることなど出来ないでしょう。もちろん、わたしになど、止められるはずがない。ただ、ひとつだけ、誤解をとかせて欲しいんです。その写真」

鷚矢は、たまたま開いていたページを指でさし示した。それは銀座の個展にも出ていた、野うさぎの写真だった。

「確かに、空の端に飛んでいるのは、トンビかノスリか、鷹でしょう。そう、そのうさぎを狙《ねら》っているのです。そしてうさぎは、まだ気づいていません。しかしわたしがシャッターを切ったあとで、いったい何が起こるのか、それは、誰にもわからない。鳥は獲物を狙うさぎは気づかないかも知れない。でも、しないかも知れない。うさぎは気づかないかも知れないが、気づいて逃げるかも知れないんですよ。風の向きが微《かす》かに変われば、鳥の存在にうさぎは気づくことができます。そして雪の中に開いた穴へと潜《もぐ》ってしまうことができるんです。そこに写っている小さなうさぎは、これから殺されることになるのに、それを知らずにいる可哀想な生き物、ではありません。わたしのカメラは、それを哀れんだのではないんです。わたしが切り取ったのは、地球の光景の、ただの一部であり、そのほんのわずかなかけらの中に息づいている、ダイナミックな、生命の瞬間です。うさぎが死ぬ運命にあるなどと思うのは、我々人間の傲慢《ごうまん》ではないでしょうか。誰にも、あなたにもわたしにも、この次の瞬間に何が起こるのかは、わからないんです。鳥が急降下するよりも早く、ハンターの撃った猟銃の弾が、上空の鳥を射止めてしまうかも知れないんです。鳥にもうさぎにも、哀れみなど意味がない。彼らは、未来に振り回されて生きることを諦めたり放棄したり、そんなことはしない。いつだって、その時、その時、一瞬ごとに命をかけて生き延びようとし続けます。死すべき運命にある者は諦めなくてはいけないなんて、そのうさぎに語りかけることができますか？　できません。なぜなら、そのうさぎがどんな運命を背負っているのかは、誰にもわからないからです。天野さん、わたしには、あなたの苦しみが理解はできます。しかし、わたしとあなたとはまったく別々の人間です。あなたの苦しみが理解できるからと言って、あなたのすべてが理解できるわけではありません。あなたの決心されたことが正しいのか正しくないのか、わたしには判断などできない。しかしもし、あなたがまだ迷っておられるのであれば……決断し切れていないのであれば、どうか、迷うことを投げず、最後まで迷ってくださいと、お願いしたい。もしかしたら明日、いや、今日にでも、あなたの人生にさし込むかも知れない明るい光を、わたしは信じたいと思います」

しばらくの間、誰も言葉を発しなかった。そうして黙って耳をすませていると、どこからともなく野鳥の鳴き声が聞こえて来る。春を告げる小鳥のさえずりだった。

唯は、写真集の表紙を見つめていた。そこには、小松崎鶸矢写真集、という題字の下に、HIWAYA KOMATSUZAKI とアルファベットが印字してある。

唯は、その文字列を見つめた。見つめ続けた。

「鶸矢、というのは……ペンネームのようなものだと幸枝さんからお聞きしました」

「ええ」

鶸矢は、とても低い声で言った。

「そうです。本名ではありません。……下澤さん」

唯は顔を上げ、鶸矢を見た。

「天野さんの問題についてはお答えしました。では、あなたの疑問について、お答えしましょう」

鶸矢は手を伸ばして写真集をとり、ページをめくった。そして、あの桜の写真のページを開いてテーブルの上に置いた。

「この写真ですよね？　あなたはこれで、真相にお気づきになった」

「……それじゃ……」

「あなたの想像は、半分、当たっています。ご覧のように、わたしは下澤貴之ではありません。しかし、小松崎鶸矢は、下澤貴之でもあるんです」

HIWAYA KOMATSUZAKI　AAAAHIIKKMOSTUWYZ
TAKAYUKI SHIMOZAWA　AAAAHIIKKMOSTUWYZ

唯は、指の先で、アルファベットをなぞった。

今度はこらえ切れずに、涙がその指先に落ちた。

「彼はわたしの親友です。この土地に来て、生きる気力をまだ半分なくした状態だったわたしに、彼が、もう一度カメラを持つことをすすめてくれた。彼は、この桜の写真のネガが、自分の過去と自分を結ぶたったひとつの物なのだと言っていました。昔、愛した女性と共に見た桜。その時に撮った写真がとても気に入っていて、パネルにして貰う為に写真屋に持ち込もうとネガを持っていた。彼がトラブルに巻き込まれて、愛した人と離れ離れになってしまったとき、彼のしていたウエストポーチに入っていたのだそうです。彼がどんなトラブルに巻き込まれたのかは、わたしは知らない。あえて訊かなかったし、彼も話さない。わたしは気にしていませんでした。ただ彼は、この桜の写真を心の底から大切にしていました。わたしはこんなからだですから、ひとりで山歩きができません。彼がわたしを背負って山に入り、わたしの為にカメラを固定する足場を作ってくれるんです。そして二人で代わる代わる、ファインダーを覗《のぞ》きます。わたしは明るいところでは視力を失うので、レンズには暗く見えるフィルターをかけています。彼が、本当の色を、生の光の具合を教えてくれます。わたしと彼とは、二人で一人となって、写真を撮るんです。彼はずっと、別の土地で暮らしていて、ここに来るのはひと月に一度程度でした。彼が滞在している数日の間に、わたしたちは山に入り、シャッターを切りまくる。小松崎鷚矢は、わたしと貴之とを合わせた存在です。しかし貴之は、そのことを絶対に秘密にして欲しいとわたしに言いました。だからこのことは、大谷さんしか知りません」

「……あのパンの味も……？」

「ああ、はい。たかくらのパンですね。そうです、貴之が、思い出の中にある最高のパンの味を教えてくれ、わたしと貴之とで、素人《しろうと》ながらいろいろと研究して、その味に近いものができるよう、たかくらに伝えています。貴之にとっては、その時、愛している人と食べたパンの味が、この桜の写真と同じくらい大事なものなんです」

鷚矢は、一つ深く、息を吐いた。そして、声を張り上げるようにして言った。

「彼は……貴之は今でも、あなたを愛しています。それだけは、動かすことのできない、真実です」

鷚矢が不意にあげた声の大きさに、唯はたじろいだ。そして次の瞬間、なぜ鷚矢が急に声を大きくしたのか、その理由に気づいた。

唯は立ち上がった。フラットなワンルーム。隠れるところなどない。ないはず。でも、でも。

裏口！

キッチンの横に扉がある！

「下澤さんっ」

言美が叫んだ。窓を指さして。

男が走り去る。

唯は駆け出した。裏口のドアを摑《つか》む。鍵はかかっていない。そのまま飛び出した。

「待って！　待って、お願い！」

唯は叫んだ。確かに見たと思った男の背中は、もうどこにもない。唯は懸命に、積み上げられた雪の山をのぼった。その先には白樺の林、そしてその林の奥は崖《がけ》。たった一本、細い道がうねるようにして下の道まで続いている。その道を、人が滑るように降りて行く。余りにも速い。その道に慣れ親しみ、足が道に馴染んでいる速さだった。追いつけない。決して、追いつけない。

唯は泣きながら座り込んだ。人の姿はみるみる小さくなり、下の道に消えた。

＊　　＊　　＊

『……でも、わたしの嘘を貴之さんは、ずっと信じていました。記憶を取り戻すまでの間、ずっと。あの男を殺したのは貴之さんではありません。わたしです。父を捜す調査を依頼していた探偵社に、父が京都でホームレスになっていると知らされ、わたしは途方に暮れました。漠然と、父が見つかればすべてがうまくいくに違いない、あの男とも縁を切れる、などと考えていた自分の甘さを呪いました。でもなんとかして、父と一言だけでも話がしたい、その一心で京都に向かいました。他に頼るところがなく、以前に母が調査を依頼した時に知った貴之さんの名前を頼りに電話帳をめくり、連絡を取りました。母の時にかかわった探偵は、京都で事務所を開いていると、探偵社から教えて貰っていたからです。貴之さんはすぐに会ってくれ、父を見つけ出してくれました。本当は貴之さんと一緒に父に会う予定だったのに、貴之さんが仕事の都合で来られなくなり、一日待ってほしいと言われたんです。なのにわたし……待てなくて。ひとりで父に会いに行ってしまいました。でも、父はわたしのことなど知らないと……。わたし、あきらめられなくて、その日の深夜に父のいた場所にまた行ってしまいました。父は空き缶をひろって暮らしていたので、深夜から朝にかけて空き缶を探しに出るんです。わたしは父のあとを追い話しかけました。でも父は無言で……そうやって二人で歩いていた時、あいつが襲いかかって来ました。車で背後から近づいて来て、いきなり停車し、降りて来て殴りかかったんです。何を誤解したのかわかりませんが、わたしが他の男と一緒だったのが気に入らなかったんでしょう。あいつはわたしを追いかけて京都に来ていたんです。あいつはわたしに殴りかかり、そして父がわたしをかばって……父は昏倒《こんとう》しました。父が動かなくなってしまったのを見て、あいつは逃げ、わたしも恐くなってその場から逃げてしまいました。そして深夜営業の店で朝まで迷っていたのですが、テレビのニュースで、路上生活者の死体が見つかったと知り、もしかすると父が死んでしまったのかも、と、ものすごく不安になったんです。迷って迷って、夜になってからその死体が安置されている警察署へ……。ところがあいつはそれを待ち伏せしていました。警察に着く前にあいつに捕まり、車に押し込まれそうになったんです。そこに現れたのが貴之さんでした。貴之さんも、ホームレスの死体が父ではないかと心配になって同じ警察に向かうところだったと思います。そしてわたしを助けようとした貴之さんはあいつと殴り合いに……二人が争っている間にあいつが持っていた鉄パイプがわたしの足元に転がったんです。わたしはそれを掴み、無我夢中であいつの頭に振りおろしました。でも血は出ませんでした。あいつはしばらく痛がっていましたが、結局立ち上がり、わたしを殴って、そして、倒れていた貴之さんのからだを引きずって、車に押し込みました。わたしはただ、従うしかなくて……あいつは、まだ息のある貴之さんを、どこか山奥に運んで埋めると言いました。ホームレスの死体なんかどうでもいいが、こいつは私立探偵だからまずい、そう言いました。わたしは殴られて意識が半分ないような状態でした。ですから、ただ助手席に座って目を閉じることしかできませんでした。そして気づいた時、車は山の中に停まっていて、あいつは、ハンドルに顔を伏せて動きませんでした。眠っているのかと肩に手をおいて……死んでいることを知りました。血は出なかったけれど、頭の中で出血していたのだと思います。貴之さんは素手でした。鉄パイプで殴ったのはわたしです。だから、わたしが与えた一撃で脳が出血したのだと思います。わたしは、あいつを埋めてしまうことにしました。他にどうしたらいいのか、冷静に考えることなどできませんでした。父が本当はどうなったのかも心配でした。でも何よりも、死体のそばにいることに耐えられなかったのです。その死体を処理しないと、貴之さんを病院にも連れて行かれない、そう思いました。あいつを埋めている間に貴之さんが意識を取り戻しました。ところが、貴之さんは、何も憶えていませんでした。わたしは咄嗟《とっ　さ》に、貴之さんがあいつに致命傷を与えたかのような言い方をしてしまったのです。どうしてそんな嘘をついたのか、たぶん、貴之さんが逃げてしまうのが怖かったのだと思います。貴之さんは、記憶を取り戻すまでの間、ずっとそれを信じていました。でも記憶を取り戻してからも、自分も殴ったのだから、どちらが致命傷になったかなどわからない。やはり共犯だ、と言ってくれました。そしてその頃にはもう、娘が生まれていて、わたしたちは、後戻りできない状態にいたのです。傷害致死が認めて貰えるかどうかはわからない。だから殺人の時効が来るまでは、別人のまま生きていこう。そう決めました。貴之さんの戸籍は、山で遭難した大谷さんの甥の戸籍を借り受けることになりました。ゆいは、幸枝さんの保険証で産院にかかり、母子手帳をもらい、幸枝さんの娘として産んで届け、それから貴之さんの養女にしました。わたしの戸籍には触りませんでした。あいつの仲間がわたしを捜しているかも知れないと思ったからです。十五年経ったら、必ずあなたに連絡をし、事情を説明し、ゆるしを乞う。わたしはそう決めていました。貴之さんもきっと、同じように考えていたと思います。こんなことをいまさら書いても信じて貰えないと思いますが、貴之さんは、記憶を取り戻してから片時も、あなたのことを忘れていませんでした。わたしは覚悟していました。時効が成立したら、貴之さんがあなたの元に戻っても仕方ないと思っていました。わたしにはゆいがいるから、だから耐えられると。でも、ごめんなさい、時間切れになってしまいます。神様は、そんな虫のいいわたしの考えなど、ゆるしてくれないみたいです。わたしはたぶん、あと少しで死にます。余命宣告は受けていませんが、わたしにはわかります。わたしが死んでからどうするかは、すべて、貴之さんに任せます。でももし、貴之さんがあなたのところに戻る決心をしたのであれば、その時は、どうか、どうか、娘のことをよろしくお願いいたします。図々しいお願いであることは承知しています。でも、わたしにはもう、他に頼む人がいないのです。ゆいは貴之さんの娘です。その事実だけは、わたしの犯した罪とは関係がありません。わたしのことは、どうかずっと恨んでください。蔑《さげす》んでください。でも、ゆいだけは、憎まないでください。お願いします。心の底から、お願いいたします……』

長い、長い手紙だった。脈絡もなく同じ事柄が繰り返されたり、話が飛んだりしているのは、モルヒネか何かの影響かも知れない。一字一字、震える指先で懸命に綴《つづ》られている。そして最後は何度も何度も、繰り返して、娘を頼むと綴っていた。

渋川雪は、数日前に死去した。そして大谷が京都にやって来て、雪からの手紙を唯に手渡した。大谷は、貴之と逢う段取りをつけると言ってくれた。だが唯は、それを断った。

貴之は迷っている。考えて考えて考えて、迷っている。雪の話が本当であれば、傷害致死、いや、正当防衛が認められて無罪だ。殺人の時効を心配する必要はない。が、それを証拠だてるものは、何もない。山に埋められた遺体を掘り返すことができたとして、それを解剖すれば、死因くらいは特定できるかも知れない。だが、殴ったことは事実なのだ。殺意があれば、殺人だ。殺意の有無を立証することは難しい。しかも死体遺棄、それに他人の戸籍を利用した犯罪事実もある。

ゆいのことを思えば、決心はなかなかつかないだろう。


「それで、待つわけ」

川崎多美子は、雪からの手紙を畳んで封筒に戻しながら、ふふ、と笑った。

「やっぱり待つんだ、あんた。ここで、探偵しながら、待つわけだ。よっぽど自信があるんだね、あんた。貴之さんは戻って来る。必ず戻って来るって、それを確信してるんでしょ？　あんたって……嫌味な女だね。世の中に、それほど自信たっぷりに自分が愛されていることを無邪気に信じてる女なんて、どれだけいると思う？」

唯は笑った。多美子の憎まれ口が、なぜか、唯の心の底をくすぐって楽しくさせる。

そう、あたしは信じている。

今やっと、それが信じられるのだ。自分は、貴之に愛されているのだと。

そして貴之は戻って来る。

ここに、この京都に、この、事務所に。その為に、あたしは探偵を続けているんだもの。

だから待つ。待てる。待ち続ける。

一年でも五年でも十年でも、一生でも、待ってみせる。

待って、みせる。

再度《ふたたび》

「今年は桜、ろくに観ない内に散ったなあ」

兵頭風太《ひょうどうふうた》は、薄桜色の和菓子を一口で頬《ほお》ばり、濃いめにいれた茶で呑《の》み込んだ。

「ちょっと、せっかくの綺麗なお菓子なんやから、もう少し繊細《せんさい》に食べて」

唯は笑いながら言って、竹の楊枝《ようじ》で道明寺《どうみょうじ》粉《こ》の餅《もち》にさし、そのままそっと二つに切り分けた。中の餡《あん》はこしあん。桜の香りがうっすらとする桜餅だ。

「俺が買《こ》うて来たんや、好きなように食う」

風太は鶯《うぐいす》色《いろ》の餅もがぶりと歯で半分齧《かじ》りとる。

「お土産《みやげ》やて言うたやないの。お土産言うのんは、貰うた人のもんなんやで」

「唯の食う分はお土産や。好きなように食べ。俺が食う分は、俺のおやつや」

「甘いもん、そんないっぺんに食べたらからだにようないよ。和菓子は豆や、ケーキよかからだにええとか言うても、砂糖をいっぱい使うてるんやから」

「禁煙したら、なんや知らんけど甘いもんが欲しいんや。やっぱ禁煙はからだに悪いわ、ほんま」

「あほ。心筋梗塞の危険があるから煙草厳禁、て、健康診断で出たんやろ？　おとなしいにお医者の言うこときいて、煙草とは縁を切り。あんたとこ、子供もまだみんな、これからお金かかるんやし、マンションのローンかてあるやんか」

「それや」

風太はまじめな顔をして言った。

「それが納得でけんねん。あのな、マンションのローン、団体なんとか生命保険ゆうのんに入らされてな、俺が死んだら嫁はんがマンション、ただ貰いでけるねん。ローン、チャラになるねん」

「ええやん、安心で」

「そやけど、嫁はんが死んでもチャラにはならへんのやで。俺んとこ共稼《ともかせ》ぎやのに、なんでやねん、嫁はんが先に死んだら、嫁はんの分までローン払わなあかん。なんやこれって、えらい不公平ちゃうか」

唯はすまして茶をすすった。

「そんなことない」

「どうせ風太は、奥さんがいなかったらなんもでけんやないの。奥さんの方は、あんたがいなくてもちゃんとやっていける。そやから、あんたは奥さんより長生きしたらあかんねん。老《お》いて男がひとりになると、けっこう惨《みじ》めらしいよ。やっぱ、夫婦は、妻が夫を看取《みと》るのがええねん」

「そやけど、なんや俺、ローン払えなくなったら死ね言われてるような気がして、あの生命保険は気分悪い」

「命も、担保《たんぽ》になるうちが華《はな》、やて。ぶつぶつ言うてんと、はよ仕事に戻り。もう昼休み、終わったで。あんまりあぶら売ってると、税金泥棒言われて、子供に石、投げられるよ」

「なんで子供に石、投げられなあかんねん。こんなによう働く公務員つかまえて、失礼なやっちゃなあ、おまえ。お土産まで買うて来たったのに」

「半分は自分のおやつやん」

唯は笑って、風太が落とした黄な粉を机の上から払った。

「ほなら、俺、そろそろ帰るし」

風太は和菓子を呑み込んで立ち上がった。

「……でな」

ドアのノブに手をかけたまま、振り向く。

「先輩から……電話貰った」

唯は、何も言わずにただ、頷いた。

「俺んとこなんか電話せんと、唯のとこにかけたってくれ、言うといたけど。……先輩、俺に先に会《お》うて、いろいろ説明したい、て。そやけど……それは間違うてます、先に唯に逢いに行ってください、て」

「ええんよ」

唯は、静かに言った。

「……わかってる。何かの罪で起訴されるかどうかはっきりするまでは、京都に来られないって……あの人の弁護士さんから連絡、貰ってる」

「起訴はされんよ。先輩は、誰も殺してない。死体遺棄だの公文書虚偽記載だのは、もう時効やし、詐欺《さぎ》は成立せんやろ」

「あの人が戸籍を借りてた人は、生死不明やけど、亡くなったお母さんの遺産をわずかばかり相続してたらしいの。その遺産を一円でもつこてたら、詐欺になる、て。その時期がいつかによっては、まだ時効が成立してない可能性もあるし……時効は、犯罪が成立した時点から計算されるから、戸籍を借りてた状態はずっと続いてて終わってないから、少なくとも法律には違反してる。執行猶予はつくやろけど、起訴は免《まぬが》れない、て……弁護士さんが」

「そやけど、その戸籍の持ち主は生死不明や、被《こうむ》害を被ったわけやないし、書類送検止まりになるんちゃうか。ただ、特異な事件やし、小松崎鶸矢《こまつざきひわや》の名前はけっこう知られてるみたいやから、マスコミが騒ぐやろけどな。唯、ここにもマスコミが来ると思うけど、しんどかったら遠慮なく、言うてくれ。なんなら俺んとこにしばらく居てもええで。女房も、そうしてあげた方がええの違うか、て言うてたし」

「ありがと。……奥様にも、感謝してます、言うておいて。けど、大丈夫。どうせ何を訊かれても、あたしはただ、ここで待ってただけやもの。ここで……あの人の帰りを待ってた、それだけやもの。それしか言えない」

「もうあと、ちょっとの辛抱やな」

「うん」

　唯は微笑んだ。

「もうあと、ちょっと」

葉桜になったソメイヨシノの枝が、狭いベランダから手が届きそうなほど近くに揺れていた。

唯は、濡れた髪をタオルでくるみ、入浴でほてったからだを風にあてさました。もう風にはかすかに、夏の匂いが混ざっている。

＊

事務所はずっと借りたままでいた。そこだけは守りたかった。でも、住まいは変わった。貴之のものはすべて箱に詰めて、レンタル・ボックスに預けてある。二人で住んでいたマンションの家賃は、とうとう、払い切れなくなった。なんとか事務所を開けてはいるものの、探偵業は毎月、赤字を免れるだけで精いっぱいだ。

新しく暮らし始めた部屋はたった一部屋。ベッドもシングルだし、家具もすべて、安物の独身者用だ。もし、今ここに貴之が現れたとしても、どこに座って貰えばいいだろう。そう考えたら、気が抜けたような感じで、思わず笑いが漏れた。何ひとつ変わらないままで生きていくことなど、誰にも出来ない。唯は、自分がもう、ひとりで暮らすことに馴染《なじ》んでしまい、一部屋しかない生活を快適だと感じていることに思い至った。

それでも、電話番号は変わっていない。変わらないように、前にいたマンションと同じ番号が使える地域で部屋を探した。

たった七つの数字。

とりあえず、それだけは変わらなかった。

髪に白髪も混じってしまったし、お腹や二の腕も太くなった。目尻や口元に皺が寄り、肌もいくらかたるんでいるだろう。ジーンズのサイズは一サイズ大きくなり、パンプスの踵《かかと》はぐっと低くなった。他にもきっと、たくさんたくさん、変化しているだろう。自分では気づかないところにも、歳月は染み込んでしっかりと痕跡を刻んでいる。

それでも、七つの数字が変わらなかったのだから、あの人は、あたしに連絡してくれる。

その時は、確実に近づいて、ついに、風太のところまでやって来た。

あとちょっと。

あと、ほんの少しで、あたしに、届く。

初夏の香りをふくんだ風がひと吹き強く頬にあたり、髪をくるんだタオルが落ちた。それを拾おうと屈《かが》んだ時、聞こえた。

電話。

唯は、一瞬、立ち尽くした。そして次の瞬間、ベランダから部屋に走り戻った。

「もしもし?」

受話器を痛いほど耳に押し当てる。

「もしもし、……わたし……下澤ですが」

ああ、もうひとつ変わらなかったものがあった、と唯は思った。

あたしの、名字。

「唯」

溜め息のようにかすれて、切ないほど小さく、囁くような声だった。

唯は、深く息を吸い、それを吐いた。

「はい。……唯です」

涙が溢れる。

「……唯、……ごめん」

涙に揺れる。

貴之が、今、戻って来た。

この人は、今、あたしのところに、帰って来た。

あとがき

連作短編集『観覧車』で、失踪《しっそう》した夫の探偵社をひきついで私立探偵となった下澤唯《しもざわゆい》の物語を描きましたが、本作は、その続編にあたり、唯の夫である貴之《たかゆき》の面影《おもかげ》を追い求める唯の姿を描いています。

ですが、本作は、独立した物語としてお読みいただくことも出来ると考えています。前作をお読みでない方には、馴染《なじ》みのない人名などが少しあるかとは思いますが、本作の世界を読み進んでいただく上では、大きな支障とはならないはずです。

本作では、失踪した夫を求め続ける主人公の心情と並行して、その夫捜しの途中で主人公が触れることになった女性たちそれぞれの心の襞《ひだ》を、どこまで丹念に描くことが出来るか、それに作家としての情熱を注ぎこみました。失踪の謎にまつわるサスペンスは、本作の中心的な主題ではありません。逆《さか》らいきれない運命の渦の中で、懸命に岸を目指して泳ぎ続ける人々の姿が、作品の要《かなめ》であると思っています。

そして、本作は、一九九五年に雑誌『野性時代』に、前作収録の短編「観覧車」を掲載してから、実に十二年かけてようやく完結する物語でもあります。わたしの十二年間の作家としての歩みが、何らかの形で本作に結実していると信じたい、そう心から思います。

ひとりでも多くの方に、この作品世界を気に入っていただけますように。

二〇〇七年二月

柴田よしき

解　説──広がる映像世界

映画監督　井坂《いさか》　聡《さとし》

のっけから私事で恐縮ですが、大学を卒業してフリーの助監督になり、映画デビュー作『[Focus]』を監督するまでに丸十三年かかりました。その間に結婚し、子供が三人生まれ、引っ越しも二回。長女は九歳の小学三年生、二十代前半だった私も四捨五入するとっくに四十歳の仲間入りという年齢に達していました。

本作の主人公・下澤唯《しもざわゆい》が、突然失踪した夫を追い求め、探し続けてきた年月は、ほぼこれに匹敵します。ご自分の足跡を振り返っていただけば、唯が独《ひと》りぼっちで過ごしたこの歳月が途方もない長さの日々であることは、読者の皆様にも十分に想像がつかれることと思います。

あとがきで柴田さん自身がお書きになっている通り、本作は『観覧車』という短編集の続編ではありますが、この『回転木馬』からお読みになっても、全く差し障《さわ》りはありません。かくいう私も最初に手にしたのは本作でした。

「逢いたい。もう一度彼に逢いたい」という帯に記《しる》された言葉に惹《ひ》かれて『回転木馬』の単行本を手に取り、そのまま世界に引きずり込まれるようにして一気に読み上げ、その足で『観覧車』を探しに出かけた思い出があります。

〈とても、切ない、お話だ〉と文庫版『観覧車』の解説に新井素子《あらいもとこ》さんが記されていますが、本作の読後感も、まさにその言葉に尽きる、と言えます。

男の私が『切ない』などと書くのは気恥ずかしさを感じますが、恥ずかしついでに、読みながら何度も目が潤《うる》んで仕方なかったと告白しましょう。唯の過ごした日々がひたひたと寄せてきて、私の胸の中に満ち満ちていったからです。


小説を読みながらあれこれと絵を想像するという経験は誰しもお持ちでしょうが、仕事柄私は、文章を常に映像に置き換えながら読み進めることが習性となっています。それも単に映像だけでなく、そこで聞こえる音を想像し、場合によっては音楽や効果音も。つまり映画の一場面としての具体的なイメージを喚起しているということです。

『笙子《しょうこ》は灰色の空から舞い降りて来る白い雪片に向かって、掌《てのひら》を突き出した』

本作の書き出しですが、最初の一文は物語全体の印象づけにとても重要な役割を演じています。それは私たちが、映画のトップカットにものすごくこだわることと一緒ですが、それが読者なり観客への一種の刷り込み効果を持っているからです。その最初の刷り込みがぶれることなく最後まで保たれている作品が、いわゆる満足感のある作品ではないかと思います。もちろん最初の印象をいい意味で裏切る作品もまた楽しいのですが、段々とずれてしまって何だか肩すかしを食ったような作品に出くわすこともよくあります。

私にとって、この書き出しから喚起された本作のイメージは『静謐《せいひつ》さ』でした。そしてそれは読み進んでいる時も、読み終わった時も、一貫して変わりありませんでした。それはとりもなおさず、私がこの作品を映画化するとしたらある意味『テーマ』として『静謐さ』が刷り込まれた、ということを意味しています。

映画を作る上で、最も重視されることとして『ルック』と『リズム』というものがあります。『ルック』はまさに言葉通り映画の『見た目』であって、色調やコントラスト、陰影、奥行き感など様々な要素に意識を張りめぐらせながら、画面一つ一つを構築し、映画全体のトーンをどう統一させていくのかを、撮影監督や美術監督と討議しながら作り上げていきます。『リズム』は何百、場合によって千を超えるショットを、さながら音符を書き記すように編集で刻みこむことで生み出される、映画全体の流れです。

この『ルック』と『リズム』は作品によって全く違いますが、それをどうやって決定するかと言えば、まさに『テーマ』から導き出されるということになります。

本作で唯は、時に感情を爆発させ、突発的な行動を起こしもします。しかし、物語全体を通じては、理由もなく消えた夫を十年以上探し求める内に、感情のマグマは心の底深くにしまい込み、ある種の悟《さと》りに近い、抑制された態度を保とうとしています。そんな唯の心情を反映する『ルック』と『リズム』でなければ、本作の映画は成り立ちません。

色調を抑えた『ルック』と通奏低音を奏《かな》でるような『リズム』。それが私の頭の中に浮かんでいます。そしてその中で、唯役の女優さんが、瞳の奥にたたえた哀しみの炎をどう表現するのか。そんなことをあれこれ想像していると、あたかも目の前に唯が現れたかのように感じ、自分の心がさざ波立ち、涙をおさえられなくなってしまったのでした。


ところで、本作の主人公は誰かということに思いを巡らすと、全体としては下澤唯であることは論を俟《ま》ちませんが、各章ごとに、いわばゲスト主役というべき登場人物たちがちりばめられていることが、本書の特色かもしれません。

第一章の笙子と佐野明子《さのあきこ》から始まって、夫と子供を殺された言美《ことみ》、裏切った恋人を殺害しバラバラに切り刻んだ美香子《みかこ》などなど。それぞれに業を負って、それでも生きていかねばならない人物たちが絡み合い、その絡み合いがお互いの人生を変えていく。

これも柴田さんがあとがきでおっしゃっているように『失踪の謎にまつわるサスペンス』だけを主題とするのであれば、こんなまどろっこしいことはいりません。しかし、唯の十一年の独りぼっちの旅路、唯自身が悲しみ傷つき、時には自暴自棄《じぼうじき》に陥りながら、それでも「もう一度逢いたい」という、ただ一つの思いを必死に守りながら過ごしてきた日々の中での、彼女自身の変化や成長を説明でなく語るには、彼女彼らの存在は不可欠であり、それを描いたから、唯という存在がより深く立体的に浮かび上がってきたのだと思います。

しかし、唯と貴之《たかゆき》の運命を狂わせた張本人である渋川雪《しぶかわゆき》とは、唯はついに直接会うことはありません。雪が亡くなった後、長い手紙を受け取るだけです。実はここは、映画監督にとって悩ましいところです。

下澤唯と渋川雪。映画のキャスティングで考えればここは「二大女優の共演！」と謳《うた》いたいところですが、その二人の直接対決がない。小説では全く問題ないのですが、映画において『手紙』という小道具は案外厄介《やっかい》な代物《しろもの》となります。

先ず単純なことですが、普通は手紙の読み手と書き手は別の場所にいますので、一つの画面の中に一緒に存在させる状態を作るのが難しくなります。さらに、本作に限らず小説で手紙が出てくる場合は、手紙の書き手の心情や状況を伝える、という使われ方が多くなります。それをそのまま映像に置き換えると、とても説明的な印象になってしまいます。かと言って説明が全くないのも困ります。

大事な雪の『手紙』のどこを残してどこを捨てるのか。あるいは逆に書かれていないものを付け加えて映画的に味付けし再構築して、説明的でない説明を観客に呈示するのか。さらに本作で言えば、唯と雪を出会わすシチュエーションを作るとどうなってしまうのだろうか。そんなことをあれこれ考えるところに、映画監督としての苦しみと楽しみがあります。

ともあれ、魅力的なキャラクターを演ずる女優さんたちが次から次に登場する。そんな素敵な撮影現場が待っているに違いないと、最後は不謹慎《ふきんしん》な妄想を膨らませつつ、本作の映画化に思いを馳《は》せております。

柴田よしき著作リスト（2010年7月現在）

○このリストは、全著作をシリーズ別に分類したものです。
○作品名の上に記した数字は、全著作の初版発行順を示したものです。
○各作品の内容については、柴田よしきホームページ（http://www.shibatay.com/）内でも紹介しています。

◆村上緑子シリーズ◆

1『RIKO―女神《ヴィーナス》の永遠―』角川書店（1995・5）／角川文庫（1997・10）
2『聖母《マドンナ》の深き淵』角川書店（1996・5）／角川文庫（1998・2）
6『月神《ダイアナ》の浅き夢』角川書店（1998・1）／角川文庫（2000・5）

◆炎都シリーズ◆

3『炎都』トクマ・ノベルズ（1997・2）／徳間文庫（2000・11）
5『禍都』トクマ・ノベルズ（1997・8）／徳間文庫（2001・8）
12『遙都―渾沌出現―』トクマ・ノベルズ（1999・3）／徳間文庫（2002・8）

24『宙都―第一之書―美しき民の伝説』トクマ・ノベルズ（2001・7）
33『宙都―第二之書―海から来たりしもの』トクマ・ノベルズ（2002・1）
36『宙都―第三之書―風神飛来』トクマ・ノベルズ（2002・7）
45『宙都―第四之書―邪《よこしま》なるものの勝利』トクマ・ノベルズ（2004・6）

◆花咲慎一郎シリーズ◆

8『フォー・ディア・ライフ』講談社（1998・4）／講談社文庫（2001・10）
19『フォー・ユア・プレジャー』講談社（2000・8）／講談社文庫（2003・8）
50『シーセッド・ヒーセッド』実業之日本社（2005・4）／講談社文庫（2008・7）
61『ア・ソング・フォー・ユー』実業之日本社（2007・9）
64『ドント・ストップ・ザ・ダンス』実業之日本社（2009・7）

◆R《リアル》ー0《ゼロ》シリーズ◆

14『ゆび』祥伝社文庫【文庫書下ろし】（1999・7）
21『0《ゼロ》』祥伝社文庫【文庫書下ろし】（2001・1）
26『R《リアル》―0《ゼロ》 Amour《アムール》』祥伝社文庫【文庫書下ろし】（2001・9）

34『R《リアル》—0《ゼロ》　Bete《ベト》—noire《ノワール》』祥伝社文庫【文庫書下ろし】（2002・2）

◆猫探偵正太郎シリーズ◆

7『柚木野《ゆきの》山荘の惨劇』カドカワエンタテインメント（1998・4）
前記改題『ゆきの山荘の惨劇—猫探偵正太郎登場』角川文庫（2000・10）

22『消える密室の殺人—猫探偵正太郎上京』角川文庫【文庫書下ろし】（2001・2）

32『猫探偵・正太郎の冒険Ⅰ　猫は密室でジャンプする』カッパ・ノベルス（2001・12）／光文社文庫（2004・12）

39『猫は聖夜に推理する　猫探偵・正太郎の冒険Ⅱ』カッパ・ノベルス（2002・12）／光文社文庫（2005・11）

43『猫はこたつで丸くなる　猫探偵・正太郎の冒険Ⅲ』カッパ・ノベルス（2004・1）／光文社文庫（2006・2）

52『猫は引っ越しで顔をあらう　猫探偵・正太郎の冒険Ⅳ』光文社文庫【文庫オリジナル】（2006・6）

●その他の長編●

4『少女達がいた街』角川書店（1997・2）／角川文庫（1999・4）
9『RED RAIN』ハルキ・ノベルス（1998・5）／ハルキ文庫（1999・11）
10『紫のアリス』廣済堂出版（1998・7）／文春文庫（2000・11）
11『ラスト・レース―1986冬物語』実業之日本社（1998・11）／文春文庫（2001・5）
13『Miss You』文藝春秋（1999・6）／文春文庫（2002・5）
15『象牙色の眠り』廣済堂出版（2000・2）／文春文庫（2003・5）
16『星の海を君と泳ごう　時の鐘を君と鳴らそう』アスキー「アスペクト」（2000・3）※「アスキー「アスペクト」」は、現在「エンターブレイン」
『星の海を君と泳ごう』光文社文庫（2006・8）※文庫化に際し分冊
『時の鐘を君と鳴らそう』光文社文庫（2006・10）※文庫化に際し分冊
20『PINK』双葉社（2000・10）／双葉文庫（2002・12）／文春文庫（2009・9）
23『淑女の休日』実業之日本社（2001・5）／文春文庫（2006・3）
25『風精《ゼフィルス》の棲む場所』原書房（2001・8）／光文社文庫（2005・6）

29『Close to You』文藝春秋（2001・10）／文春文庫（2004・10）
30『Vヴィレッジの殺人』祥伝社文庫【文庫書下ろし】（2001・11）
35『ミスティー・レイン』角川書店（2002・3）／角川文庫（2005・10）
37『好きよ』双葉社（2002・8）／文春文庫（2007・11）
38『聖なる黒夜』角川書店（2002・10）／角川文庫（上・下）（2006・10）
41『蛇《ジャー》（上・下）』トクマ・ノベルズ（2003・11）／徳間文庫（2007・9）
42『クリスマスローズの殺人』原書房（2003・12）／祥伝社文庫（2006・12）
44『水底の森』集英社（2004・2）／集英社文庫（上・下）（2007・8）
46『少女大陸 太陽の刃《やいば》、海の夢』ノン・ノベル（2004・7）
47『ワーキングガール・ウォーズ』新潮社（2004・10）／新潮文庫（2007・4）
48『窓際の死神《アンクー》』双葉社（2004・12）／新潮文庫（2008・2）
51『激流』徳間書店（2005・10）／徳間文庫（上・下）（2009・3）
53『銀の砂』光文社（2006・8）
55『所轄刑事・麻生龍太郎』新潮社（2007・1）／新潮文庫（2009・8）
56『回転木馬』祥伝社（2007・3）／祥伝社文庫（2010・7）【※本書】
57『宙《そら》の詩《うた》を君と謳《うた》おう』光文社文庫【文庫書下ろし】（2007・3）

58『小袖日記』文藝春秋（2007・4）／文春文庫（2010・7）
62『神の狩人 2031探偵物語』文藝春秋（2008・6）
63『私立探偵・麻生龍太郎』角川書店（2009・2）

●連作中・短篇集●

18『桜さがし』集英社（2000・5）／集英社文庫（2003・3）
27『ふたたびの虹』祥伝社（2001・9）／祥伝社文庫（2004・6）
31『残響』新潮社（2001・11）／新潮文庫（2005・2）
40『観覧車』祥伝社（2003・2）／祥伝社文庫（2005・6）
49『夜夢』祥伝社（2005・3）／祥伝社文庫（2007・9）
54『求愛』徳間書店（2006・9）／徳間文庫（2010・5）
59『やってられない月曜日』新潮社（2007・8）／新潮文庫（2010・7）
60『朝顔はまだ咲かない 小夏と秋の絵日記』東京創元社（2007・8）
65『流星さがし』光文社（2009・8）
66『いつか響く足音』新潮社（2009・11）
67『竜の涙──ばんざい屋の夜』祥伝社（2010・2）

68『桃色東京塔』文藝春秋（２０１０・５）

●短篇集●

17『貴船菊の白』実業之日本社（２０００・３）／新潮文庫（２００３・２）／祥伝社文庫（２００９・６）

28『猫と魚、あたしと恋』イースト・プレス（２００１・10）／光文社文庫（２００４・9）

（本書は平成十九年三月、小社から
四六判で刊行されたものです）

回転木馬

一〇〇字書評

切り取り線

購買動機（新聞、雑誌名を記入するか、あるいは○をつけてください）

□（　　　　　　　　　　　　　　　）の広告を見て
□（　　　　　　　　　　　　　　　）の広告を見て
□ 知人のすすめで　　　　□ タイトルに惹かれて
□ カバーが良かったから　□ 内容が面白そうだから
□ 好きな作家だから　　　□ 好きな分野の本だから

・最近、最も感銘を受けた作品名をお書き下さい

・あなたのお好きな作家名をお書き下さい

・その他、ご要望がありましたらお書き下さい

住所	〒				
氏名		職業		年齢	
Eメール	※携帯には配信できません	新刊情報等のメール配信を 希望する・しない			

この本の感想を、編集部までお寄せいただけたらありがたく存じます。今後の企画の参考にさせていただきます。Eメールでも結構です。

いただいた「一〇〇字書評」は、新聞・雑誌等に紹介させていただくことがあります。その場合はお礼として特製図書カードを差し上げます。

前ページの原稿用紙に書評をお書きの上、切り取り、左記までお送り下さい。宛先の住所は不要です。

なお、ご記入いただいたお名前、ご住所等は、書評紹介の事前了解、謝礼のお届けのためだけに利用し、そのほかの目的のために利用することはありません。

〒一〇一・八七〇一
祥伝社文庫編集長　加藤　淳
電話　〇三（三二六五）二〇八〇
bunko@shodensha.co.jp

祥伝社ホームページの「ブックレビュー」からも、書き込めます。
http://www.shodensha.co.jp/bookreview/

上質のエンターテインメントを! 珠玉のエスプリを!

祥伝社文庫は創刊十五周年を迎える二〇〇〇年を機に、ここに新たな宣言をいたします。いつの世にも変わらない価値観、つまり「豊かな心」「深い知恵」「大きな楽しみ」に満ちた作品を厳選し、次代を拓く書下ろし作品を大胆に起用し、読者の皆様の心に響く文庫を目指します。どうぞご意見、ご希望を編集部までお寄せくださるよう、お願いいたします。

二〇〇〇年一月一日 祥伝社文庫編集部

祥伝社文庫

回転木馬《かいてんもくば》

平成二十二年七月二十五日 初版第一刷発行

著者 柴田《しばた》よしき

発行者 竹内和芳

発行所 祥伝社

東京都千代田区神田神保町三-六-五
九段尚学ビル 〒一〇一-八七〇一
電話 〇三(三二六五)二〇八一(販売部)
電話 〇三(三二六五)二〇八〇(編集部)
電話 〇三(三二六五)三六二二(業務部)
http://www.shodensha.co.jp/

印刷所 掘内印刷

製本所 積信堂

カバーフォーマットデザイン 芥陽子

Printed in Japan ©2010, Yoshiki Shibata ISBN978-4-396-33595-3 C0193